FANTASY FRONTIER SPIRIT

BUTLER
GRACE

집사 그레이스

집사 그레이스 7
박안나 판타지 장편 소설

초판 1쇄 찍은 날 § 2005년 9월 26일
초판 1쇄 펴낸 날 § 2005년 10월 6일

지은이 § 박안나
펴낸이 § 서경석

편집장 § 문혜영
편집책임 § 최하나
편집 § 장상수 · 서지현

펴낸곳 § 도서출판 청어람
등록번호 § 제1081-1-89호
등록일자 § 1999. 5. 31
어람번호 § 제1-0637호

주소 § 경기도 부천시 원미구 심곡1동 350-1 남성B/D 3F (우) 420-011
전화 § 032-656-4452   팩스 § 032-656-4453
http://www.chungeoram.com
E-mail § eoram99@chollian.net

ⓒ 박안나, 2004

ISBN 89-5831-748-5 04810
ISBN 89-5831-269-6 (SET)

FANTASY FRONTIER SPIRIT

BUTLE
GRACE

집사 그레이스

7

박안나 판타지 장편 소설

도서출판
청어람

Contents

story 36

시든 꽃잎도 때론 향기롭다

시든 꽃잎도 때론 향기롭다

알고 싶은 게 있으면 물어도 된다. 원망하고 싶다면 따지고 소리 질러도 된다. 입과 혀라는 게 어떤 식으로든 욕구에 충실하기 위해 생겨난 것일 테니까. 하지만 그거야 어디까지나 관심이 있고 어느 정도의 감정이 남아 있을 때의 일이다. 알고 싶은 것도 듣고 싶은 것도 없을 때 원하는 것은 침묵이고, 남은 것은 무관심밖에 없다.

그러나 지금은 무슨 말이라도 필요한 상황이었다. 가만히 입을 다물고 있자고 이곳에 찾아온 것이 아니었다. 하지만 문 하나를 사이에 두고 건너편에서 들린 한마디 말에 그만 몸이 굳어 선뜻 다음 행동으로 이어지지 못했다.

여러 가지 상황을 예상하고 각오를 다지고 왔음에도 불구하고 드노엘의 반응에 대처하기가 이상하게 미숙하고 어려웠다. 손바닥에 고인 땀을 무의식중에 바지에 문지르려다가 주머니에서 손수건을 꺼내 닦으면서 슬쩍 드노엘이 갇혀 있는 방 쪽을 살폈다.

굳게 닫힌 문이 두 사람 사이를 가로막고 있는 한 자신이 무슨 짓을 하더라도 그가 알 리가 없을 텐데도 자꾸 의식이 되었다.

거친 숨이라도 토해낼까 봐 숨을 참다가 숨이 막혀 헉헉거리고, 침을 삼키는데 복도가 울릴 정도로 크게 꿀꺽거리지를 않나, 지레 놀라서 혼자 흠칫하는 모양이 자기가 봐도 웃기고 낯설었다. 드노엘을 향한 꺼림칙함과 긴장 때문에 순간이나마 그레이스는 자신의 최대 장점인 침착함을 잃고만 것이다.

다행히 드노엘은 처음 누구냐고 물어보던 질문 이외엔 더 이상 아무 말도 꺼내지 않고 있었다. 하지만 이것을 과연 다행이라고 할 수 있을까. 이상할 정도로 조용한 이 상태가 그레이스는 오히려 더 불편하고 불안하다.

보통 이런 경우엔 대답없는 방문자가 누구인지 궁금해서라도 계속 말을 걸거나 무어라도 물어보는 게 정상이다. 아니면 여기를 찾아올 만한 사람들의 이름을 하나씩 열거해 보는 게 맞다. 그러나 드노엘은 호기심을 채울 열의가 없는지, 아니면 인내심이 강한 건지 기분이 나쁠 정도로 입을 꾹 다물고 있었다.

이는 그레이스가 입을 다물고 있는 것과는 다른 의미에서의 침묵이었다. 대답이 돌아오지 않는 물음에 연연하지 않는 것은 답이 무어래도 관심이 없어서이거나 이미 답을 알고 있기 때문이다. 의미없는 행동을 하지 않는 사람으로 알고 있다. 그렇기에 드노엘의 침묵이 무겁게 그레이스를 짓눌러 왔다.

그는 지금까지 그레이스가 만났던 사람들과는 근본적으로 다른 이였다.

이제까지 그레이스가 사람을 상대함에 있어 여유로울 수 있었던 것은 뭐라 해도 사람들이 그를 마지막까지 배척하지 않았기 때문이다. 그가 너무 잘났기 때문이라거나 단점까지 안을 만큼 그를 좋아해서가 아니라, 그레이스라는 인간 자체에 대한 거부가 참고 수용할 수 있는 한도에서 항상 멈췄기 때문이다.

예전 에이첸 용병단에서도 단지 그가 남자애라는 것 때문에 구박했던 것이지 그 자체를 싫어했던 건 아니었다. 물론 나중에 그의 결벽증에 치를 떨던 단원들의 미움을 사기는 했지만, 그건 아이들이 싫어하는 음식이 먹기 싫어 징징거리는 수준에 불과한 불만들이었다.

실라와 얽혀 요나슨에게 당한 일들도 돌이켜 보면, 원치 않은 연애의 종말을 연인에게 통보받은 남자의 화풀이에 지나지 않은 일이었다. 그녀에게 던질 수 없었던 폭력을 여러 가지 이유를 만들어 그레이스에게 대신 쏟아 부었던 것뿐이다. 그렇게 해서 원인이라고 생각했던 그가 없어지면 그들의 문제도 사라질 수 있을 거라고 믿을 '거리' 가 필요했던 것이다.

요나슨은 근본까지 나쁜 사람은 아니었다. 다만 원래가 질투나 미움이란 것을 모르고 자라왔기 때문에 처음으로 찾아온 격한 감정을 다스리는 법을 알지 못했다. 그래서 그를 생각하면 안쓰럽다는 마음이 앞서서 원망이라든지 미움이 나설 기회가 없어진다.

살면서 그레이스는 뼛속까지 미치는 증오나 미움을 받은 적이 없었다. 적어도 그레이스의 입장에선 그렇다고 확신한다. 오히려 언제나 분수에 맞지 않을 정도의 과대평가와 대접을 받아왔다고 생각하였다.

그래서 그 이상의 증오와 미움으로 사람이 사람을 싫어하는 방법이나 이유를 그는 알지 못한다.

덕분에 마지막 선을 넘지 않을 정도의 적당함을 가지고 사람을 대할 수가 있었다. 그러나 드노엘에게라면 어떤 자신도 할 수가 없었다. 그에겐 자신이 어느 만큼의 의미가 있는 존재인지, 어느 정도의 가치가 있는지 가늠조차 어려웠다.

과장되지도 않고 부자연스럽지도 않은, 그래서 너무도 애잔하게 느껴지는 애정을 가진 리카도와는 형제라고 해도 전혀 다른 사람일 거라는 건 안다. 그에게 혈연이란 게 어떤 의미인지는 이미 들어 알고 있었다. 하지만 이건 다른 사람에게서 들어서 알고 있는 드노엘이란 사람에 대한 평가이지 그레이스가 내린 결론은 아니었다.

그렇다고 해서 난감하다는 건 아니었다. 아버지란 단어를 아무리 읊조려 보아도 어떠한 감정도 생기지가 않았다. 타인을 부르는 이름과 아버지란 단어는 그에겐 별 차이가 없었다. 그랬기에 드노엘에 대해 어느 정도 예상은 갔다. 그도 자신과 같을 거라는 걸.

이런 식으로 동질감 따위는 느끼고 싶지 않았지만 어쩔 수가 없다. 한없이 차갑기만 한 그레이스의 가슴이 아버지란 이름으로 따뜻해질 일이 없듯이 드노엘도 그럴 것이다. 자신과 마찬가지로 그의 심장이 아들이란 존재로 인해 두근거릴 가능성은 절대 없을 거라고 그레이스는 확신했다.

"오늘부터 총관을 대신해 제가 당신을 담당하게 되었습니다. 필요성을 느낀 것은 아니지만 그래도 이렇게 알려 드리는 것이 도리라고 생각해서 찾아뵙게 되었습니다."

인사말이라거나 배후 사정 따윈 그대로 생략해 버린 설명에도 문 건너편의 남자는 아무런 대꾸를 하지 않았다. 참을성 좋은 입을 가진 사내는 조용히 귀를 세우며 그레이스가 하는 말을 듣고만 있었다.

"그리고 더 이상 강아지를 강제로 다치게 하실 필요도 없습니다. 당신이 어떻게 한다고 해서 그 강아지가 이 복도를 벗어나는 일은 앞으론 절대 없을 테니까요."

마마린느의 이야기를 듣자마자 그레이스는 드노엘이 일부러 강아지에게 손을 댔다는 것을 눈치챘다. 유감스럽게도 일련의 상황들을 늘어놓고 보면 드노엘이란 사람과 자신 사이에 몇 개쯤은 비슷한 구석이 존재한다는 것에 그레이스의 입맛이 썼다.

"듣던 것보다 자상하지는 않군."

딱딱한 그레이스의 주의에도 불구하고 드노엘은 기쁜 듯 조금은 들뜬 음성으로 혼자서 중얼거렸다. 그러나 문 건너편의 그레이스에게도 잘 들릴 정도로 그의 목소리는 또렷하고 맑았다.

"마린느의 이야기만 들었을 때는 세상에 둘도 없이 자상하고 좋은 사람인 줄만 알았는데, 이거 무례하다 못해서 처음 만난 사람에게 어떻게 인사를 해야 하는지도 모르는 바보였군. 형님이 이럴 땐 어떻게 하라고 가르쳐 주지 않았나 보지?"

"당신을 상대하는 데 필요한 공부는 없었습니다."

나긋나긋한 웃음기가 묻어나는 드노엘의 음성에 비해 짧게 대답하는 그레이스의 목소리는 거칠 정도로 건조했다. 짐작했던 대로 드노엘은 그를 찾아온 이가 누구인지 이미 눈치채고 있었다.

"굳이 내가 아니라도 처음 만난 사람에게 이렇게 경우없이 행동하는 건 좋지 않아."

"피차 자기소개 따위를 할 필요가 있습니까? 제가 당신에게 경우있게 행동할 이유도 없고요."

"필요와 이유는 만들면 되는 거지. 만들자면 우리 사이에 그런 것들이야 못 만들 이유는 없을 것 같은데, 안 그런가?"

타이르는 것도 같고, 재미있어 하는 것도 같은 드노엘의 말들을 듣고 있으면 솔직히 말해서 기분이 굉장히 묘했다. 선입견이나 그에 대한 개인적인 감정은 배제하고 순수하게 그가 하는 이야기만 듣고 있으면 왠지 기분이 좋아지는 그런 느낌이었다.

마치 익숙한 거리에서 낯익은 이가 반갑게 건네는 인사에 자신도 모르게 손을 흔들고 있을 때처럼 말이다. 분명 그가 하는 소리들은 모두 그레이스의 신경을 긁는 것들인데도 전혀 거부감이 일지 않고, 오히려 친근감마저 느껴진다는 것은 분명 경계해야 할 일이다. 그럼에도 그 경계심마저 죽여 버리는 것이 드노엘의 분위기였고 화법이었다.

총관이 설명했던 말려든다는 게 어떤 뜻인지 어렴풋이 알 수 있을 것 같았다. 그래서 손바닥에 손톱이 파고들어 갈 때까지 주먹을 꽉 쥐며 느슨해지려는 정신을 깨웠다.

그는 마마린느처럼 놀이 상대를 찾아 이곳에 온 것이 아니었다.

"당신과 저에게 우리라고 부를 만한 이유가 있다면 말이겠지요."

"이상한 이야기를 하는구나. 너와 내가 '우리'가 아니면 그럼 뭐지?"

"글쎄요. 한 번도 당신과 저를 한데 모아놓고 생각해 본 적이 없어서 대답할 말이 아무것도 생각나지 않습니다만. 아마도 그거야말로 당신과 저의 관계를 가장 잘 말해 주는 것이 아닐까 싶네요, 아무것도 없다는 거 말입니다. 우리라는 표현이나 두 사람을 통틀어 표현할 관계 같은 건 처음에도 없었고 마지막까지 없을 테니까요."

"그럼 이곳에 왜 왔지?"

"……."

"네 말대로라면, 넌 이곳에 올 필요가 없었어. 정말 너와 나 사이에 아무것도 없다면 말이지. 설마 늙은 총관이 안쓰러워 그를 도와주고 싶어서 부러 날 맡겠다고 나서지는 않았을 거 아니니."

문 건너편에서 희미한 웃음소리가 들렸다. 함께 따라 웃을 수 없는 것은 그레이스가 예전에 크게 웃는 법을 잊어버렸기 때문만은 아닐 것이다. 이미 서로가 누구인지 알고 있었다. 그리고 상대가 자신이 누구인지 알고 있다는 것 역시 잘 알고 있다.

그래서 인사나 서로를 탐색하기 위해 돌려 말하는 것은 쓸데없는 정력 소모였다. 그레이스가 드노엘에게 바라는 것은 그의 고립이었고, 비밀의 유지였다. 그것을 위해 여기 이 자리에 서 있다는 것 자체부터가 그레이스가 드노엘과의 관계를 부정할 수 없게 만드는 증거였다.

"너는 내가 무어라고 생각하지?"

"……."

"베르크너 소 마첸 드노엘, 그것이 내 이름이다. 하지만 너에겐 그 이름만이 다가 아니겠지. 어디 한번 말해 봐라, 너는 왜 여기에 왔으며 나를 무어라고 생각하는지."

"예전에……."

싫어한다거나 증오한다는 감정을 넘어서 그 존재 자체를 부정해 왔던 남자를 향해 그레이스는 어렵게 입을 열었다. 드노엘은 그 혼자 부정한다고 해서 사라질 사람이 아니었다. 사라지지 않는다면 남은 것은 잊어버리거나 그냥 인정하는 것이다.

"예전에 우리라고 불러서는 안 되는 사람을 우리라고 착각했다가 큰

낭패를 보았던 적이 있습니다. 저에게 당신이 무어냐고 물으셨죠? 저에게 당신은 공작님의 골치 아픈 동생입니다. 그것이 저와 당신과의 사이에 있는 거리의 길이이고, 정의입니다. 그럼 이번에는 제가 묻겠습니다. 당신에게 저는 무엇입니까?"

하지만 그 혼자만 잊는다고 해서 묻힐 만한 사람도 아니었고, 그렇다고 인정하자니 인정할 방법이 없었다. 인정이란 받아들이는 것부터 시작해야 한다. 하지만 그레이스는 드노엘을 어떤 의미로든 받아들일 준비가 되어 있지 않았다. 그리고 그에 앞서 드노엘에게 있어 자신이 어떤 존재인지부터 알아야 한다.

"저는 당신에게 무엇입니까?"

재차 물어보는 그레이스의 질문에 드노엘의 입가에 진한 미소가 스치고 지나갔다, 그레이스에게는 보이지 않기에 더욱 진하고 잔인한.

"형님의 아들이지."

"……."

"내게서 그 대답을 듣고 싶어서 온 게 아닌가?"

"……."

"나도 그 이상은 너에게 바라지 않아. 그것이 너와 나의 사이를 정의한 나의 결론이다. 홋, 마린느의 이야기를 듣고 놀라서 쫓아온 것이 왠지 맥이 빠지지 않니?"

조금 전까지 집요하게 '우리'를 강조하던 사람 같지 않게 드노엘은 그레이스가 가까이 다가서자 바로 그만큼의 거리를 뒤로 물러났다.

"나는 좋은 동생이 아니라서 좋은 숙부도 되지 못할 거야. 그런 마당에 그 이상을 너에게 바랄 수는 없겠지. 다만 내가 궁금한 것은 네가 마린느의 이야기를 듣고 놀라서 여기로 왔다는 거다. 그 아이 말로는 너는 형님의 아들이라고 알려졌다는데, 넌 그것과는 다른 걸 알고 있는 것 같아서 말이다."

드노엘이 집요하게 그레이스에게 '우리'라는 단어와 둘 사이의 관계에 대해 묻고 늘어졌던 것은 과연 그레이스도 사실을 알고 있느냐는 의문에서였다. 물론 그레이스가 마린느의 이야기를 듣고 이곳까지 찾아왔다는 것에서부터 어느 정도 짐작은 하고 있었다.

만약 그레이스가 남들처럼 자신이 리카도의 아들이라고 알고 있다면 이렇게 제 발로 이곳을 찾아오지는 않았을 터였다. 바로 마린느의 이야기를 총관에게 알려 한바탕 난리가 나는 것으로 이번 일을 마무리했을 것이다. 하지만 내내 위에 갇혀 산다는 숙부의 존재에 호기심이 생겨 한 번쯤은 찾아오긴 했을 거다. 어머니를 유린한 생부가 아닌 형의 자리를 노린 파렴치한 숙부를 만나기 위해서.

그랬더라면 문제가 훨씬 수월했겠지만 유감스럽게도 일은 드노엘이 바라는 대로 풀리지 않았다. 그레이스는 어떻게 구슬렸는지 총관에게 대신 일을 위임받아 드노엘과 총관의 만남을 단절시켰다. 그리고 이곳을 찾아와서는 한참을 조심스럽게 눈치 보며 사정을 살폈다. 보이지는 않아도 미세하게 흐트러진 숨소리를 바로 하려고 안간힘을 쓰는 그레이스의 움직임을 잡아내지 못할 그가 아니었다.

하지만 단순히 사람들에게 들어서 그에 대해 미리 경계를 하는 것일 수도 있었기에 우리라는 단어를 강조하며 늘어졌다. 그레이스가 그저 세상 사람들에게 알려져 있는 것만을 알고 있다면 화를 내거나 비웃으며 대답했을 것이다. 마마린느에게 전해 들은 이야기에 의하면, 겁쟁이거나 미련하지는 않는 것 같았으니 제법 똑똑하게 나올 거라 예상하고 있었다.

그러나 그레이스는 그러지 않았다. 점점 차분하게 숨을 고르고 자신의 리듬을 찾기는 했지만 초반에 보여주었던 흔들림은 단순히 못된 숙부를 만나기 위해 온 사람의 그것은 아니었다. 남들이 들으면 고저가 없는 고른 목소리로만 들리겠지만 드노엘의 물음에, 특히 두 사람의 관계를 물고 들어갈 때마다 순간 난감해하는 기색을 감추지 못하는 듯 보였다.

즉, 그것은 드노엘과 리카도에 얽힌 이야기와 그 사이에 휘말린 모친의 일을 알고 있다는 뜻이다. 증오는 느껴지지 않았지만 그것보다 더 심한 무심함이 엿보였다. 지금 그레이스는 한 번도 보지 못했던 부친에 대한 궁금증보다는 그의 입에서 나올, 그래서 남에게 흘러들어 갈지 모를 진실에 대해 두려워하고 있다.

단지 그것뿐이었다.

그레이스는 드노엘이 총관만이 아니라 마마린느와 그랬던 것처럼 우연히라도 다른 사람을 만나는 수단을 모두 막아버릴 것이다. 바보가 아닌 이상 셰어도란트에서 몇 개월만 살아보면 이곳에서 드노엘이란 사람이 가진 의미를 자연 알게 된다. 그리고 만약 드노엘의 자식이라는 것이 알려진다면 어떤 결과가 초래하는지도.

비록 몇 개월이라도 가문에 입적하지는 않았지만 그래도 자상하신 베르크너 공작님의 아들로서 살았다면 분명 느낄 수 있었을 거다. 리카도의 아들로 사는 것과 드노엘의 아들로 사는 것의 차이를.

아무리 타인의 시선에 무관심하다고 해도 이미 가진 것을 포기하기란 어려운 법이었다. 더욱이 그것을 잃고 얻게 되는 것이 무엇인지 너무도 잘 안다면 초조해지지 않고 차분할 수 없는 것은 당연하다.

하지만 이해가 되지 않는 것은 리카도가 왜 그레이스에게 모든 것을

그대로 이야기했는가 이다. 물론 생모가 모두 이야기해 주었을 가능성
도 있다. 그들에게 무슨 일이 있었고, 어떻게 그레이스가 태어나게 되
었는지. 그래 드노엘은 그레이스가 어떻게 진실을 알게 되었고, 얼마
만큼 알고 있는지 들어야만 했다. 누구에게 처음 이야기를 듣게 되었
는가에 따라 그레이스를 대하는 태도 역시 달라져야 하기 때문이다.

"마린느에게서 처음 네 이야기를 들었을 때는 긴가민가했었다. 어쩌
면 정말 형님의 아들일 수도 있지 않을까, 라는 생각도 전혀 없지는 않
았지."

드노엘은 천천히 운을 떼며 문 건너편의 그레이스의 반응을 살폈다.
그러나 처음과는 다르게 잘 정제된 것이 이젠 더 이상 감정의 기복으
로 그레이스의 반응을 알기가 어려웠다.

"하지만 넌 지금 이곳까지 날 찾아와서 너와 나의 사이를 부정했다.
만약 네가 자신이 형님의 아들이라고 알고 있었다면 절대 그런 반응은
보이지 않았겠지? 그러나 넌 이렇게 나를 찾아옴으로써 나를 부정함과
동시에 나를 인정해 버린 거다."

묘한 함수 관계였다. 그리고 아직 그레이스에겐 드노엘이 벅찬 상대
임을 보여주는 절묘한 순간이기도 했다. 어떤 식으로라도 그레이스가
드노엘의 그물에 걸려드는 것을 피할 수는 없었다. 만약 이대로 그가
드노엘을 무시하고 있었더라면, 그건 그것대로 그를 곤란하게 만들었
을 테니 말이다.

"혹시 대외적으로 진실을 숨겨줄 테니 행여나 진짜 아들 행세를 할
생각은 말라고 미리 못을 박든? 입적시키지 않은 사생아라도 아들이란
것이 있다는 것만으로도 없는 것보다는 나은 것이 가주들이라는 사람
들이지. 형님에게 넌 껄끄러운 존재일 수도 있지만, 자신의 세를 안정

시키는 데 이용할 수 있는 유용한 패일 테니까. 아니, 아니다. 이건 내 방법이지 형님이 사용할 수는 아니야, 그렇지?"

되묻기는 했지만 거의 확신하는 투였다. 리카도가 그레이스를 이용한다는 것은 말이 안 된다. 그 사람이 어떤 사람인데. 형을 이해하려면 자신과는 다른 사고로 생각을 돌려야만 한다는 것을 가끔 잊어버리곤 하는 드노엘은 비틀어지려는 입술을 이로 깨물었다.

"그럼 어떻게 해서 네가……."

"다르더군요."

"응?"

"당신과 공작님, 어머니에게 들었던 당신의 이야기와 공작님이 내게 하려던 거짓말 속에서 너무나 다른 두 사람을 알아보지 못한다면 바보겠지요."

무심하게 들리는 그레이스의 대답에 드노엘의 얼굴이 일그러졌다. 마마린느에게 들은 이야기로는 그레이스의 생모는 그가 어렸을 때 죽었다고 했다. 그런 그녀에게서 자신의 이야기를 들었다면 아주 오랫동안 생부에 대한 증오나 미움을 키워왔다는 이야기가 된다. 시간이 더해져서 감정이 무디어진 것처럼 보이지만 그것은 단지 절제라는 멋들어진 포장으로 잘 감출 수 있게 된 것에 지나지 않는다.

그만큼 오래 묵고 진하게 배인, 그래서 이미 흉터가 되어버린 상처는 갓 생긴 것보다 치유하기 더 어렵고 선뜻 손을 대기가 어려웠다. 흉터 위에 또 얼마나 큰 상처를 만들어야 그 흉터가 사라질지, 아니, 보이지 않게 될지 판단하는 것도 어려운 일이다.

"형님은 나와 많이 다르지?"

너무도 다른 두 사람이란 그레이스의 표현에 드노엘은 문에 가까이 다가가 조용히 물었다. 작은 소리였지만 그레이스에게도 충분히 들릴 정도로 침중하고 절실했다. 드노엘은 자신과 형의 차이를 잘 알고 있었다. 그리고 그 차이에서 오는 선택의 결과가 무엇인지도 뼈저리게 잘 알고 있다.

감상에 젖고 싶지는 않지만 자신과 형 사이에 생긴 다름의 시작은 어디였을까 하는 의문이 든다. 태어난 시기가 다르고 장자와 차남이라는 것 때문에 받은 교육이 달랐고, 자라는 과정에서 겪은 경험이 달랐기에 똑같을 수 없다는 것은 당연하다.

하지만 과연 그것만으로 자신과 리카도 사이에 이런 큰 차이를 만들어냈다는 게 이해가 되지 않았다. 아니면 선천적으로 두 사람의 성품과 기질 자체가 달라서 어쩔 수 없었는지도 모른다. 태어나기 전부터 이미 결정되어 버린 것 때문에 자라면서 점점 그 차이가 벌어지고 서로가 완전히 다른 사람이 되었기에 그 결과도 다를 수밖에 없다.

사람마다 가지고 있는 차이가 각각의 다름을 만들어내고 그로 인해 삶이 갈라진다는 것이 무얼 의미하는지 신은 알까? 어쩌면 신은 운명이라는 이름으로 자신의 목을 죄고 타인에게 씻을 수 없는 죄를 짓게 만들며 발버둥거리는 인간의 나약함을 즐거운 마음으로 내려다보고 있는지도 모른다.

인간이 어리석고 심약할수록 신은 그것에서 자신의 존재 가치를 부여받고 안심할 수 있을 테니 말이다.

그러나 드노엘은 자신이 리카도와 다르다는 것을 운명이라고 탓하고 싶지는 않았다. 만약 그렇다면 자신은 태어난 순간부터 패배자였을 테니 말이다. 아니, 그러고 보니 아직 그나 리카도는 살아 있었다. 살아 있다면, 마지막 숨이 남아 있는 그 순간까지 누가 승리자인지는 아무도 모르는 일이었다.

"형님이 너에겐 잘해주시지? 그녀의 아들인데 어련할까. 난 다만 나와 그녀와의 일을 네가 알지 못했더라면 좋았을 거라는 걸 말하고 싶을 뿐이다. 알아서 좋을 건 하나 없는 일이잖니. 그냥 넌 형님의 아들로 마음 편히, 사랑받으며 누구의 눈치도 보지 않고 당당히 살 수 있다면……. 우습지만 난 그냥 너의 숙부로 남아 있는 것만으로도 족하다."

맥이 빠지거나 포기 어린 어조는 절대 아니었다. 오히려 설레고 기분 좋은 울림이 목에서 퍼지는 그런 목소리였다.

"그래, 네가 말했듯이 우린 이만큼의 거리가 가장 좋아. 얼굴도 보지 않는 게 좋겠지. 너야 내 얼굴을 보나 안 보나 상관이 없겠지만 난 그렇지 않거든. 괜한 미련 따윈 처음부터 모르고 사는 게 좋아. 그리고 오해는 말아주었으면 하는 게 있다. 마린느의 일, 난 단지 사람이 그리웠을 뿐이다."

이 말을 마지막으로 드노엘은 거의 문에 닿다시피 했던 몸을 떼어 뒤로 물러났다. 의자의 바퀴가 구르는 소리가 점점 문에서 멀어지고 희미하게 들리는 개 짖는 소리에 그레이스는 잠시 공황 상태에 빠졌던 정신을 깨웠다.

이런 만남은 결코 좋지가 않았다. 그리고 드노엘은 그가 생각했던 것보다 더 위험한 남자였다. 대체 저 사람은…….

"난……."

"여기엔 다신 오지 않는 게 좋을 거야."

"……!"

"변덕이나 호기심이란 것들이 널 찾아가더라도 그냥 무시해 버려라. 하지만 말이다. 아주 가끔, 어쩌다가 한 번은 그것들의 손을 잡아주었으면 좋겠다. 그냥 속는 셈치고."

거리가 멀어서 울리는 듯 들렸지만 또렷한 드노엘의 당부에 그레이스는 헛웃음마저 나왔다. 이건 정말 웃기지도 않게 가장 전형적인 부자의 만남이 아닌가. 매정한 아들과 자신의 과거의 행태를 부끄러워하며 고개도 들지 못하는 아비라니. 감히 자주 찾아와 달라는 말도 못하고 돌고 돌려서 말하는 것마저도 진땀이 날 정도로 낯간지럽고 아찔했다.

드노엘이 말한 내용 따위는 사실 귀담아듣지 않아도 되는 것들뿐이다. 그가 뭐라든 그냥 흘러들으면 되는 것이고 그와는 별도로 그레이스는 자신이 하고 싶은 대로만 하면 된다. 하지만 도저히 적응되지 않는 이 상황이란 무엇인가. 이렇게 어처구니가 없을 때면 정말 맥이 빠진다는 뜻이 무언지 온몸으로 외쳐 대는 듯하다.

당신이 이러면 정말 우리 사이에 무언가 있는 것처럼 보이잖아.

몸속에서 사납게 울려대는 비명에 지쳐 그레이스는 서둘러 자리를 떠날 수밖에 없었다. 곡예는 이제부터 시작인데 벌써부터 힘이 빠지는 건 역시 연륜의 차이일 것이다. 연륜과 기질이 만들어낸 노련함의 차이가 다시 한 번 그레이스와 드노엘의 운명을 가위질하려 했다.

자신이 왜 이곳에 와 있는지조차 불분명해지고 있었다.

왜 왔을까. 무엇을 보고 싶어서 왔는가. 무섭고 걱정이 되어 왔는데 허무하게도 아무것도 얻은 것 없이 제 속마음만 모두 보여주고 만 꼴이 되고 말았다. 그것이 화가 나고 비참했다. 너무도 담담하게 그레이스의 존재를 받아들이는 드노엘에 비해, 그 때문에 흔들리고 놀라고 힘들어하는 자기 자신이 그레이스는 싫었다.

그래서 드노엘이 갇힌 곳으로 통하는 복도에다가 착시 마법을 거는 자신의 모습이 우습지만 어쩔 수가 없다. 그가 무어라고 해도 그레이스는 불안하고 무서웠다. 드노엘에게 식사를 가지고 온다는 귀머거리 아이를 기다리며 그레이스는 생각했다.

세상에 당당해질 수 없는 치부라면 철저하게 숨겨야만 한다. 그것은 그가 나중에 강해지는 것과는 전혀 다른 문제였다.

"네가 메를로이니?"

쟁반에다가 음식을 가지고 오는 십대 초반의 소년을 보며 그레이스가 물었다. 소리는 들을 수 없지만 말하는 입 모양을 보고 말을 알아듣는 소년은 고개를 끄덕이며 그의 눈치를 봤다. 소년은 그레이스를 알고 있었다. 그리고 오늘부터 그가 저 뒤편에 갇혀 있는 무서운 사람을 책임지게 되었다는 것도 알고 있다.

그래서 행여나 오늘부터 하는 일을 그만두라면 어쩌나 하고 걱정을 했다. 귀머거리에 말도 못하는 소년이 할 수 있는 일들은 제안되어 있었다. 그나마 이 일이라도 할 수 있는 것도 운이 좋아서였다.

"걱정하지 않아도 돼, 일은 계속할 수 있을 테니까. 그냥 너에게 몇 가지 지시 사항을 알려줄 것이 있어서 기다렸던 것뿐이야."

메를로의 얼굴에서 예전 자신에게서 보았던 낯익은 표정을 발견한 그레이스는 가볍게 그 머리를 쓰다듬으며 소년을 안심시켜 주었다. 일을 그만두게 될까 봐, 혹은 쫓겨날까 봐 걱정하는 소년의 얼굴은 옛날의 자신을 생각하게 했다. 그리고 아마 만약 자신에게도 표정이 있다면 이 소년과 전혀 다르지 않은 얼굴을 하고 있을 터였다.

상처에서 피가 났다. 가위질을 잘못해 생긴 V 모양의 상처에서 쉴 새 없이 흐르는 붉은 피에 가벼운 한숨이 흘러나왔다. 피라는 것이 누구에게나 있는 건데도 그레이스는 이 붉은 액체가 새삼스럽기도 하고 기이하기도 해서 한참을 쳐다보기만 했다.

붉은 핏줄기가 손가락 마디에서 잠시 주춤하다가 멈춤없이 손목까지 흘러내려 새하얀 옷자락 속으로 숨을 때까지도 그저 멍해 있을 뿐이었다. 하지만 이내 점점이 번지는 핏빛 얼룩이 소매를 더럽히자 그레이스는 인상을 쓰며 상처에다 입술을 대고 빨았다. 비릿한 피 맛이 입 안에 퍼지자 불쾌한 기억들이 머리에 떠돌았다.

붉은색의 액체는 누구의 몸에나 똑같이 흐르는 거다. 그러나 사람들은 이 붉은 피에 너무 많은 의미를 부여해 버린다. 그리고 피라도 다 같지는 않다고 강하게 주장한다. 절대 같지 않다고. 그래서 사람이라도 다 같을 수 없다고 냉정하게 선을 긋는다.

순혈이든 잡종이든, 사람이든 동물이든 간에 피는 모두가 붉고 비릿하다. 그 안에 뭐 특별한 것이 따로 섞여 있는 것인지는 모르겠지만 물보다 조금 더 진한 색을 가졌다는 것 말고는 별거없어 보이는 게 피다.

"하지만 다르겠지?"

그레이스는 상처에서 흘린 피로 더럽혀진 소매를 잠시 멍한 시선으로 바라보다 작게 웅얼거렸다. 똑같아 보여도 결코 같지 않을 거다. 그의 피는 이미 많은 사람들에 의해 특별한 취급을 받고 있었다. 사람들은 말한다. 피는 속일 수 없고 그것 때문에 보통과 비범함의 차이가 생긴다고.

몸속에 흐르는 피의 종류가 누구와 같다는 이유 하나만으로 그레이스는 스스로가 변한 게 하나 없음에도 남들에 의해 다른 사람이 되어 버렸다. 안과 겉은 그대로인데도 신분상으로나 인격적으로 전과는 비교도 할 수 없는 대접을 받고 있다. 그것은 모두 이 붉은 피 하나 때문이었다.

단지 몸속을 뜨겁게 흐르는 붉은 것에 섞인 내용물의 일부가 무언지 밝혀진 것만으로 인생 전반이 달라졌다. 아니, 편해졌다고 하는 게 맞겠다. 나중에야 힘겹게 얻을 수 있을 거라 생각했던 것이 너무도 쉽게 손안으로 굴러 들어왔다. 그런데 이 모든 혜택의 원인이었던 붉은 피의 내용물이 실은 알려진 것과는 많이 다르다는 게 지금 그를 힘들게 했다.

문득 베로니카처럼 세상엔 맛있는 피와 맛없는 피, 두 종류만 있다고 생각하는 단순한 사고가 부러웠다.

"주인님, 피!"

옆에서 열심히 바느질을 하고 있던 사사는 기척이 없는 그레이스가 이상해 무심결에 쳐다보다가 그의 손가락에서 흐르는 피를 보고 놀라 외쳤다. 드레스를 만들 요량으로 옷감의 마름질을 부탁했는데 그레이스가 자르라는 천은 안 자르고 자신의 살을 잘라 버렸으니 놀랄 수밖에. 게다가 상처를 내려다보는 시선이 이글이글 타는 게 철천지원수도 그렇게 노려보지는 않을 터였다.

표정으로 마음을 말하는 법을 모르는 그레이스였지만 그의 시선과 주변을 감싸는 분위기만으로도 사사는 어느 정도 그의 감정을 잡아낼 수가 있었다.

그래서 어렴풋이 느껴지는 그의 불안함에 사사 역시 불편하고 속상했다. 불만이 있거나 기분이 나쁘면 말로 하지 왜 자해를 하느냐 말이다. 그녀는 지금의 상황만을 보고 빠르게 결론을 내렸다. 그레이스의 손가락 상처는 자해가 원인이라고.

언뜻 그레이스와 자해는 전혀 어울리지 않다고 생각할 수 있겠지만 옆에서 가장 가까이 그를 봐온 사사는 너무도 잘 알고 있었다. 그건 단지 말끔하고 단정한 그의 외견 때문에 생기는 착각이란 걸.

어쩌면 고르는 것마다 그레이스에겐 고생길이요, 요리조리 피해 가는 길마다 가시밭길뿐이었다. 처음엔 정말 지지리 복도 없다거나 주인님은 너무 소박하다는 단순한 결론만 내렸더랬다. 그러나 그것이 계속 반복되자 이건 우연이라거나 운 때문만이 아니라는 의심이 들기 시작했다.

우연이 겹치면 필연이 된다는 말이 있다. 그리고 그 필연 속에서 사사의 뇌리에 퍼뜩 스치고 지나가는 것이 있었다. 그건 그녀의 주인님이 어쩌면 자신에게 가해지는 고생과 핍박에서 쾌락을 느끼는 위험한 성격의 소유자일지도 모른다는 가설이었다.

하지만 매사에 진지하고 외골수인 그레이스가 그런 취향까지 가지고 있으면 너무 암울하였기에 애써 그 가설을 부정하기로 했다. 그러나 작금의 상황에 이르니 구석에다가 내팽개쳐 둔 그 가설을 도로 꺼내봐야 할 것만 같았다. 진지할 뿐만 아니라 꼼꼼하기까지 한 그레이스가 실수로 가위에 손을 벴을 거라곤 생각도 못한 것이 사사의 문제라면 문제였다.

"주인님, 왜 그러셨어요."

"응?"

"아무리 제가 일 좀 시켰다고 이런 식으로 감정을 표현하시면 어떻게 해요. 아버지께서 늘 말씀하시기를, 세상에서 자해를 해도 아름다운 것은 미소년도 미청년도 아닌 오직 미소녀밖에 없다고 하셨어요."

"그게 무슨……."

"눈 밑의 흉터를 그대로 두었을 때부터 알아봤어야 했던 거야. 하지만 이 사시! 미소년도 못되는 주인님이 자해 같은 전혀 어울리지 않는 짓을 하도록 그냥 내버려 두지는 않을 거예요. 물론 주인님의 하얀 피부에 붉은 핏방울이 조금은 어울리긴 하지만 상처에 입을 대고 바르르 떠는 모습은 주인님처럼 키가 크고 마른 사람에게는 영 아니라는 거 잘 아시죠?"

사사는 그레이스에게 다가가 그의 다친 손가락을 감싸 안고 치유 마법을 시전하면서도 끊임없이 불만을 쫑알거렸다. 어차피 이만한 상처로 그레이스가 아파하지 않는다는 건 잘 알고 있었다. 그래서인지 지금 그녀에게 문제인 것은 그레이스가 느끼는 통증의 경중보다는 그가 보여주는 시각적인 영향에 더 신경이 쓰였다.

솔직히 말해서 그레이스가 다친 손가락을 입으로 빨고 있는 장면은 궁색하게 보일지언정 절대 멋있어 보이지는 않았다. 잘못 꾸며놓으면 정말이지 볼품없어 보일 정도로 마르고 키만 훌쭉 커서 이미 미소년과는 예전에 손 흔들고 이별을 고한 그였던 것이다. 그랬기에 자해라는, 다소 고풍스럽고 아찔한 묘미를 풍기는 요소와는 절대 어울리지 않았다.

"그래도 아버지의 제자인데……."

진정한 아름다움이 무언지 너무도 잘 알고 있던 핑크 레이디의 수호자였던 카이룬의 제자라면, 적어도 가르쳐 주지 않아도 자신을 돋보이게 하는 법을 스스로 터득해야 하는 게 정석인데 말이다. 만약에 어울렸다면 자랑할 만한 취향은 아니더라도 말릴 생각은 없는 사사지만 이것만은 두 팔 걷어붙이고 말려야만 했다.

"자해는 안 돼요. 주인님껜 절대 어울리지 않아요. 아버지의 제자라면 그것 정도는 잘 알고 계셔야 하는 거 아닌가요?"

손의 상처를 사사가 자해로 착각하고 있다는 것까지는 알겠는데 왜 여기에서 카이룬이 나오는지 그레이스는 순간 이해가 되지 않았다. 하지만 곧 대마법사씩이나 되는 자의 제자가 자해를 한다는 건 분명 어울리는 일은 아닐 거라는 오해 속에서 납득을 해버렸다.

사사의 착각에서 비롯된 오해지만 그녀가 아닌 다른 사람도 지금의 상황만을 보고 같은 생각을 하지 말라는 법은 없었다. 처음부터 끝까지 상황을 지켜보지 않는다면 진실이란 가끔 상상과 착오로 인해 새로운 사실로 거듭난다.

그 속에서 그레이스는 누구누구의 자식이며 제자라는 간판으로 인해 때론 원하지도 않은 책임과 자세를 부여받는다.

혈연에 학연이라……. 참 여러 가지로 사람을 옭아매는 것들이었다. 넓게 해석하자면 카이룬의 제자로서 마음대로 다치지도 말라는 소리였다. 지금의 것을 잃지 않기 위해서는 위선을 떨어서라도 자신의 피를 부정하고 속여야만 했다. 혼자서 꿋꿋이 살아가길 바랐던 그레이스를 비웃기라도 하듯이 지금의 상황은 너무도 희극적이었다.

"결국은 나란 사람은 혼자서는 아무것도 할 수 없는 존재인 건가……."

버림받지도, 버릴 수도 없는 존재가 되고 싶었지만 결국은 혼자서는 아무것도 아닌 미미한 존재에 불과하다. 손을 내밀면 그 손을 잡아주는 감촉과 따뜻함에 안심하는 불안한 영혼인 것이다. 이안이라면 이런 그레이스의 말에 웃으며 대답할지도 모른다.

"그게 뭐 어때서 그래? 어차피 어머니 뱃속에 있었을 때부터 사람은 혼자가 아니었어. 그때부터 누군가의 도움과 신세를 지면서 지금의 내가 있는 거라고. 그런데 새삼 자존심 때문에 지금까지 의지했던 타인의 손을 거절할 필요는 없잖아? 어디 무인도에 가서 혼자 살지 않는 이상 말이야. 혼자서 도도한 척 뻣뻣이 살아갈 수는 없어."

끝까지 고민하며 망설이는 에덧에게 사채를 빌려주면서 이안이 했던 말 같다.

다이안은 모후의 가늘고 긴 손가락을 보며 눈을 가늘게 떴다. 굴곡 없이 아름답고 길게 뻗은 하얀 손가락만을 보자면 참으로 편한 삶을 살아온 사람의 손이었다. 문득 다이안은 그레이스의 손을 떠올렸다.

손마디가 굵다거나 보기 싫은 손은 아니었다. 제법 곱고 모양새도 좋았다. 하지만 손등 여기저기에 나 있는 작고 희미한 흉터들과 거칠어 보이는 살갗 등은 만져 보지 않아도 다이안이 늘 보아왔던 이들의 고운 손과는 다르다는 걸 안다. 지금껏 어떻게 살아왔는지를 말해 주는 손은 다이안에게 애처로움을 자아내기보단 동질감을 끌어냈다.

다이안의 손바닥에 나란히 새겨 있는 손톱자국은 지금까지 그의 삶이 어떠했는지 대변해 주고 있었다. 입술을 깨무는 대신에 꽉 쥐어틀던 주먹의 힘을 감당하지 못할 정도로 어렸을 때부터 그의 손에는 아픔밖에 없었다.

그래서 다이안은 정직한 손들이 좋았다. 과거의 흔적이 남아 있는 손이 정겹고 안심이 된다.

지금 그의 앞에 앉아서 우아하게 차를 마시고 있는 모후의 손은 영화로웠던 과거를 그대로 말해 주고 있었다. 하지만 정직하지는 못했다. 그녀의 손은 영화로웠던 삶만을 말해 주고 있을 뿐 그녀의 삶 전체를 보여주지는 못했다.

"요즘 안색이 좋지 않으십니다."

걱정이 묻어난 다이안의 물음을 헤레나는 가볍게 대답했다.

"이맘때는 늘 몸이 노곤하였습니다. 계절을 타는 게지요. 그러니 국왕께서 걱정하실 필요는 없습니다."

사실 안색이 안 좋은 것은 계절을 타는 것도 몸이 아파서도 아니었다. 하지만 그녀가 다이안에게 대답할 거리는 이런 변명들밖에 없었다.

"몰랐습니다."

"네?"

"이맘때면 어마마마께서 계절을 타신다는 걸 여태껏 알지 못했습니다."

"대단한 것도 아니니 심려치 마세요. 그보다는 요즘 들어 왕비와 나후의 처소엔 아예 발걸음도 하지 않는다고 들었습니다."

둘러댄 말에 다이안이 진지하게 반응하자 헤레나는 씁쓸히 웃으며 대화의 내용을 다른 것으로 돌렸다. 요즘 들어 다이안이 그의 부인들에게 보여주는 태도는 사춘기 소년의 수줍음이라기엔 과할 정도로 여성 자체를 멀리하는 수준에까지 이르고 있었다.

예전에 보여주었던 방탕한 기질은 물론 일전에 헤레나 앞에서 보여주었던 에린에 대한 애절함은 모두 꿈만 같았다. 원래 나후에게는 털끝만큼의 관심도 보여주지 않았으니 그녀를 방관하는 건 그렇다고 치자. 하지만 그렇게 죽자 사자 원했던 에린에게마저 소원함을 넘어 무시로 일관하는 태도엔 의문마저 들었다.

국왕이 주색을 밝히는 것도 문제지만 아예 밝히지 않는 것도 왕가의 걱정거리였다. 당장은 다이안의 소생이 필요한 것은 아니었다. 그러나 만약 지금 상태가 앞으로도 계속 유지된다면 어쩌나 하는 걱정이 있는 것도 사실이었다.

"그렇게나 좋아하던 왕비가 아닙니까. 그런데 혼인한 첫날부터 오늘에 이르기까지 이렇듯 소홀히 대하시면 누가 왕비를 존경하겠습니까?"

"이런, 내가 정말 그녀를 박대하긴 했나 봅니다. 처음부터 그녀를 탐탁지 않아 하셨던 어마마마마저 왕비를 걱정하시는 걸 보면요."

"마음에 들지 않더라도 국왕이 직접 고른 반려입니다. 제 감정은 중요한 것이 아니에요."

"아니요. 어마마마께서 섭정이시기에 그것은 중요한 문제입니다."

"……?"

설핏 입꼬리를 말아 올리며 대답하는 다이안의 말에 헤레나는 순간 아미를 찡그렸다. 언제나 온순하기만 하던 아들의 얼굴에 문득 스치고 지나간 표정은 그녀에겐 너무도 생소하고 소름 끼치는 것이었다. 언뜻 자신이 잘못 본 것인가 하고 눈을 깜박여 보기도 했다. 다행히 아들의 얼굴은 언제나와 같이 아름답고 자상한 미소만이 맺혀 있었다.

"잠깐의 감정으로 섭정이신 어머니의 뜻을 거스른 게 못내 죄송하고 찜찜하였습니다. 아마도 그것 때문이 아닌가 합니다. 그녀를 쉽게 받아들이지 못하는 이유가요."

"그러지 않으셔도 됩니다. 이미 국왕의 비가 아닙니까. 이제 와서 돌이킬 수 있는 것도 아니고요."

"섭정이신 어마마마께서 물리라 하신다면 언제라도 그리하겠습니다."

"비에 대한 국왕의 감정이 겨우 그 정도일 줄은 몰랐습니다."

꼬박꼬박 섭정이란 토를 다는 다이안의 어투는 어찌 보면 뼈가 있을 수 있었다. 하지만 너무나 아무렇지도 않게 왕비를 폐위시킬 수 있다는 암시를 내비치는 아들 때문에 놀란 헤레나는 미처 거기까진 신경 쓰지 못했다.

아버지였던 선왕과 똑같은 얼굴로 자신에게 매달려 에린이 아니라면 안 된다고 외쳤던 다이안의 고집과 애정을 지금의 그에게선 조금도 찾아볼 수가 없었다. 담담하여 그래서 어쩌면 너무도 차가운 얼굴로, 다이안은 자신의 왕비를 내칠 수도 있다고 말하고 있었다. 모후인 헤레나가 원한다면.

"이럴 것이라면 그때 왜 좀 더 신중하지 못했던 겁니까, 이렇게 후회할 거라면."

"그때는 오로지 어마마마가 모후로 보였기 때문입니다."

"……?"

"어마마마께서 섭정이시란 것이 사실 당시만 해도 무슨 의미인지 제대로 인식하지 못하고 있었습니다. 그냥 막연히 어린 나를 대신해 국정을 봐주시는구나라고 항시 고맙고 미안해했을 따름이었죠. 하지만 근래 국정회의에 참석하면서 분명하게 알게 되었습니다. 섭정이란 게 무엇인지요. 단지 모후라는 이유로 그렇게 어린애처럼 떼를 썼던 자신이 마냥 부끄럽기까지 하더군요."

다이안은 천천히 자리에서 일어나 헤레나의 뒤편으로 가 섰다. 두 손으로 그녀의 어깨를 감싸며 허리를 숙여 헤레나의 귀에 대고 작게 속삭였다.

"그동안 부족하기만 한 나를 대신해 어마마마가 얼마나 고생을 하셨는지를 생각하면 그때 내가 그래서는 아니 되었던 겁니다. 죄송합니다.”

　헤레나의 어깨를 주무르듯 쓰다듬는 다이안의 손길은 한없이 부드럽기만 했다. 또한 속삭일 때마다 귓가에 와 닿는 날숨 역시 다정하여 깃털처럼 가벼웠다. 조금도 변한 게 없는 그녀의 아들이었다.

　“언제나 나를 위해 애쓰시는 어마마마와 외조부님께 감사하고 있습니다.”

　“…….”

　“그런 어마마마를 위해서라면 무언들 못하겠습니까.”

　때 아닌 고백에 당황한 헤레나는 눈을 크게 뜨며 뒤에 서 있는 다이안을 보기 위해 고개를 돌리려 했다. 하지만 다이안이 어깨를 잡았던 손을 아래로 내려 헤레나를 뒤에서 꼭 끌어안은 바람에 그럴 필요가 없게 되었다. 뒤를 돌아보지 않아도 볼에 와 닿는 아들의 얼굴은 그녀의 시선에 가득 들어찼다.

　“두 분을 기쁘게 해드리는 건 역시 하루라도 빨리 제 몫을 다할 수 있는 국왕이 되는 것이겠죠?”

　“다이안…….”

　“걱정하지 마세요. 결코 어마마마를 실망시켜 드리지 않을 테니까요. 아바마마처럼 어마마마를 배신하는 일은 절대 하지 않을 테니까요.”

　“배신이라니요? 선왕께선…….”

　“얼마 전에 베르크너 공작에게 놀라운 소식을 하나 들었지 뭡니까.”

　“……?”

　“아바마마께 나보다 3~4살이 더 많은 사생아가 하나 있었다는 겁니다.”

오늘은 헤레나가 여러 모로 놀라기만 하는 날이었다. 순진한 얼굴로 계속 위험 수위를 넘나드는 발언을 하던 다이안이 마지막엔 아예 당치도 않은 말로 사람을 당황하게 만드니 말이다. 헤레나는 순간 굳었던 표정을 풀고 어이없다는 얼굴로 웃고 말았다. 오딤왕에게 자신이 아닌 다른 여자가 있을 리가 없었다. 그것만은 분명하게 확신할 수 있었다.

"공작께서 무얼 잘못 아신 겁니다. 선왕께 사생아라니요. 있을 수 없는 일이에요."

다이안은 자신있게 부정하는 헤레나를 안쓰럽다는 듯 바라보며 한숨을 내쉬었다.

"그분께서 어마마마께 특별히 애틋하셨다는 건 들어서 잘 알고 있습니다. 하지만 그분께 어마마마가 유일한 여인은 아니라는군요. 당시에 아바마마에겐 정부가 있었고, 그녀는 아이를 낳다가 죽었다고 합니다. 그리고 그 아이를 직접 베르크너 공작께 부탁한 건 바로 아바마마 당신이었답니다. 공작은 그동안 몰래 아이의 후견인이 되어주었는데 작년 여름에 그만 병으로 죽었다지 뭡니까. 며칠 전에 이미 다 지나간 일이라며 베르크너 공작이 이야기해 주더군요."

"……."

"당시 아바마마를 옆에서 모셨던 시종장인 게일도 알고 있던 일이라 합니다. 공작의 이야기를 듣고 너도 알고 있었느냐 물으니 당황해하면서도 고개를 끄덕이더군요. 베르크너 공작은 아바마마도 사내이니 능히 있을 수 있는 일이라고 웃으며 말하였지만 충격이었던 건 사실입니다."

헤레나의 경악에 찬 눈동자는 더 이상은 커질 수 없다 싶을 정도로 크게 떠져 있었다. 그런 모후의 얼굴을 두 손으로 감싸며 다이안은 애달프게 속삭였다.

"솔직하게 고백하자면 배신감마저 들더군요."

"하, 그런 일은……."

"절대 없을 거라 생각했는데 말입니다. 여자애였다고 하더군요. 죽었다는 소리에 잘되었다 싶으면서도 아쉬운 건 또 뭘까요. 형제 같은 건 아예 없다고만 여겼는데 있었다니. 있었는데 이제는 없다는 소리에 왜 이렇게 쓸쓸할까요."

다이안은 당장이라도 일그러질 듯하면서도 끝까지 냉정을 잃지 않는 헤레나의 얼굴에서 시선을 떼지 않고 속으로 실소했다. 분명 그녀의 손은 영화로운 삶을 살아온 흔적밖에 없었다. 귀하고 편히 살아온 자의 손이었다.

그런데 왜 이토록 가까이에 있는 그녀에게선 희미한 술 냄새가 나는 것일까. 왜 그녀의 눈동자는 위태롭고 공허한 걸일까. 왜 어머니의 얼굴은 어려움이라곤 전혀 모르는 그녀의 손처럼 편해 보이지 않는 것인가. 손바닥의 흉터에서 새삼 저릿저릿한 통증이 밀려왔다. 언제부터인가 그는 주먹을 꼭 쥐며 손톱으로 손바닥을 파고 있었다.

"이제는 정말 세상에 믿을 수 있는 건 어마마마와 나, 둘밖에 없다는 생각마저 했지 뭡니까. 우습지요? 이 나이에 이런 생각이나 하고."

애써 머릿속의 의문들을 털어내며 다이안은 헤레나의 이마에 입을 맞추며 어쩔 수 없다는 듯 푸념했다. 이에 아들을 어떤 눈으로 바라봐야 할지 모르던 헤레나는 결국 눈을 감아버렸다.

문득 벌을 받은 게 아닌가 싶었다. 분명 화가 나고 속상해야 할 일인데도 그녀에겐 그럴 자격이 없었다. 자신 대신 화를 내는 아들에게도 뭐라 할 말이 없었다.

오덤왕을 사랑하지 않은 것은 아니었다. 하지만 사실대로 말하자면 처음엔 그와의 결혼이 싫었다. 그는 작고 어리던 그녀에 비하면 너무 거대하고 무서운 존재였다. 그것은 외모에서 기인했다기보다는 그에게서 흘러나오는 압도적인 존재감과 분위기 때문이었다.

해서 마냥 눈조차 마주 보기 힘들 정도로 그가 무섭고 싫었다. 그러던 것이 언젠가부터 그를 좇는 자신에게 화들짝 놀라 애먼 손수건만 만지작거리던 것이 변화의 시작이었다. 그럼에도 내내 그녀밖에 없다며 사랑을 고백하는 그에게 일부러 못되게 굴면서도 해당화처럼 발그레해지는 볼을 자각하지도 못했다.

아마 말하지는 않았지만 그 역시 그녀의 변화를 눈치채고 있었을 것이다. 그랬기에 그리 못된 소리만 하는 여인을 진심으로 사랑할 수 있었을 것이다. 그래 어쩔 수 없다는 듯 억지로 내뱉은 티가 역력한 사랑한다는 말에도 그리 환하게 웃을 수 있었던 거다.

하지만 한 번도 그 마음을 진심 어린 말로써 표현한 적은 없었다. 아버지가 물으면 그냥 한 혼인이기에 참고 살아간다고 했다. 매일 밉고 싫다는 말만을 버릇처럼 달고 살았다. 언제나 변함없이 웃음을 보내던 그도 실은 초조하고 외로웠을 거란 생각은 당시엔 하지 못했다. 그는 언제나 강인하고 현명하였기에 말하지 않아도 알 거라 생각했다.

그라면 말하지 않아도 믿어줄 거라 자신했다.

혼란스럽지만 가슴을 가득 채우는 벅찬 마음을 표현하는 방법이라곤 아버지가 보내준 귀한 차를 그에게만 직접 끓여주면서 툴툴거렸던 것이 고작이었다. 당시엔 그것이 그런 어마어마한 결과를 낳을 줄은 상상도 못한 채로.

이유 모를 병으로 왕이 쓰러지고 나서야 이라이언 공작은 아름다운 미소를 머금으며 딸과 사위에게 고백했다. 그녀가 매일 국왕에게 끓여 주었던 실리앙 차에 섞인 내용물과 그것이 어떻게 해서 독으로 변하였는지를. 그는 유감스럽게도 해독약은 없다며 웃었다.

어떻게 그런 짓을 할 수 있냐고 생전 처음으로 아버지께 소리를 지르던 그녀에게 이라이언 공작은 기이하다는 표정을 지으며 어깨를 으쓱였다.

"싫다고 하지 않았습니까? 국왕 전하와의 결혼 생활이 지옥 같다고요. 억지로 전하와 혼인시킨 제가 원망스럽다 하지 않았습니까? 전 단지 한순간 영욕에 눈이 어두워 딸의 인생을 망친 것이 못내 후회가 되어 이런 일을 꾸민 건데 마음에 들지 않으십니까? 좋아하실 줄 알았는데 이런 반응은 뜻밖이군요."

부친이 한마디 한마디 내뱉을 때마다 헤레나는 거친 숨소리를 토하며 얼어붙고 말았다. 차마 뒤를 돌아 침대에 누워 있는 사랑하는 이를 바라볼 수가 없었다. 그냥 버릇처럼 했던 말들이었다. 혼인하기 싫다고 떼를 썼던 것이 언젠데 이제는 그를 사랑한다 말하기가 부끄러워서 한 거짓말들이었다.

그러던 것이 부친의 혀를 타고 나오니 마치 진실처럼 심장에 비수를 꽂았다.

어차피 그녀가 무슨 말을 하더라도 아버지나 남편은 그녀의 진심을 알 거라 생각했다. 못내 싫은 척하며 행복한 자신의 감정을 숨기려던 그녀의 바보 같은 자존심을. 하지만 그녀의 바람은 아무 소용 없이 그녀의 부친에게서 흘러나오는 이야기는 그녀가 서 있을 힘마저 빼앗아 갔다.

"이 일은 왕비 전하와 다이안 저하를 위해 평생 저만 품고 가려 했습니다. 하지만 양심이란 것이 도저히 참을 수가 없어서 이리 고백하고 전하께 죄를 청하는 것입니다. 왕비께선 아무것도 모르시고 한 일입니다. 그러니 전하께 독을 보낸 죄든 역모죄도 좋으니 죄에 대한 벌은 저에게만 내려주십시오."

아무렇지 않게 웃으며 자신의 죄를 고백하는 아버지가 그녀와 오딤 왕에게 마지막에 보여주었던 미소는, 아찔할 정도로 아름다웠음에도 차가운 냉혈 동물의 그것처럼 소름이 끼쳤다. 어렴풋이는 알고 있었다. 그가, 이라이언 공작이란 사람이 삶을 살아가는 게 아닌 즐기고 있다는 것을 말이다.

그에게 있어 인생은 유희였고 게임이었다. 파멸조차 그에겐 즐거운 유흥거리 이상의 것은 아니었던 것이다.

조용히 그 자리에서 무릎을 꿇는 부친을 보고서야 그녀는 상황이 어떻게 돌아가는지 알게 되었다. 아버지만이 문제가 아니었던 것이다. 단순히 그녀가 했던 어리석은 말들로 인해 남편이 상처받을 것을 걱정하고 겁낼 단계는 이미 벗어난 수준이었다.

아직 죽은 건 아니지만 해독약이 없으니 독살이나 마찬가지였다. 이는 역모죄로 가문이 멸족당하더라도 변명의 여지가 없었다. 그리고 그 중심에 서 있는 헤레나는 물론 그녀의 소생인 다이안도 무사할 수만은 없는 일이었다.

이라이언 공작과 그의 가문만이 벌을 받는다 해도 헤레나와 다이안이 도덕적인 책망에서 자유로울 수는 없었다.

어떻게 다이안이 국왕이 된다고 해도 평생을 명분에 시달리고 자격을 의심받을 것이다. 그것보다도 이미 죽을 것이 확실한 오딤왕의 사후에 그녀와 다이안을 지켜줄 이는 오로지 이라이언 공작밖에 없었다.

헤레나는 여러 차례 호흡을 크게 내쉬고는 억지로 다리에 힘을 주고 나서야 주저앉았던 자리에서 일어설 수가 있었다. 천천히 움직이지 않는 몸을 돌려 오덤왕을 바라보며 그녀는 말했다.

"내겐 곧 죽을 당신보다 아버지가 더 필요해요."

"……."

"끝까지 날 지켜주지 못할 바엔 당신 혼자서 그냥 조용히 죽어주세요, 제발."

가쁜 숨이 점차 진정이 되면서 몸의 잔떨림도 서서히 멈추기 시작했다. 머리는 차가워지고 가슴은 그보다 더 차가웠다. 자신의 얼굴이 어떤 표정을 하고 있는지 감조차 오지 않았지만 굳이 알고 싶은 마음은 없었다.

고통도 슬픔도 보이지 않는 눈으로 자신을 바라보는 이에게 무언가 더 말을 한다면 그건 변명밖에 되지 않는다. 오덤왕이 듣고 싶은 말은 그런 게 아닐 것이기에 그녀는 차라리 입을 닫아버렸다. 의식적으로 비켜 나간 시선들이 허무하게 방 안을 헤매며 서로를 외면했다.

"이라이언 공작의 말은 못 들은 것으로 하겠소."

한참 만에 어렵게 오덤왕의 입에서 나온 대답은 식상함을 느껴 버린 연극에서처럼 반전도 극적인 연출도 없는 대사였다. 그가 어떤 결정을 내릴지 헤레나는 물론 아마 그녀의 뒤에서 무성의한 태도로 죄를 고하던 이라이언 공작도 알고 있었을 것이다. 이건 선택이라기보다 강요였다.

선택이란 앞으로 희망의 가능성이 있는 자들이 누릴 수 있는 특권이다. 그러나 유감스럽게도 오덤왕에겐 그런 게 없었다. 돌이킬 수 없다면 받아들여야만 한다는 작금의 현실이 가혹하겠지만 선택의 가능성을 없애 버린 건 그 누구도 아닌 바로 자신이었다.

"공작에겐… 오늘부터 그대를 장인이라 부르고 싶은 마음은 없으니 이렇게 부르는 걸 이해해 주길 바라네. 아아, 무슨 이야기를 하려 했더라? 그래, 공작에게는 훌륭한 방패가 있고 나에겐 그걸 뚫을 의지가 없으니 달리 무얼 할 수 있겠나. 그대에게 방패를 준 것도 나이고 그대에게 등을 보인 것도 나. 스스로 책임져야 할 것은 져야 하겠지."

오덤왕의 음성은 차가우며 고요했다. 그에게 필요한 것은 분노로 인한 화풀이가 아닌 하루라도 더 버틸 수 있는 힘의 축적이었다.

강건한 남자는 사라지고 병색에 찌든 국왕은 자신의 사후를 걱정하기에 급급했다. 유감스럽게도 이대로 편하게 죽을 팔자도 못 되었다. 한껏 냉정한 척 꿋꿋이 버티고는 있지만 자기도 모르게 이로 입술을 자근자근 씹고 있는 헤레나와 아직은 어리기만 한 다이안을 걱정해야 하는 건 오직 그의 몫이었다.

헤레나의 핑계를 대는 이라이언 공작의 말을 믿을 만큼 그는 순진하지 않았다. 귀족이, 그것도 왕비의 부친이 국왕을 살해하려는 것이다. 그 이유가 이렇게 간단할 리만은 없었다. 또한 반성의 기미조차 보이지 않는 자의 사과를 꼭 받고 싶어서 절절댈 만큼 절차에 목을 매지도 않는다. 가증스런 사과를 받아낸다고 해서 배가 부르는 것도 아니고 그가 살 수 있는 것도 아니다.

그럼에도 공작을 이대로 두어야 하는 것은 그가 헤레나와 다이안을 자신의 방패로 삼고 있기 때문이다. 더불어 두 사람의 방패가 되어줄 이가 우선은 이라이언 공작만한 사람이 없다는 것도 이유였다.

자신이 더 이상 지켜주지 못한다면 울타리라도 남겨줘야 하는 게 오덤왕이 할 수 있는 최선이었다. 다만 이라이언 공작이란 작자가 언제까지 방패로만 남아 있지는 않을 거라는 게 문제였다. 그는 언제라도 창으로 변해 헤레나와 다이안의 심장을 찔러 버릴지 모르는 위험한 울타리였다.

하지만 우선은 안심이 되는 것이 헤레나는 제쳐 두고라도 다이안 역시 이라이언 공작의 방패가 될 것이라는 점이었다. 어느 정도까지는 방패로써 유용하게 쓰일 것이고 그때까지는 적어도 안전할 것이다. 누가 먼저 창으로 변해 상대의 심장을 찌를 때까지 적어도 서로가 서로에겐 쓸모가 있는 방패일 것이다.

힘겹게 자리에서 일어나 앉은 오덤왕은 가벼운 한숨과 함께 미소를 지었다. 병색이 짙어도 그는 여전히 오만하고 당당했다. 독에 찌든 것은 그의 육체이지 정신이 아니었다.

"그대가 진정 원하는 게 무언가?"

어차피 이제부터는 짜고 치는 도박판이었다. 이미 져줄 사람과 이길 사람이 결정된 마당에 서로의 패를 숨길 이유가 없었다.

"생각해 보니 내가 죽어야 하는 이유가 너무 많아서 쓸쓸하군. 그래도 직접 공작에게 듣고 싶으니 말해 보게. 내가 왜 죽어야 하지?"

첫째가 오덤왕이 추진하던 귀족 억제책들에 대한 불만일 수 있었다. 소위 3대 명문가라 일컬어지는 가문들이 국왕의 정책에 불만을 표하지 않았던 이유는 그들에겐 어떤 식으로든 충분히 살 길이 있었기 때문이다.

국왕 역시 구가(舊家)의 명문으로서 그들을 대하며 암묵적으로 인정할 것은 인정하고 적절한 선에서 타협을 유도하고 있었다. 하지만 다른 가문들은 그러지 못했다. 베르크너 공작가를 제외한 유일한 공작가이며 국왕의 처가임에도 이라이언 가문은 빼앗긴 기득권과 사업권들로 인한 그 피해가 적잖지 않은 상태였다. 오히려 국왕의 처가라는 이유로 더 철저하게 통제를 받아야만 했다.

아니면 어린 꼭두각시 왕을 내세워 외척으로서 3대 명문가를 누르고 최고 권력을 잡는다는 게 공작의 계획일 수도 있다. 뿐만 아니라 공작이 하는 작태를 보면 그가 왕조를 전복하고 왕이 되려고 할지도 모른다는 상상마저 들게 했다.

무서운 건 그게 꼭 터무니없는 억측만은 아닌 것처럼 보인다는 것이다. 그만큼 지금의 이라이언 공작은 뻔뻔하다 못해 너무 당당했다. 끝까지 비밀로 해도 될 것을 이렇게 찾아와 모두 밝히는 것부터가 분명 뭔가 사악한 의도가 깔려 있기 때문이라 생각하면 소름이 돋았다.

사실 오덤왕은 그동안 자신이 이라이언 공작을 경시하고 있었다는 걸 인정해야만 했다. 능력있는 자라는 건 알고 있었지만 그 역시 기득권에 빠져 사는 다른 귀족들과 다르지 않는 이라고 생각했다. 유능하지만 그 정도의 사람은 넘치고 넘쳤다. 굳이 장인을 가까이 두어 그에게 힘을 실어줄 마음은 추호도 없었다. 적당히 받아들이고 적절한 거리를 두며 지켜보는 선에서 항상 그 둘의 관계는 멈춰 있었다.

"말해도 전하께선 이해하시지 못할 겁니다."

"그래도 일단 들어는 보지. 이 모양이 돼서 이유까지 모르고 그냥 당한다면 내가 너무 억울하지 않겠나."

국왕의 추궁에 공작은 난처한 듯 고개를 젓다가 이어지는 재촉에 하는 수없이 대답을 해주었다. 그가 아니라면 절대 공감할 수도 이해할 수도 없는 시시한 이유들을 말이다.

"저는 지금 파티를 열려고 합니다. 이것은 오직 저만을 위한 파티이고 전하와 다른 이들은 저에게 초대된 손님들일 따름입니다. 외람될지 모르겠지만, 파티를 진행하는 것도 끝내는 것도 제 마음이고, 마음에 들지 않는 손님을 퇴장시키는 것 역시 저의 주관입니다. 그리고 이제 전하의 퇴장 차례가 점점 다가오기에 부러 이렇게 알리러 찾아온 것입니다. 전하께선 바르제바의 국왕이며 사사로이는 저의 사위가 되시니 이게 도리가 아닐까 생각했습니다."

"하, 파티라… 파티."

오덤왕은 공작의 말을 어디까지 받아들이고 버려야 하는지 감을 잡지 못했다. 그는 자신이 추측한 모든 일들이 앞으로 벌어진다고 해도 그것은 공작을 즐겁게 만드는 유흥거리의 하나에 불과하다는 것을 알지 못했다. 정확히는 이라이언 공작 자체를 알지 못하고 있었기에 오덤왕의 혼돈은 더욱 클 수밖에 없었다.

"그럼 대체 그 파티는 무엇 때문에 여는 건가?"

"파티라는 게 원래 즐기고 놀자고 하는 것 아니겠습니까."

공작은 솔직하게 대답했다. 일련의 모든 일들이 그에게는 단지 즐겁자고 하는 것 이상의 의미는 없는 것들이었다. 그걸 알지 못하는 오덤왕은 황당하다 못해 어이가 없어서 순간 멍청한 얼굴이 되어버렸다. 그래서 공작이 뭔가 쉽게 알 수 없는 은유로 자신을 놀리는 게 아닌지 의심이 들기도 했다.

"단지 즐기기 위해서란 말인가?"

"그럼 다른 이유가 있어야 합니까?"

"내가 죽으면 그대는 많은 것을 가질 수 있을 거다."

"아마 그러겠지요."

"그걸 어디에다가 쓰고 싶은가?"

재차 확인을 위한 물음에 이라이언 공작은 이미 생각해 두었던 것이 있었는지 바로 대답했다.

"적어도 바르제바를 위해서는 사용하지 않을 겁니다. 정직하게 말해서 국왕 전하로 인해 이 나라는 너무 재미없는 나라가 되어버렸습니다. 귀족들은 싫어도 너무 강한 국왕에 짓눌러 끽소리 한 번 못 내고 바보처럼 하라는 대로 하고, 백성들은 점점 살기 좋은 환경에 너나 할 것 없이 기뻐하고, 나라는 부유해지고 강대해져서 전형적인 바른길로만 가고 있으니 지루할 수밖에요. 저는 그걸 좀 틀어놓을 생각입니다."

아름답고 화사한 미소가 이라이언 공작의 얼굴에 보기 좋게 떠올랐다. 계속 조용히 듣고 있던 헤레나가 의자에 주저앉은 소리가 났다. 기가 찬다는 게 이런 게 아닌가 싶다.

"갈아 마시고 싶다는 말의 의미를 오늘에야 비로소 공을 통해 알게 되었군. 고맙다고 해줄까, 아니면 이제부터 그대에게 부여한 모든 호칭을 거두고 그냥 미친놈이라고 불러줄까?"

"전하의 관점에서 보자면 그리 보일 수 있겠지만 전하와 전 단지 추구하는 삶의 목적이 다를 뿐입니다. 다양한 개성을 존중하는 의미에서 그런 표현은 자제해 주셨으면 합니다."

누가 궁지에 몰려 있는 쥐인지 모르겠다. 오딤왕의 상황이 처참하기는 했지만 기실 이라이언 공작의 처지도 좋은 건 아니었다. 어쨌든 국왕의 마음먹기에 따라 목숨이 오가는 위태로운 순간이었다. 그럼에도 나이에 걸맞지 않게 나른한 듯 우아하게 웃으며 농을 건네는 게 사람을 아주 허탈하게 만들고 있었다.

"내가 당장 그대의 목을 자르면 손님보다 먼저 퇴장하는 건 그대가 될 것이다."

"파티엔 여러 가지 변수가 있기 마련이고 전 그 모든 것을 즐길 자세가 되어 있습니다. 다만 주인이 사라진 파티가 어떤 식으로 난장판이 될 거라는 걸 아신다면 쉽게 그럴 수는 없으실 겁니다."

옆에서 점점 사색이 되어가는 헤레나를 눈짓으로 가리키며 도리어 협박을 하는 이라이언 공작이었다. 물론 지금 이 자리에서 죽는다고 해도 그에게 생의 집착 같은 게 있을 리가 만무했다. 다만 지금 죽는다면 앞으로 생길 재미난 일들을 놓칠 거란 아쉬움이 그에게 집착을 선물했다.

"파티의 주인공이 그대가 아닐 수도 있다."

"그것 역시 재미난 변수 중에 하나가 될 것입니다. 그런 의미에서 저와 내기를 하나 하지 않으시겠습니까?"

"내기?"

"파티의 주인공이 누구인가 하는 것 말입니다. 전하께선 당연히 다이안 저하께 거실 테지요? 그렇다면 전 저에게 걸겠습니다."

"내기라면 판돈이 있어야 할 터인데?"

이라이언 공작의 제안에 오딤왕은 흥미를 보였다. 문제는 판돈으로 내걸어지는 것이 얼마나 구미가 당기는 것인가이다.

"다이안 저하를 지켜 드리겠습니다. 왕족과 귀족들에게서 안전하게. 그분이 나중에 파티의 주인공인지, 아니면 단순한 객이었는지 알게 될 때까지요."

"그래서 만약 주인공이 아니라면?"

"자신이 주인이라 생각하는 객 따위 필요없습니다. 그리고 만약 제가 진다면 모두 거두고 사라지겠습니다."

"사라진다? 그게 어디서부터 어디까지인지 경계를 분명하게 해두는 것이 좋을 것 같군."

질문에 이라이언 공작은 추호의 망설임도 없이 바로 대답을 했다.

"바르제바에서 이라이언이란 이름을 가진 자들은 사라질 겁니다. 또한 다이안 저하를 제외한 제가 뿌린 모든 것들을 함께 거두어가겠습니다."

"판이 큰 내기군."

"전부를 얻느냐 전부를 잃느냐가 중요한 게 아닐 겁니다. 그 전부 속에 속하는 일부 때문에 모험을 거는 것이겠죠. 판이 아무리 큰들 전하와 제가 얻을 것은 작은 일부밖에 없습니다."

세상이 내기의 판돈이 된다 한들 오덤왕과 이라이언 공작에겐 흥미로운 내기가 되지 못한다. 판이 커진다고 해도 두 사람이 가질 수 있는 것은 극히 소소한 것들이었다. 오덤왕은 조금이라도 안심하고 죽을 수 있는 위안이었고 이라이언 공작은 그를 즐겁게 해주는 감정들이면 족했다.

오덤왕과 이라이언 공작은 몇 가지 세세한 사항들에 대해 더 이야기한 후에야 내기에 대해서 서로 합의를 끝냈다.

"그런데 저를 믿으시고 이 내기를 받아들이시는 겁니까?"

"당연히 믿지 않아. 내가 무얼 보고 그대를 믿겠나."

"그렇다면……."

"만약 그대가 이긴다면 방해하진 않겠지만 지고도 약속을 어긴다거나, 내기를 끝까지 이행하지 않고 다이안에게 무슨 위해를 가한다면 나를 대신한 대리인이 그댈 찾아가 모든 것을 끝낼 것이네."

대리인으로서 게일을 염두에 두며 오덤왕은 이라이언 공작을 노려봤다. 설마 하니 국왕이 이렇게 조용히 죽을 거라는 걸 이라이언 공작도 기대하진 않을 것이다. 또한 이런 마당에 국왕이 그를 전적으로 믿을 의리도 없었다. 그러기에 서로가 서로에게 검을 겨누고 있다는 건 확실히 해둬야만 했다.

사실 게일이 나서서 다이안을 도와준다면 이런 내기야 나중에 어떻게 된다 해도 상관없었다. 하지만 그는 절대 그러지 않을 터였다. 대마법사라는 종족들은 지금 눈앞에 있는 이라이언 공작만큼이나 이해하기 복잡한 정신 구조를 가지고 있었다.

작은 힘은 되어주겠지만 스스로가 역사의 흐름을 역행하는 짓은 하지 않을 거라는 게 마법사로서의 게일의 신념이었다. 다이안이 죽고 바르제바가 멸망한다면 물론 슬퍼하긴 할 것이다.

그러나 그것이 그를 움직이는 원동력이 되지는 못할 게 분명하다. 소중하게 생각하던 이를 잃고 슬퍼한다고 해도 대마법사에게 있어 그것은 단지 지금까지 지켜보았던 수많은 죽음들 중 하나에 불과하다. 인간인 키드웰 게일은 다이안의 편을 들어주겠지만 대마법사인 그는 다이안의 죽음에 분노하지는 않을 것이다.

그나마 유언이라며 부탁한다면 대리자로서 그를 대신해 내기를 이어가 줄 거라는 것을 믿기에 이렇게 이라이언 공작의 제안을 받아들이는 것이었다.

"저 역시 전하께서 이대로 그냥 계실 거라 기대하지 않습니다. 아마 전하께선 하실 수 있는 모든 안배를 남겨두시겠지요. 그럼 전 기쁜 마음으로 그것들을 찾아내 없애겠습니다. 그러나 안심하셔도 좋습니다. 내기는 분명히 이행하고 지켜 나갈 것입니다. 제 인생에 이런 짜릿한 게임을 또 어디서 찾겠습니까."

서로가 당장의 일은 알 수 없는 처지였다. 내기고 뭐고 실상 아무것도 믿을 수 없는 불안함이 이라이언 공작은 좋다. 미세하게 틀어져 버린 아름다운 부부의 모습을 즐기는 것도 기뻤다.

이제 와 다시 오붓함을 나누기엔 너무 많이 와버린 두 사람의 모습을 끝까지 지켜보고 싶었지만 그럴 수는 없었다. 적당히 자리를 비켜 줘야 또 다른 문제가 두 사람 사이에 싹틀 것이다. 예측할 수 없는 잔인함에 서로가 서로를 갈기갈기 찢고 상처 입기를 이라이언 공작은 바랐다.

"공작과 내가 하는 이야기는 모두 들었소?"

둘만 있게 되자 오딤왕은 어깨에 잔뜩 집어넣었던 긴장을 풀고 자리에 누우며 어느 때처럼 편안하게 말했다. 그러나 자신의 물음에 그저 고개만 끄덕이다 어색하게 고개를 돌려 버리는 헤레나를 보며 가볍게 혀를 찼다.

"당신이 걱정하는 게 무언지 모르겠소. 나는 처음부터 당신에게 아무것도 바라지 않았었어. 그냥 그 자리에서 나만 봐주면 되었던 거야. 내가 당신을 사랑하니 그거면 우리에겐 충분한 거라 생각했소. 당신에게서 무슨 소리를 듣든 그것이 나에게는 상처가 될 수 없고 슬픔이 되지 못해."

"하지만 난 걱정이 돼요. 점점 죽어가는 당신이 아니라 앞으로 살아가야 할 나의 미래가 두려워요. 그리고 다이안, 다이안은! 세상에 어떻게 아버지와 그런 내기를 하실 수가 있는 거죠?"

그녀가 걱정하고 아파하는 건 앞으로 사랑받지 못할 입장이 되어버린 자신의 처지였다. 그로 인해 받을 상실감과 어려움을 감당할 자신이 없었다. 헤레나가 사랑한 것은 자신을 사랑하는 오덤왕이란 남자였다.

그랬기에 더 이상 그녀를 사랑해 줄 수 없는 그는 필요하지 않았다. 아니, 사랑할 수가 없었다. 너무도 허무할 정도로 그녀의 사랑은 아무 망설임도 없이 그녀를 떠나 버렸다. 때문에 쉽게 그에게 조용히 죽어달라고 말할 수 있었다. 어렵게 사랑을 시작하였지만 끝내기는 그것과는 비교도 할 수 없이 빨리 식고 말았다.

그리고 그녀의 사랑이 이렇듯 얇고 가볍다는 것을 오덤왕은 이미 알고 있었다. 그녀가 자신했듯 그는 헤레나가 말하지 않아도 그녀의 마음을 너무나 잘 알고 있었던 것이다. 그녀가 자각하지 못한 깊숙한 내면까지.

다 알고 있으면서도 그녀를 사랑하였다. 그 대가가 죽음이라도 그건 그의 몫이지 헤레나의 탓이 아니었다.

알고도 시작한 이에게는 그만한 책임과 각오가 따르기 때문이다. 어쩌면 오덤왕과 헤레나 사이에 용서와 믿음이란 필요없는 단어였는지도 모른다. 오덤왕의 입장에선 이건 배신도 실망도 아니었기에 담담할 수 있었고 마지막까지 변함없이 그녀를 사랑할 수 있었던 것이다. 그것이 그의 사랑이었다.

"입술."

"……?"

"깨물지 마. 아픈 것은 나 하나로도 족하니까."

순간이었지만 오덤왕의 눈가에 웃음기가 스치고 지나갔다. 마치 감기에 걸렸다는 진단을 받은 것처럼 유유하기까지 했다.

"그리고 다이안은 괜찮아."

"……?"

"걱정해야 하는 건 당신 자신이지 다이안이 아니오."

이해하지 못해 눈을 크게 뜨는 헤레나를 다정히 바라보며 오딤왕은 잔인한 진실들을 이야기해 주었다.

"공작은 자기가 지게 되면 자신이 뿌린 모든 것을 거두겠다고 했소, 다이안만은 제외하고. 그리고 그 뿌린 것들 중에는 당신도 들어가지."

"……!"

"그리고 다이안은 내가 오래 살아 있거나 말거나 언젠가는 국왕으로서 자신의 길을 스스로 개척해 나가야만 하는 운명이오. 잘난 왕이 되거나 못난 왕이 되거나 제왕으로서의 자질이 닿는 데까지 살아남겠지. 만약 그러지 못해서 살해당한다면 그것 역시 본인과 바르제바의 운이 거기까지였다는 의미지 않겠소? 그게 바로 왕의 운명이라는 거요, 지금의 나처럼. 하지만 만약 내가 져서 다이안이 죽게 된다면 그 뒤를 따르는 건 바로 당신이 될 거요."

오딤왕은 여전히 자상한 손길로 창백한 헤레나의 얼굴을 쓰다듬으며 조용하면서도 단호한 어조로 계속 말을 이었다.

"그때가 되면 당신은 공작에겐 필요가 없어질 테니까. 내기의 결과가 어떻게 되더라도 당신의 미래는 바뀌지 않을 거요. 난 일부러 공작에게 당신의 안위를 끝까지 부탁하지 않았고, 공작 역시 당신에 대한 언급은 하지 않았다는 걸 옆에서 들어 더 잘 알고 있을 거라 생각하는데."

"……."

"당신은 다이안에게 어머니가 필요한 순간까지만 살아 있으면 되는 거요."

"……."

"그때까지 당신은 당신이 하고 싶은 대로 살아도 좋아. 잠시 그때까지만 당신을 놓아주지."

언제부터인가 찢어진 헤레나의 입술을 오덤왕은 따뜻한 자신의 입술로 부드럽게 덮었다. 찢어진 입술에서 흘린 비릿한 피에는 평소 그가 좋아하던 붉은 꽃향기가 희미하게 섞여 있었다.

"나는 괜찮습니다. 그분에게도 바람이 머물렀다면 그 안에서 잠시나마 시원하고 평온하셨겠지요. 그건 국왕이 신경 쓸 문제가 아니에요."

잠시 옛 생각에 빠졌던 헤레나는 그날과 비슷한 꽃향기가 섞인 피 맛에 깜짝 놀라 정신을 차리며 이렇게 대답했다. 어느새 자신도 모르게 입술을 깨물고 있었던 것이다.

"나에겐 국왕이 있지 않습니까."

분명 헤레나는 오덤왕을 사랑하긴 사랑했다. 그것이 종말에는 시시한 연애 놀음으로 끝난 가벼운 것이었다고 해도 사랑은 사랑이었다. 하지만 오덤왕을 따라가고 싶을 정도의 것은 아니었다.

그는 마지막까지 그녀를 포기하지 못했지만 그녀는 그의 손을 놓고 싶었다. 죽어서까지 그에게 가고 싶지는 않았다. 또한 그의 말처럼 인생을 끝내고 싶지도 않았다. 살고 싶었다, 비참하고 불쌍하게가 아닌 최고로.

그가 아니라도 충분히 행복하고 자신만만한 삶으로 누구에게도 위협받지 않을 생을 말이다. 남에게 휘둘러지는 삶 따위를 살고자 아내와 어머니의 자리를 버려가면서까지 아등바등 산 것이 아니었다.

"하지만 국왕이 나를 대신해 이렇게 화를 내주는 것이 꼭 나쁘지만은 않군요. 그분도 이리 다정한 지금의 국왕을 본다면 무척이나 흐뭇해하실 겁니다."

아들의 볼을 쓰다듬으면서 헤레나는 자신이 한 말이 어이가 없어 실소하고 말았다.

헤레나는 늘 궁금했던 것이 있었다. 그건 바로 오덤왕과 그녀의 자식인 다이안에 관한 문제였다. 오덤왕은 이상할 정도로 아들인 다이안이 헤레나와 함께 있는 것을 막아왔다. 그녀의 측근을 다이안의 유모로 삼았지만 그건 형식에 불과한 지위였고, 실상은 게일이 유모나 마찬가지였다.

오덤왕은 단순하게 아들을 싸고돈다고 하기엔 지나칠 정도로 다이안에게 어머니의 자리를 만들어주지 않았던 것이다.

다이안과 헤레나와의 사이에 어떠한 접점도 만들어주지 않았던 오덤왕의 행적은 아내와 아들을 사랑했던 그다운 행동이 아니었다. 그러나 지금은 그 이유를 잘 알고 있었다. 그가 자신의 모든 것을 버릴 수 있을 만큼 헤레나를 사랑하긴 했지만, 결코 그녀를 믿거나 의지하지는 않았던 것이다.

연인으로선 어떤 모습으로 있어도 용납하고 괜찮았지만 어머니로선 그의 기준에 헤레나는 한참 모자랐고, 그것만은 받아들일 수 없었던 것이다. 그러나 지금 결과만을 보자면 그런 오덤왕의 노력은 모두 다 부질없는 것이 되어 있었다.

헤레나도 처음엔 순수하게 다이안만을 걱정하고 염려했다. 하지만 오딤왕이 죽은 그 순간부터 그녀는 아들을 두고 계산을 하기 시작했다. 살아남기 위한 수단, 권력을 얻기 위한 수단으로써만 아들에게 애정을 요구하고 자신의 구미에 맞게 어린 아들을 키웠다.

언제라도 그에게 자신이 필요하도록 만들었고 그렇게 되었으니 분명히 그녀의 승리였다. 그의 예상대로 되는 일은 절대 없을 것이다.

어리석고 유치하기만 했던 사랑놀이가 끝나던 날, 헤레나는 오딤왕이 자신을 어떻게 사랑하는지, 그녀의 아버지가 어떤 사람인지, 자신들의 사랑이 얼마나 이기적인 것들이었는지 알게 되었다.

그렇기에 오딤왕의 바람을 인정해 줘야만 했다. 그녀를 사랑하는 것이 꼭 행복하지만은 못했을 거라는 걸. 그것이 한 번도 아내와 어머니로서 제대로 된 몫을 다하지 못한 헤레나 자신에 대한 벌이라는 것을 말이다.

하지만 시간이 되돌아가 똑같은 상황이 오더라도 그녀는 과거를 바꾸고 싶은 생각은 없다. 그래서 아버지가 그녀에게 보낸 찻잎 속에 무엇이 들어 있는지 미리 알고 있었더라도 멈추지는 못했을 것이다.

이미 맛봐 버린 금단의 과일은 너무 달콤하고 유혹적이었고, 그녀는 아내와 어머니가 되는 것 대신 그 자신으로 남아 있는 것을 선택할 수밖에 없는 여자였다.

헤레나의 흔들리던 눈동자의 초점이 서서히 자신이 잘 알고 있던, 어릴 적부터 지긋지긋하게 봐왔던 모후의 차가운 열망으로 가득 차자 다이안은 그제야 안심이 되었다. 이 얼굴과 이 눈동자야말로 다이안이 알고 있는 헤레나의 진실한 과거와 현재의 모습이었다.

다이안은 이미 시들어 버린 꽃잎에서 다시 향기가 되살아 나는 건 바라지 않았다. 시들어 버려서 볼품없이 변해 버린 것은 버리는 일만 이 남아 있다. 이제 와서 코를 대고 사라져 버린 향기를 맡고 싶은 마음 따윈 절대 없었다.

이미 오래전 오덤왕이 헤레나에게 그녀의 미래를 예측해 주었던 순간부터, 그로 인해 그녀가 어머니이기를 포기했던 그날로부터 둘 사이에선 어떠한 꽃도 피지 못하고 계속 시들어가고 있었다. 지독하게 아내와 아들을 사랑했던 한 남자로 인해.

그 후 며칠이 지나지 않아 카트린느지에 선왕이었던 오덤왕에 대한 스캔들이 기사로 났다. 다이안과 헤레나의 대화를 우연찮게 듣게 된 시녀 하나가 친구에게 '너만 알고 있어라'는 당부로 시작했던 것이 소문이 되어 기사로까지 난 것이다.

이미 죽어버린 사생아는 사람들에게 많은 이야깃거리를 제공했다. 한 번뿐이었다지만 오덤왕의 외도는 사람들에겐 꽤나 신선한 충격이었던 듯싶다. 그런데 참 우스운 것이 기사의 내용은 의도적이든 아니든 헤레나를 동정하기보다는, 무엇 때문에 선왕이 외도를 할 수밖에 없었는지에 초점이 맞추어져 있었다.

거기에 신분을 밝힐 수 없는 증인들에 의해 헤레나가 행했던 과거의 언사들이 곁들어지면서 그녀에 대한 동정론이 생길 여지조차 남겨주지 않았다. 오죽했으면 그녀라면 세상이 알아줄 만큼 지극했던 오덤왕이 한눈을 팔았을까, 그럴 수밖에 없었던 그의 입장도 참으로 안됐다며 인간적인 관점에서 여론이 흘러갔던 것이다.

아직도 국민들의 뇌리에 지워지지 않은 사랑받는 국왕에 대한 향수는 남다른 것이었다. 사람들은 그것이 더럽혀지는 것을 원하지 않는다. 아무리 사소한 거라도 상처 내기 싫은 마음은 피해자와 가해자의 입장을 미묘하게 바꿔 버렸다.

물론 언론의 힘이란 게 가세하기도 했지만, 오덤왕에게 냉정했던 섭정에 대한 여론은 절로 차가워질 수밖에 없었다. 그동안 섭정에게 보냈던 지지는 오덤왕이 소중하게 여겼던 이를 향한 믿음이자 향수였기 때문이다.

story 37

하늘을 나는 새에게도
돌아갈 둥지는 필요하다

STORY 37

하늘을 나는 새에게도
돌아갈 둥지는 필요하다

길가 양쪽에 울창한 교목이 나란히 심어져 있는 대로를 가운데 두고 그레이스와 총관에게 서로 마주 보는 위치에 똑같은 면적의 땅이 주어졌다. 잔디와 관목들이 어수선하게 나 있는 땅을 한 달 만에 보기 좋은 정원으로 만들어야만 하는 건 쉬운 일이 아니다. 거기에 한 달이란 누가 더 잘했고 못했다는 평가를 내리기에도 뭣한 기간이다.

정원이란 여러 번의 사계절을 지켜본 후에야 비로소 진정한 모습을 알 수 있고, 괜찮다 그렇지 않다는 평가를 내릴 수 있는 곳이었다.

그래서 한눈에 사로잡을 화려함이라거나 독창성을 만들어내는 데 재주가 없는 그레이스에게는 이는 어려운 과제였다. 단시간에 승부를 내기엔 정원에 대해 그가 가지고 있던 평소의 계획들은 너무도 소박했다.

대신 편안하고 정감이 가는 곳을 추구하는 그레이스의 정원이 총관이 만드는 정원과 어떤 승부를 낼 수 있는지는 미지수였다. 하지만 불안하다고 해서 자기의 이상을 버릴 수는 없는 일이었다.

먼저 한 일은 불필요한 잡목들과 잡초인지 잔디인지 구분이 안 되는 풀들을 뽑은 후에 거름을 섞어서 땅을 갈아엎는 일이었다. 오랫동안 방치해 둔 정원의 흙은 양분이 없어 푸석하고 딱딱했다. 그러나 수줍음 많고 아직 자신만의 멋을 찾지 못한 아가씨처럼 순진하고 고집스런 땅이라 어떻게 변화할 것인지 기대하는 것만으로도 그레이스를 들뜨게 만들었다.

그레이스와 총관이 키다리 나무들 사이를 분주하게 돌아다니며 새로운 창작 활동에 열중하는 장면은 둘의 개인적인 초조함과는 별개로 사람들에게 즐거운 유흥거리를 제공하고 있었다. 이층 높이의 창가에서 내려다보면 꼬물꼬물 움직일 적마다 조금씩 변해가는 땅은 그 자체만으로도 충분한 구경거리였다. 더불어 누가 이길 것인지에 대해 오고 가는 토론들도 꽤나 즐거운 소재였던 것이다.

덕분에 사람들은 틈만 나면 창가에 모여 두 사람이 만들어가는 각자의 정원들을 내려다보며 나름대로 평가랍시고 이야기하는 게 하루의 즐거움이 되어버렸다.

"잠깐! 저건 반칙이잖아!"

옹기종기 모여 있는 무리들 중에서 제법 눈치 빠른 이가 총관의 정원을 가리키며 옆 사람의 어깨를 툭 쳤다. 이제야 겨우 틀이 잡혀가기 시작한, 그래서 아직은 황갈색 땅이 대부분인 정원을 두고 뭐라 할 수는 없는 단계였다.

하지만 요 며칠 그레이스와 총관의 정원을 면밀히 관찰하고 있었던 그는 누구보다 먼저 두 개의 정원이 가지는 문제점을 발견할 수가 있었다.

양쪽의 정원을 손가락으로 가리키며 조목조목 따지면서 사내는 이 문제점의 원인이 총관에게 있다는 것까지 알아냈다.

"총관님 너무하시는 거 아니야!"

"그러게. 이렇게 되면 대결은 어떻게 되는 거지?"

"당연히 집사님이 이기는 거 아니겠어. 저건 엄연한 반칙이잖아. 반칙을 한 게 뻔한데 사비나님이 가만히 계시겠어?"

"총관님이 그것도 모르고 저런 짓을 하겠니? 뭔가 꿍꿍이속이 있으니까 저러는 거지. 차라리 집사님께 총관님이 하는 짓을 말해 주는 게 더 좋지……"

총관의 일을 두고 어떻게 해야 하나 고민하던 무리는 갑자기 약속이나 한 듯 동시에 입을 다물었다. 언제부터 있었는지 모르겠지만 옆에서 냉막한 얼굴로 그들을 노려보고 있는 달튼 경의 존재를 알아챘기 때문이다. 워낙에 차갑고 냉랭한 얼굴의 소유자라 가만히 있는 것만으로 한순간에 분위기를 싸하게 만들어 버리는 게 그의 특기였다. 그런 그가 오늘은 특별히 얼굴까지 찡그리며 공포 분위기를 잡자 긴말 필요 없이 알아서 모두들 입을 다물어 버렸다.

"그냥 모른 척하는 게 좋을 거다."

"네?"

"다른 이들에게도 전해. 만약 알게 되더라도 그냥 모른 척하고, 행여나 말실수해서 총관의 일이 집사의 귀에 들어가지 않도록 조심하라고."

짧은 경고와 함께 싸늘한 바람을 일으키며 되돌아 등을 보이고 사라지는 달튼을 보며 사람들은 저도 모르게 부르르 몸을 떨었다. 아직도 그가 있던 자리에선 싸한 공기가 맴도는 것 같아 괜히 을씨년스럽기까지 했다.

"아휴, 사람이 참 냉하게 생겼다니까."

"우리 집사님도 차가운 인상으론 어디 가도 안 지게 생겼지만 저 양반을 따르진 못할 거야, 그렇지?"

"집사님은 그냥 표정이 없는 거고 저 양반은 그냥 사람 자체가 싸하잖아."

냉랭한 분위기는 그레이스와 달튼이 같았지만 둘의 차이점은 분명했다. 그리고 셰어도란트의 사람들은 그 차이를 똑똑히 인지하고 있었기에 아무도 그레이스를 냉정하다거나 차가운 사람이라고 생각하지는 않았다.

"그런데 이걸 어떻게 해석해야 하지?"

"뭘?"

"지금 총관님이 하는 짓을 집사님껜 비밀로 하라잖아."

"설마 이번 일을 현월의 기사단이 뒤에서 총관님을 밀어주고 있는 건가?"

"행여나. 이게 뭐 대단한 일이라고 현월의 기사단까지 개입하겠냐?"

"그러긴 하지. 그런데 그럼 왜?"

분명 지금 총관이 하는 일은 반칙이었다. 그런데도 그레이스가 가만히 있는 것을 보면 그는 아직 그걸 모르는 듯했다. 그렇다면 나서서 진실을 밝히고 일을 바로잡아야 하는 게 우선인데 현월의 기사단의 조장 중 하나가 그것을 함묵시켰다.

솔직히 이건 재미난 사건, 혹은 유흥거리에 지나지 대결이었다. 그 속에 그레이스와 총관의 자존심 대결이란 것을 빼면 심각한 의미나 중요성은 전혀 없었다.

그래서 추측과 오해가 난무한 토론의 결과, 그들은 꽤 그럴싸한 결론을 끌어냈다. 현월의 기사단원들은 분명 그레이스와 총관의 대결을 두고 내기를 걸었을 게 확실하다. 누가 어느 쪽에 얼마를 걸었는지 모르겠지만 그들이 이 일에 개입한 것은 내기 말고는 다른 이유는 없기 때문이다.

"되게 할 일도 없나 보다."

"그러게. 겨우 요만한 일에 내기까지 하고 저렇게 서슬이 퍼레서 돌아다니는 걸 보면 어지간히 할 일도 없나 보지."

"사실 요즘 일도 뜸하잖아."

이처럼 일반인들의 눈에 기사들이란 칼부림이 나지 않는 이상, 매일 하릴없이 검이나 휘두르며 시간을 때우는 한량쯤으로 보일 때가 종종 있었다.

"총관을 도와줄 작정이십니까?"

오랜만에 셰어도란트를 찾은 자민트는 사비나에게 베르크너 공작이 보낸 서찰을 내밀며 살짝 그녀를 떠보았다. 달튼에게서 그동안 셰어도란트에서 있었던 일들과 그레이스와 총관의 일을 전해 들은 자민트는 사비나의 처사가 잘 이해가 되지 않았다. 물론 반칙을 하고 있는 것은 총관이었다. 그것을 가지고 나중에 묻는다면 분명 총관이 불리할 게다.

그러나 지금 사비나가 총관의 일을 덮어두고 있는 것은 나중에 그것을 가지고 탓하려거나 그레이스에게 유리하게 적용시키려는 게 아니었다. 처음부터 본 것은 아니지만 틀이 잡혀가는 정원과 달튼이 살짝 일러준 이야기로 듣자면 지금 상황이 총관에게 더 유리할지도 모르기 때문이다.

그레이스와는 사이가 좋아 보였는데 막상 그가 불리할 때 그녀가 편을 든 것은 총관이었다. 달튼을 시켜 사람들의 입을 막게 하고 총관의 반칙을 그레이스가 알지 못하도록 조치한 배후는 누구도 아닌 바로 사비나였던 것이다.

"난 누구의 편도 아니에요."

페이퍼나이프로 봉투를 뜯어 안에 들어 있는 편지를 꺼내 읽으면서 사비나는 똑 부러지는 목소리로 단언했다. 어디까지나 자신은 중립이라고 중얼거리던 그녀는 부친의 편지에 난처한 듯 얼굴을 찡그리다 고개를 저었다.

"자민트 경과 총관의 전서가 엇갈렸나 보네요. 아버지가 여기 사정을 아셨다면 우리보고 발라로 오라는 분부는 하지 않으셨을 테니까요."

"아마도 그런 것 같습니다. 두 분을 발라로 모시기 위해 제가 이곳으로 떠나올 때까지만 해도 공작님께선 집사 건이나 총관과의 일은 모르시고 계셨습니다."

"하긴 오라버니의 일이 결정된 게 얼마 되지 않아서 바로 알려 드렸다고 해도 자민트 경과는 엇갈렸을 거예요. 아버지껜 내가 사정을 설명하는 글을 다시 보낼게요. 지금으로선 오라버니와 총관의 일을 마무리하는 게 우선이니까요. 그런데… 좋군요."

그레이스와 총관의 승부가 마무리되기 전까지는 셰어도란트를 떠나기 어려운 입장이라 사비나는 발라에서 보자는 부친의 분부를 따를 수가 없었다. 하지만 말끝을 흐리며 중얼거리는 게 맥이 없어 보이기도 하고 조금은 자조적인 모습이라 자민트는 내놓고 묻지는 못하고 슬쩍 눈치를 보았다.

"훗, 발라에서 보고 싶다는 아버지의 편지… 오라버니가 아니었다면 나는 절대 받아볼 수 없었겠지요? 오라버니에게 고맙다고 해야 하나."

지금껏 베르크너 공작이 어떤 아버지였는지 잘 알고 있던 자민트는 사비나의 자조 섞인 푸념에 어떤 변명도 해줄 수가 없었다.

나쁜 아버지는 아니었다. 하지만 좋은 아버지도 아니었던 공작이 이렇듯 딸에게 관심을 나타내는 걸, 사비나는 오라버니를 보고 싶어 하는 아버지가 부수적으로 베푸는 친절쯤으로 받아들이고 있었다. 자기 딴에는 아버지에게서 이런 관심이나 애정을 받을 수 없을 거라는 게 그녀의 짐작이었다. 완전히 틀린 추측만은 아니었지만 그게 꼭 전부인 것도 아니었다.

"확실히 동기야 부정할 수는 없겠지만……."

"알아요. 아버지도 지금 진심이고 최선을 다하려고 노력 중이라는걸요. 아니, 예전에도 최선은 다하셨다고 생각해요. 단지 마음이 따라오지 않으셨던 거죠. 그리고 지금은 확실하게 그분의 마음이 느껴져요. 그래서, 그래서 조금은 속상하고 분하다는 거예요. 그 변화의 동기가 내가 아니라는 것이요."

"그래서 총관의 편을 드시려는 겁니까?"

사비나는 부인했지만 자민트가 보기엔 그녀가 은근히 총관의 편을 드는 게 눈에 보였다. 어쩌면 그것이 그레이스에 대한 질투 때문이지 않을까 해서 다시 한 번 조심스럽게 그 이야기를 꺼내보았다.

"개인 감정을 일에 끌어들일 만큼 무분별하지는 않아요. 그리고 분하다는 거지 그것 때문에 오라버니를 싫어하는 것도 아니고요."

"그럼?"

"지금 셰어도란트는 오랜만에 활기에 차 있어요. 여러 가지 이유가 있겠지만 거기엔 분명 오라버니란 존재가 주는 안정감도 한몫하고 있기 때문일 거예요. 그리고 지금 총관과의 대결도 사람들에게 좋은 유흥거리를 제공하고 있고요."

사비나의 말에 자민트는 고개를 끄덕였다. 요즘의 셰어도란트는 정말 오랜만에 찾아온 평화와 안정을 마음껏 즐기고 있는 상태였다.

"난 오라버니가 무얼 하겠다고 해도 따를 생각이었어요. 그것이 셰어도란트와 아버지를 위한 것이라면요. 물론 그 생각은 아직도 변하지 않았어요. 그리고 총관이 옆에서 우릴 잘 도와주실 거라고 믿었기에 안심하고 있었고요. 하지만 지금의 두 사람은 솔직히 말해서 마음에 안 들어요."

"에?"

"지금 두 사람은 가장 중요한 게 무언지 잊어버린 것 같다고요. 그래서 조금 골려주려고 해요."

"......?"

"그냥 조용히 따라주세요."

당부하는 끝에 장난스럽게 한쪽 눈을 깜박이며 웃는 사비나에게 자민트는 멋쩍게 마주 웃으며 고개를 끄덕였다. 변한 것은 셰어도란트와 사람들만이 아니었다. 언제나 음침한 그늘을 달고 웃는 법을 잘 모르던 사비나가 저런 표정을 지을 줄은 몇 달 전만 해도 상상을 못하던 일이었다. 더 이상 상처받아 아파하는 어린 아가씨는 이곳에 없었다. 스스로 상처를 치유해 나가는 아이에게 해줄 수 있는 건 믿어주는 것뿐이었다.

조금씩 변하는 것들 속에서 제자리에서 움직일 줄 모르고 정체되어 있는 것은 오직 자신뿐인 것 같아서 자민트는 왠지 마음이 조급해졌다. 변화가 꼭 좋은 것만도 정체가 꼭 나쁜 것만도 아니었다. 하지만 변하지 않고서는 가질 수 없는 게 있었다.

움직이지 않는 그에게 상대가 먼저 다가오지 않는 이상, 거리는 더욱 멀어져만 갈 뿐 절대 가까워질 수는 없었다. 이미 첫걸음은 내딛었으니 이어서 다음 걸음을 이어나갈 차례였다.

자민트는 두근거리기 바쁜 심장을 살살 달래가며 에스더의 빵집 문을 살며시 열고 안으로 들어갔다. 언제나 먼저 그를 반겨주었던 종소리가 시끄럽게 가게 안에 울려 퍼졌다. 그리고 손님이 오는 줄 알고 숙이고 있던 허리를 펴 문 쪽을 확인하던 에스더가 그를 발견하자마자 살포시 이마를 찌그리는 게 보였다.

"오랜만이죠?"

여기에 오기까지 생각해 두었던 숱한 말들은 어디로 사라지고 겨우 한다는 소리가 이거였다. 몇 달 만에 보았으니 오랜만인 건 당연했다. 그사이에 아픈 데는 없었는지, 가게에 무슨 일은 없었는지, 정말 보고 싶었다거나, 왜 그가 보낸 편지에 답장은 하지 않았는지에 관한 많은 물음들은 그냥 혓바닥 밑으로 모두 숨어버린 듯했다.

"빵… 오늘도 빵 좀 사려고요."

사람이 변한다는 게 쉬운 일만은 아니었다. 결국 언제나 이곳에 오면 핑계로 삼던 빵들을 아무거나 집어서 바구니에 담아 에스더에게 내밀었다.

"포장해 주세요."

자민트와 그가 내민 빵을 번갈아 쳐다보던 에스더는 아무 대답 없이 주머니에서 무언가를 꺼내 그에게 내밀었다. 꾸깃꾸깃 구겨지고 때가 탄 듯 조금은 두툼한 하얀 봉투를 얼떨결에 받아 살펴보던 자민트의 얼굴이 새빨갛게 변한 것은 순간이었다.

"이, 이건……."

굳이 내용물을 확인하지 않아도 알 수 있었다. 그건 얼마 전에 그가 가지고 있는 모든 용기를 끌어 모아 에스더에게 써 보냈던 편지였다. 구구절절한 옛이야기에 그동안의 모든 인생 역전을 적은 연애 편지는 그가 시도한 변화의 첫 번째 발걸음이었던 거다.

답장은 없었지만 그래도 자신의 마음을 고백했다는 것 자체만으로도 큰 성과라 생각했는데 그걸 아무 대답도 없이 돌려받은 것이다.

"못 읽었어요."

"……?"

"무슨 글자인지 도무지 알 수가 없어서 읽지 못했어요. 그레이스에게 보여주었더니 그 애도 무슨 글자인지 모르겠다고 하더군요."

뚱한 에스더의 대답에 자민트는 바삐 봉투 안에 있는 편지를 꺼내 내용을 확인했다. 그 순간 그는 하얀 종이가 되고 싶었다. 하얀 종이가 되면 창백한 자신의 얼굴을 에스더에게서 숨길 수 있고, 그냥 스스로 난로에 뛰어들어 활활 타버릴 수도 있었다.

"저 놀린 거예요? 이런 어려운 글자로 써서 보내면 저처럼 무식한 사람은 절대 못 읽을 거라고?"

"아니에요. 절대 그게 아니라 이것은……."

도리도리 세차게 고개를 흔들며 자민트는 에스더를 향해 손을 내밀었다. 작은 어깨를 그의 커다란 손으로 조심스럽게 감싸며 사과를 하는 자민트도 이번만큼 자신이 한심할 때가 없었다. 세상에 어느 미친 녀석이 사랑을 고백하는 연애 편지를 암호로 적어서 보내느냔 말이다.

"이건 그냥 항상 하던 것이 버릇이 돼서……. 자세히는 설명 못하겠지만 공작님께 보내는 문서엔 항상 이런 기호들을 사용하는데 그분 말고 언제 다른 사람한테 편지를 보내봤어야죠. 죄송해요. 정말 다른 뜻은 없었고……."

"다른 뜻이 없었으면 아무 의미 없이 그냥 보낸 건가요?"

"아무 의미가 없었다면 뭐 하려고 에스더에게 이런 긴 편지를 썼겠어요. 제가 그렇게 하릴없는 사람처럼 보여요?"

"그럼 읽어주세요."

"예?"

"전 이런 글은 읽을 줄 모르니까 자민트님이 직접 제게 읽어주세요."

읽어주는 거야 못할 것도 없겠지만 당사자 앞에서 당신을 사랑한다는 이야기밖에 없는 글을 읽는다는 건 아무리 용기를 쥐어짠 자민트라도 무리였다. 자민트가 안절부절 눈치만 보며 선뜻 읽으려고 하지 않자 에스더는 화가 났는지 거친 동작으로 그의 손에서 편지를 빼앗으려고 했다.

"읽기 싫으면 관두세요. 저한테 보낸 편지니까 제 마음대로 해도 되죠? 읽지도 못하는 거 그냥 버려 버릴 거야."

"아, 아! 읽을게요. 읽어주면 되잖아요!"

에스더의 손길에서 편지를 사수한 자민트는 근처에 있는 의자에 가서 앉은 다음에 헛기침을 뱉으며 자신이 쓴 편지를 읽기 위해 펼쳤다. 분명히 빳빳한 종이에다가 한 글자 한 글자 정성스레 조심히 써 내려갔던 편지였다. 봉투에 넣기 위해 접는데도 행여나 구겨질까 봐 얼마나 신경을 썼는지 모른다.

그런데 지금 그의 손안에 있는 편지는 처음의 빳빳한 느낌은 온데간데없이 사라지고 약간은 오래된 종이의 질감만이 느껴졌다. 게다가 수없이 접었다 펴기를 반복해서인지 편지를 접었던 곳의 주름이 또렷하고 그 주변의 종이가 거칠게 일어나 있었다.

그래서 접었던 선 위로 있는 글자들이 많이 지워져 있었다. 이미 너덜해진 편지 봉투는 군이 거론할 필요도 없었다.

분명 계속 매만지다가 꺼내서 읽어보고 다시 접어서 봉투에 넣어두기를 반복했다는 걸 고스란히 말해 주고 있었다. 무슨 내용인지도 모르는 편지를 무엇 때문에 이렇게 되도록 만지고 보았을까. 또한 그녀는 그를 보자마자 편지를 주머니에서 꺼내 내밀었다.

자민트는 꽤나 오랫동안 셰어도란트를 떠나 있었다. 오늘도 도착하자마자 달튼과 사비나를 만나고 이곳을 제일 먼저 찾아왔다. 즉, 에스더로선 오늘 자민트가 그녀를 찾아올 것이라고는 상상도 못하고 있을 터였다. 그런데도 그녀의 주머니엔 그가 보낸 편지가 있었다. 언제나 가지고 다닌다고 대신 말해 주는 것처럼.

"나, 조금은 기대해도 좋을까요?"

편지는 읽을 생각도 못하고 자민트는 붉게 물든 얼굴로 수줍게 물었다. 그러자 에스더는 그보다 더 붉어진 얼굴로 작게 뭐라고 웅얼거렸다. 굉장히 작은 소리였지만 귀에는 똑똑하게 들렸다. '조금 많이 기대해도 괜찮아요'. 그 작은 소리에 자민트는 눈이 가늘게 휘어져서 보이지 않을 정도로 크게 웃으며 대답했다.

"그럼 읽을게요."

복잡한 암호로 빼곡히 채워진 연애 편지였지만 읽는 데 어렵지는 않았다. 마지막에 깨끗한 종이에다가 옮겨 쓰기까지 몇 번을 썼다가 다시 쓰기는 반복한 글이었다. 20년을 넘게 품고 있었던 마음을 옮겨놓은 글은 그의 마음 자체였다. 이미 눈을 감고도 그대로 똑같이 읊을 수가 있었다.

"처음 당신을 보았던 것은……."

오래된 구전동화를 듣는 어린애처럼 에스더는 두 손에 턱을 받치고 눈을 감았다.

그런 그녀를 바라보며 자민트는 조용히 편지를 읽어 내려갔다. 눈은 에스더에게서 고정시킨 채 이미 오래전에 마음속에다 써놓았던 편지를 그대로 읽어주는 데 암호 해석문 따위는 필요하지 않았다.

딸랑딸랑, 가게 문이 열릴 때마다 울리는 종소리가 이미 두 번이나 들렸는데도 에스더와 자민트는 그걸 듣지 못했다.

자민트가 세어도란트에 오자마자 에스더를 찾아갔다는 소리를 달튼에게 들은 카마인이 가게 안으로 들어왔다가 잠시 후에 밖으로 나가면서 내는 소리였지만, 두 사람 다 누가 왔는지조차 눈치채지를 못하고 있었다.

"덴장."

가게를 나와 하늘을 올려다본 카마인은 푸르른 하늘이 너무 눈부셔 저도 모르게 욕설을 내뱉었다. 눈가가 따끔거리는 것은 오직 저 젠장맞을 하늘 때문이라고 변명하면서 말이다. 가게를 나올 때 함께 가지고 나온 '오늘은 쉽니다' 라고 써 있는 팻말을 문에다가 걸어주면서도 그 욕설은 멈추지 않았다.

"덴장, 덴장……."

도저히 고개를 숙일 수가 없었다. 행여나 그러다가 길거리에서 눈물이라도 보이면 무슨 망신인가. 하지만 사실은 펑펑 울고도 싶었다. 이성을 잃고 울 만큼은 아니지만 그래도 가슴이 아파 눈물을 흘리고 싶은 정도로 카마인은 에스더를 사랑했다.

"아프다."

혼자서 중얼거리는 소리만큼 처량한 것은 없었다. 그런데도 멈출 수가 없어서 카마인은 가까운 술집으로 발걸음을 옮겼다. 내놓고 울 수는 없으니 술주정을 핑계로 살짝 울어보는 것도 나쁘지는 않을 것 같다. 그 때문에 주사가 나쁘다는 소문이 돈다면, 그건 그것대로 좋다는 생각이 들었다.

적어도 사랑 때문에 울 수가 있다면 그의 가슴도 그리 차가운 것은 아닐 테니 말이다. 언젠간 그녀를 향했던 따뜻한 온기와 같은 따스함을 다시 느껴볼 여지가 그에게도 남아 있다는 이야기니까.

*   *   *

한 달이란 시간은 빨리 갔다. 이제 막 사랑에 빠진 연인들에게나 실연을 당해 정신이 멍해 있는 사람이나 일 때문에 바쁜 사람들 모두에게 너나 할 것 없이 시간은 공평하고 어김이 없었다.

약속했던 한 달이란 기간이 다해 드디어 그레이스와 총관이 서로의 정원을 가지고 경합을 벌이는 날이 왔다. 이미 그레이스와 총관이 만든 정원이 어떤 모양을 하고 있는지 아는 이들은 이번 결과가 어떻게 나올지 궁금해서 하나둘 정원으로 모여들기 시작했다.

중간에 그레이스가 총관의 일을 알아내지나 않을까 조금은 기대하는 마음으로 지켜보았지만 그는 끝끝내 알지 못했다. 그에게 말해 주고 싶어서 입이 근질근질하기도 했지만, 일단 개입하지 말라는 명을 받은 이상 개인 감정은 우선 뒤로하고 명에 따를 정도로 이곳은 위계 질서가 확실한 곳이었다.

거기에 더불어 의식적으로 총관의 정원은 아예 거들떠도 보지 않는 그레이스의 행동도 웃기기도 하고 나중에 결과를 보고 난 후의 그의 표정이 어쩔까, 상상하는 것도 재미나는 일이었다.

혹시나 창가를 거닐다가 우연이라도 밖을 내다보겠지 했는데 철저하다고 할 정도로 그레이스는 창문으로 눈길조차 돌리는 일 없이 한 달의 시간을 보내 버렸다. 자기 관리와 결심이 철저하다고 해야 할지, 외고집이 세다는 표현이 맞을지는 결과가 나와 봐야만 알 수 있을 것이다. 결과만이 그의 선택이 옳았는지 혹은 글렀는지를 판가름해 줄 테니 말이다.

베르크너 공작의 성은 고풍스럽고 우아하지만 고전적인 미를 강조하다 보니 너무 딱딱하고 따분해 보인다는 단점이 있었다.

거기에 오랜 역사를 자랑하는 가문과 더불어 성의 뒤편에 자리한 울창한 전나무 숲이나, 정원 곳곳에 서 있는 교목들이 가끔은 답답해서 숨이 막힐 때가 있다. 커다란 나무들이 만들어낸 어두운 그림자들이 사람들을 덮을 때마다 얼굴이 찡그러지는 건 어둠보다는 빛을 반기는 마음이 더 크기 때문일 것이다.

그래서 그레이스는 화사하고 아기자기한 멋이 우러나는 정원을 만들었다. 절대 무릎 위로는 자라지 않을 푸르른 잎사귀를 자랑하는 나무들은 봄마다 작고 하얀 꽃이 피는 것들로만 골라 심었다. 또한 꽃이 화려하기로 유명한 다년초와 일년초들을 골고루 분포해 심어놓음으로써 변하지 않을 안정감과 함께 매년 종류별로 달리 심을 수 있는 변화를 꾀하기도 했다.

자갈을 깔아 평평하게 다져 만든 길은 나무와 꽃들 사이를 거닐며 편하게 산책을 즐길 수 있도록 해놓았다. 최대한 격식을 배제하고 편안한 기분이 들도록 배려한 느낌이 그대로 살아난 정원이었다. 화려하다거나 고풍스럽고 독특한 기품은 없었지만 누구나 부담없이 편하게 쉬다 갈 수 있는 장소를 만들고자 했다면 성공한 셈이다.

하지만 문제는 총관의 정원이었다. 승부니 대결이라는 것은 둘 사이에 어느 정도의 차이와 우열을 가릴 수 있는 여지가 있어야 성립하는 것이다. 그런데 총관이 만들었다는 정원을 보면 도저히 그레이스의 것과 차이와 우열을 가릴 수가 없게 생겨먹은 게 아닌가.

"이거 우연인 겁니까?"

그레이스는 총관을 돌아보며 드물게 날이 선 음성으로 물었다. 심어놓은 일년초의 종류와 꽃잎의 색만 달랐지 총관의 정원은 그레이스 것과 하나부터 열까지 모두 똑같았다. 화초를 심어놓은 배열에서부터 자갈길까지, 만약 겹쳐서 놓으면 조금의 틀림도 없이 고스란히 맞아떨어진 구조를 하고 있을 것이다.

"설마요. 집사의 정원을 그대로 따라 했습니다."

총관은 귀밑머리를 귀 뒤로 쓸어 넘기며 너무도 당당하게 되려 반문까지 했다.

"왜, 무슨 문제 있습니까?"

"그럼 저게 문제가 아니면 뭡니까. 똑같이 따라 할 거였다면 이런 시합 따윈 애초에 할 필요도 없었던 거 아닙니까?"

"따라 했다고 해서 승부가 나지 못할 이유는 없습니다. 중요한 것은 제가 어떤 정원을 만들었느냐가 아니라 왜 집사의 정원을 따라 했는가 가 아니겠습니까?"

검지를 좌우로 흔들며 고개를 젓던 총관은 침묵을 지키며 그들이 하는 양을 옆에서 가만히 지켜보고 있던 사비나를 돌아보았다. 우리끼리 서로 뭐라고 해봤자 결론 내리는 것은 그녀라는 의미였다.

총관의 시선을 좇던 그레이스는 잠시 무언가를 생각하는가 싶더니 곧 고개를 끄덕이며 동의했다. 총관을 붙잡고 왈가왈부하느니 사비나를 통해 빨리 결론을 내는 게 더 현명한 일임이 분명하기 때문이다.

그와 동시에 모두의 시선이 사비나에게 몰렸다. 이런 묘한 대치 상황에서 그녀가 누구의 손을 들어줄 것인가는 이미 초미의 흥밋거리가 되어 있었다.

"두 분의 정원은 잘 구경했습니다. 이미 알고 있기는 했지만 막상 닥치니 굉장히 당황스럽네요. 하지만 승부를 내긴 내야겠지요. 그것 때문에 시작한 거니까요. 그러기 위해서 두 분께 몇 가지 물어볼 게 있는데 정직하게 대답해 주셨으면 해요. 먼저 집사께 물어볼게요. 오늘 이렇게 놀라는 걸 보니 지금껏 총관의 정원은 한 번도 보지 않았나 보죠?"

"유감스럽게도 방금 전까지 전혀 모르고 있었습니다."

"설마 위에다가 천막을 치고 몰래 진행한 것도 아니고, 이층 창가에서 내려다보면 환히 보이는 걸 한 달이 되도록 보지 못했다는 게 말이 되나요? 지나가다가 우연이라도 보지 못했다는 게 오히려 더 신기해요."

지난 한 달 동안 그레이스가 창가 근처에 가까이 가는 것은 물론 총관의 정원을 구경할 수 있었던 기회를 애써 피해왔다는 걸 모를 사비나가 아니었다. 그럼에도 아무것도 모르는 척 시치미를 떼며 정말 몰랐냐는 투로 오히려 그레이스에게 따져 물었다.

"일부러 보지 않았습니다."

"왜죠?"

"아무래도 한번 보게 되면 계속 신경이 쓰일 것 같아서요. 차라리 그러느니 보지 않고 제 정원에만 심혈을 기울이는 것이 더 생산적이라고 생각했습니다."

그레이스의 대답에 사비나는 수긍을 하는지 고개를 끄덕이며 이제는 총관을 쳐다봤다.

"그럼 총관은 왜 집사의 정원을 그대로 따라 했는지 대답해 주실래요."

"균형과 조화 때문입니다. 길게 설명하는 것보다 저와 집사의 정원이 모두 보이는 곳으로 함께 가시지요."

생글생글 웃으며 앞장서 가는 총관의 뒤를 따르며 그레이스는 왠지 불길한 생각이 들었다. 남의 것을 그대로 모방한 주제에 당당해도 너무 당당했다. 또한 멍청한 사람이 아니니 그가 자신에게 불리할 일은 절대 하지 않을 거라는 것에 더 불안하기도 했다.

그리고 두 사람의 정원이 한눈에 보이는 창가에 서서 아래를 내려보려다 보고 나서야 그는 총관이 왜 그리 당당할 수 있었는지 알 것만 같았다.

비로소 총관이 말한 균형과 조화가 무얼 뜻하는지 깨달은 것이다. 가로수가 심어져 있는 대로를 가운데 두고 서로 마주 보는 위치에 같은 면적의 정원은 같은 모양과 구조를 가지고 있음으로써 빛이 나고 있었다.

하나씩 따로 놓고 보았을 때는 몰랐는데, 이렇게 한데 어울려 있는 것을 보니 대칭을 이루는 구조가 굉장히 안정감을 주고 멋스러웠다. 만약 그레이스와 총관의 정원이 서로 다른 개성과 구조로 제각각 다른 모양을 하고 있었다면 어수선하고 지금 같은 통일감을 주지는 못했을 것이다.

게다가 푸른 녹색과 붉은 색조를 강조한 그레이스의 정원과는 반대로 총관의 정원은 붉은색 대신 샛노란 꽃잎을 가진 화초가 주를 이루는 대조를 보여주고 있었다. 구조는 같았지만 전체적인 색조나 곳곳에 심어놓은 화초들의 종류와 꽃잎의 색이 미세하게 달라서 지루하다거나 고루한 느낌이 없었다.

"개성이 강하다고 해서 다 좋은 건 아닙니다. 특히 하나가 아닌 전체를 이루고 있는 구조물들의 경우에는 서로 얼마나 균형과 조화를 이루고 있느냐에 따라 품격이 달라지는 것이죠. 이게 제가 집사의 정원을 따라 한 이유입니다."

혼자 잘나고 눈에 튀어봤자 전체에 속한 일부라면 그건 눈엣가시 같은 존재가 될 수밖에 없다. 개성과 독창성이 아무리 좋아도 전체에 조화롭게 녹아들지 못한다면 그건 부조화밖에는 되지 못한다는 걸 잠시 그레이스는 놓친 것이다.

"총관의 설명 잘 들었습니다. 간만에 들은 좋은 말이었어요. 자, 그럼 결론을 내리기로 하죠."

사비나는 당사자인 그레이스와 총관을 나란히 서게 하고 구경하고 있던 이들에게 모두 들리도록 목청을 가다듬었다. 사람들은 누가 이기더라도 축하해 줄 마음으로 두 손을 가슴 위쪽으로 가져와 박수를 칠 자세를 취했다.

"그럼 먼저 집사의 정원에 대한 평을 할게요. 정원은 훌륭했다고 봅니다. 고풍스런 우리 성과 멋지게 조화를 이룬 정원을 만들어주셔서 먼저 고맙다는 인사부터 하고 싶어요. 하지만 건물과의 조화는 생각했으면서 왜 총관의 정원은 생각하지 않았는지 모르겠네요. 적어도 집사가 한 번이라도 총관의 정원을 보고 자신의 것과 비교해 볼 여유가 있었다면 지금보다 더 멋진 정원이 생겼으리라 봐요."

사비나의 지적에 그레이스는 아무런 반박도 하지 못했다. 중간에라도 알았다면 균형과 조화를 깨지 않는 범위에서 총관과는 다른 그림의 정원을 만들었을 테니 말이다. 그랬다면 확실한 우위를 점할 수 있었을 것이다.

"집사는 너무 자기 본위의 사고가 강하다는 게 문제예요. 가끔은 주위를 둘러보세요. 그럼 자신이 생각지도 못했던 걸 배울 수가 있을 테니까요. 그리고 우리 총관님!"

사비나는 총관을 바라보며 약간은 허탈한 웃음을 보였다.

"의도는 정말 좋았어요. 조화와 균형, 물론 중요하죠. 하지만 좀 더 독창적일 수는 없었나요?"

"그래서 다른 화초를 심었습니다만."

"만약 집사가 중간에 조화와 균형의 중요성을 깨달았다면 그는 아마도 그것을 깨지 않으면서도 총관의 정원과는 전혀 다른 정원을 만들었을 거예요. 겨우 꽃이나 바꿔 심는 것으로 끝나지 않고요. 이번 승부에서 총관이 이긴다면 그건 집사의 정원을 가지고 이긴 셈이 돼요. 즉, 그가 만든 정원이 훌륭하다는 의미가 되겠죠? 그렇다고 해서 집사가 이겼다고도 할 수는 없을 거예요. 조화라는 게 그만큼 무시해도 좋은 게 아니니까요. 사실 전 이번에 총관의 생각을 듣고 굉장히 감명을 받은 상태라 집사의 문제점을 확실하게 깨달았거든요."

그럼 대체 어쩌자고! 사비나의 말을 조용히 듣고 있던 모두의 머리 속에서 일제히 똑같이 울려대는 외침이었다. 당장이라도 박수를 칠 자세를 잡고 있는데 둘에게 모두 문제가 있다니 이도 저도 못하고 서 있는 사람들의 폼만 점점 어색해져 가고 있었다.

"그래서 이번엔 그냥 무승부로 하죠."

"에엑!"

무표정한 그레이스만 빼고 총관을 비롯한 모두가 괴성을 지르며 그녀를 보았다. 특히 총관은 두 손을 바들바들 떨며 고개를 흔들면서 연신 이럴 수는 없다고 중얼거리는 게 자신의 승리를 확신하고 있었던 듯했다.

"남의 것을 가지고 이기려 했다는 것 자체가 뻔뻔한 일이에요. 의도가 좋지 않았다면 아마 매도당했을 거예요. 그리고 집사도 이번을 기회로 주변을 보는 시선이 너그러워지기를 바라요. 이번에 느꼈겠지만 혼자서 잘한다고 해서 결과가 꼭 좋은 것만은 아니잖아요."

어이가 없어서 뭐라 대꾸도 못하는 사람들에게 사비나는 뒷짐을 지며 가볍게 어깨를 으쓱해 보였다. 박수를 치려던 자세로 그대로 얼어 버린 사람들의 모습이 조금 웃겼지만 제법 위엄을 갖춘 자세로 마저 이야기를 끝냈다.

"다음 승부는 파티였죠? 이곳에 있는 분들에게는 미안하지만 다음 시합은 발라에서 치르기로 했어요. 아버지께서 저와 집사를 그곳으로 부르시는 바람에 불가피하게 계획을 바꾸게 되었답니다. 원래라면 이곳엔 총관이 남아 성을 관리해야 하지만 마저 승부를 내려면 어쩔 도리 없이 그도 발라로 함께 가는 게 좋겠더군요. 근 이십여 년간을 베르크너 가문이 연 파티가 없었으니 이번이 좋은 기회가 될 것 같아요."

일사천리로 상황을 정리해 버린 사비나는 혹시 질문이 있다면 물어보라는 표정으로 좌중을 쳐다봤다. 아무도 입을 열지 않자 사비나는 만족스런 얼굴로 환하게 웃으며 그레이스와 총관을 격려했다.

"발라의 모든 귀족들이 그 파티에 초대될 거예요. 베르크너 가문이 다시 기지개를 켰다는 걸 만인에게 보여주기에 그것만큼 좋은 건 없을 테니 굉장히 중요한 파티가 될 거예요. 두 분이 맘껏 재량을 자랑할 좋은 기회가 될 거예요. 그러니 두 분, 기대하고 있을게요."

마지막까지 듣고 있자니 전혀 격려가 되지 않는다는 게 문제였지만 말이다.

그레이스와 사비나를 발라까지 경호하기 위해 자민트가 직접 세어도란트로 오긴 했지만 막상 경호를 나선 것은 카마인이었다. 왜냐하면 이제 막 연애를 시작하는 이들에게 또다시 헤어져 있으란 소리를 도저히 하지 못한 사비나가 카마인을 붙잡고 늘어졌기 때문이다.

덕분에 발라로 향하는 일행의 머리 위에는 먹구름이 잔뜩 몰려 당장이라도 천둥번개를 동반한 비라도 내릴 기세였다.

"후우!"

"하아."

자민트와 에스더, 나이 가득한 두 사람이 연인이 되었다는 소식에 모두들 제 일처럼 기뻐하며 축복해 주었다. 하지만 어디에나 예외란 있는 법이었다. 암호로 쓴 자민트의 편지를 소중하게 가지고 다니면서 시간날 때마다 꺼내보는 이모의 모습에서 어느 정도 각오는 하고 있었지만, 그레이스는 두 사람의 일이 영 내키지만은 않았다.

좀 더 평범하고 위험하지 않은 세계에서 사는 이가 이모 옆을 지켜주길 바랐는데 꿈은 기대로 끝나고 말았다. 하지만 어쩌라, 당사자가 좋다는 걸. 달리 생각하면 좋아하는 이와 함께 할 수 있다는 것도 행복이었다. 적어도 이모는 그의 어머니와는 다른 삶을 살아갈 수 있다는 점에서 운이 좋은 것이었다.

그리고 그와는 같으면서 다른 이유로 심란한 카마인의 한숨 역시 두 사람을 축복하기 위해 나오는 것은 아니었다.

이해하고 포기하는 것과는 별도로 심란한 마음을 추스르는 게 쉬운 일만은 아니었던 것이다. 그들의 한숨이 긁어모은 먹구름은 발라에까지 따라와 사람들의 머리 위로 을씨년스런 어둠을 만들어냈지만 어디 당사자들의 뒤숭숭함에 비할까 싶다.

발라에 도착하자 베르크너 공작은 저택 입구까지 나와서 일행을 맞이해 주었다. 저택의 하인들에게 일행을, 특히 사비나와 그레이스를 소개하며 앞으로 각자 사용할 방을 안내해 준 것도 공작이었다. 분명 예전이라면 절대 바랄 수 없었을 사비나는 괜히 멋쩍으면서도 기분은 나쁘지 않았다.

"잘 지냈니?"

처음 만났을 때 이미 물어본 말이었지만 둘만 있게 되자 리카도는 다시 한 번 딸에게 똑같은 질문을 했다. 몇 달 사이에 많이 밝아진 사비나의 모습에 그의 입가엔 자연스런 미소가 어렸다.

굳이 대답을 듣지 않아도 알 수 있었지만 그래도 재차 확인하고 싶은 게 부모의 마음일 것이다. 또한 의례히 물어보는 형식적인 게 아닌 정말 걱정이 되고 궁금해서 물어보는 아버지의 물음에 사비나 역시 마음이 따스해지는 걸 느꼈다.

"네."

"그래 보이는구나."

"아버지도요. 많이 편해 보이세요."

"그래 보일 거다. 복잡한 정세와는 상관없이 마음만은 편하거든."

어차피 지난 세월이 편하지 못했던 리카도였다. 어디를 가나 상황이 좋은 것만은 아니었지만 요즘처럼 마음이 편했던 적은 없었다. 자연히 그게 얼굴에 나타나 그의 인상을 편하게 만들어주고 있었다.

"그래서 부끄러운 일이지만 여유가 생기니 네가 내 눈에 들어오더구나."

"……!"

"보고 싶었단다. 정말 네가 보고 싶었어."

일부러 다정한 아버지가 되기 위해 노력하지 않아도 마음에서 정이 넘쳐 나왔다. 막연히 자식이기 때문에 느꼈던 의무감 이외에는 아무것도 없었던 불모지에 꼬물꼬물 싹트는 것들 덕분에 리카도는 순수하게 처음으로 자식이 그립다는 감정을 느껴봤던 것이다.

"저도요. 저는 항상 아버지가 보고 싶었어요."

옆에 있어도 멀게만 느껴지던 부친에 대한 원망이나 서운함이 전혀 없었다면 거짓말일 것이다. 그렇지만 과거의 묵은 감정 때문에 새로이 시작하려는 시점에서 제동을 걸 만큼 바보는 아니었다. 해서 사비나의 말에는 묵은 감정과 함께 순수한 기쁨이 고스란히 묻어 있었다.

부녀는 이렇게 그동안의 미안함과 섭섭함을 받아들이고 이해하며 용서했다. 잠깐의 침묵 뒤로 리카도는 어색하게 헛기침을 뱉으며 사비나에게 말을 걸었다.

"흠흠, 좋은 분위기에 이런 이야기를 꺼내도 되는지 모르겠지만 너에게 꼭 묻고 싶은 게 있었단다."

사실 사비나와 그레이스를 발라로 부른 데는 둘을 보고 싶다는 이유도 있었지만 가장 큰 목적은 아이들의 차후 향방에 대해 확실히 해두기 위함도 있었다. 그러기 위해서는 사비나가 원하는 것이 무엇인지 딸에게서 직접 들어야만 했다.

"단도직입적으로 물으마. 네가 원하는 것이 내 뒤를 잇는 것이니?"

"……!"

"그 누구도 아닌 네가 말이다. 네가 직접 베르크너 공작의 후계자가 되고 싶은 거냐?"

따져 묻는 분위기는 아니었다. 진실로 알고 싶다는 순수한 궁금증만을 나타내며 리카도는 어린 딸에게 물었다. 순간 머뭇거리는가 싶더니 사비나는 야무지게 주먹을 꼭 쥐어 보였다.

"네! 할 수만 있다면 그러고 싶어요."

"할 수만 있다면? 그럼 내가 반대한다면 넌 포기할 거니?"

"절 아시잖아요. 전 아버지를 어기지 못해요. 하지만 누구보다 셰어도란트와 우리 가문을 아끼고 원해요. 그래서 쉽게 포기할 수가 없어요. 아버지가 반대하신대도 전 그 노력을 멈추지 않을 거예요. 아버지가 생각을 바꾸실 때까지 전 포기하지 않을래요. 베르크너 공작과 셰어도란트는 제 모든 생을 걸 만큼 충분한 가치가 있는 것들이니까요."

리카도는 사비나가 이렇게 열정적인 모습을 한 번도 본 적이 없었다. 이것이 원래의 모습이었는데 지금까지 보지 못한 것인지, 사비나 본인도 미처 알지 못했던 격렬함인지는 모르겠지만 나빠 보이지는 않

있다.

"내 진실한 마음을 이야기해 줄까?"

"……."

"딸에게 작위와 재산을 물려줄 만큼 난 트인 사고를 가진 사람이 아니다."

"알고 있어요."

"게다가 네가 우리 가문에 부족함이 없는 후계자가 될 거란 믿음도 없고 말이다. 서운하니?"

"아니요. 그 걱정은 당연한 거라고 생각합니다."

"혹여 내가 인정한다고 해도 세상이 널 받아들이지 못해. 그러면 그동안 쌓아 올린 우리 가문의 위상도 떨어질 게고."

리카도의 말에 사비나의 고개를 점점 아래로 숙여졌다. 각오하던 일이지만 막상 부친에게 하나하나 지적당하니 힘이 빠지고 무서워지는 것도 사실이었다.

"그래도 하고 싶으니?"

"네."

"자신있니?"

"저도 수없이 생각해 봤어요. 과연 내가 이 길을 갈 수 있을까. 생각하고 생각하고 또 생각해 보았지만 결론은 하나예요. 전 이 길을 가고 싶어요. 갈기갈기 찢기고 상처받고 망가지더라도 말이에요. 처음엔 그냥 한번 해볼까 하는 막연하고 가벼운 마음이었어요. 그런데 어느 순간부터 그게 제 꿈이 되어가고 있었어요. 그 꿈을 꿀 때만이 전 행복하고 갈증이 나요. 꿈을 현실로 만들고 싶어서 미칠 것만 같은, 이런 감정을… 전 도저히 부정할 수가 없어요."

그래서 이제는 집사가 되겠다는 그레이스의 꿈을 비웃을 수가 없었다. 진지하게 받아들이고 그만큼 소중하게 여겨주고 있다.

"남에게 부정당하더라도 제가 포기하지 못하니까 저에게 이 꿈은 어느 것보다 가장 달콤하고 소중한 꿈이에요. 그만 꿈에서 깨라고요? 싫어요, 아버지. 몽유병 환자가 되더라도 꿈꾸면서 살래요. 그래서 너무도 당연해서 누구도 부정할 수 없는 저만의 꿈으로 만들어 버릴 거예요. 누구도 훔쳐 갈 수 없도록 말이에요."

미래를 생각하면 당연히 무섭고 걱정되어 속이 타 들어간다. 그럼에도 놓지 못하겠으면 모두 끌어안고 가야만 했다. 고통, 두려움, 자꾸만 소극적으로 되어가는 마음을 극복하기엔 아직 사비나는 많이 부족하고 연약했다. 그러기에 끌어안고 갈 수밖에 없는 것이다. 언젠가 극복할 수 있는 그날이 올 때까지.

"너보고 꿈에서 깨라는 말은 하지 않았다."

"……!"

"예전엔 몰랐는데, 부모란 말이다."

"……."

"자식에 대해 어쩔 수 없을 때가 있다는 것을 알게 되었단다. 인정하는 게 아니다. 그렇다고 포기하는 것도 아니야. 그냥 어쩔 수가 없는 거란다."

"아버지……."

"자식에 대해서는 어쩔 수 없이 받아들여야만 하는 게 부모란 사람들이라는 걸 이제야 알게 되었단다."

리카도는 사비나의 작은 어깨를 끌어 품에 안으며 그녀의 등을 다독여 주었다.

"결국 자식 앞에서는 약삭빠른 계산도 아무 소용이 없어진다는 걸이제야 알았지 뭐니. 무엇을 하든 참 느린 아버지지? 어쩌면 난 너와같은 꿈을 꿀 수 없을지도 모른다. 하지만 자식의 꿈을 망가뜨리거나억지로 깨게 하고 싶은 마음은 없어. 이런 것을 보고 어쩔 수가 없다는거겠지."

사비나는 시큰해지는 콧등을 아버지의 가슴에 부비며 두 팔로 그를 꼭안았다. 어렸을 적에 작은 고사리 같던 손으로 앞서 가는 아버지의 앞자락을 잡기 위해 종종 걸음으로 쫓아가던 아이는 이젠 더 이상 외롭지가않았다. 언제나 앞으로만 걸어가기만 했지 절대 뒤돌아봐 주지 않을 것같았던 아버지가 걸음을 멈추고 아이에게 손을 내밀었기 때문이다.

작은 손을 모두 덮어버릴 정도로 커다란 손이 이제는 차갑지 않았다. 그리고 옷자락조차 잡지 못해 동동거리던 아이는 이제 아버지를두 팔로 안을 수 있을 만큼 컸다. 돌아서지 않던 뒷모습과 붙잡지 못한손 사이에서 생긴 오해들과 상처들은 앞으로 서서히 서로 치유해 나가면 되는 것이다.

사비나와의 이야기가 대충 마무리되어 갈 때쯤 리카도는 사람을 시켜 그레이스를 불러오도록 했다. 가문의 후계자가 되고 싶다는 딸에이어 이제는 집사가 되겠다는, 아니, 이미 되어버린 그레이스와도 해야할 이야기가 많이 남아 있었다.

"집사가 되었다고?"

"네."

사비나의 옆 자리에 앉은 그레이스는 리카도가 물어보는 말에 짤막하고 무뚝뚝하게 대답했지만 그를 아는 자라면 봤을 것이다. 눈동자에생기가 돌면서 입꼬리가 아주 미세하게 살짝 올라갔다가 말았다는 것을. 그건 그레이스가 표현할 수 있는 최고로 기쁘다는 표시였다.

"네가 전부터 무엇이 되고 싶어 했는지는 알고 있었기 때문에 집사가 되었다는 소릴 들어도 놀라지는 않았다. 그런데 사비나와는 모종의 이야기가 있었던 것 같은데… 넌 정말 이것으로도 괜찮은 거니?"

사비나와 그레이스가 무엇을 하더라도 그대로 내버려 두기로 결심한 마당이었기에 이는 중요한 문제였다. 리카도는 자신의 소중한 두 아이가 나중에라도 서로 적으로 돌아서는 일만큼은 절대 원하지 않았다. 지금 결판을 내고 확실하게 해두는 게 둘을 위한 일이었다.

"총관과는 아직 해결되지 않은 문제가 있긴 하지만, 그것 말고는 더 이상은 바랄 게 없을 정도로 만족하고 있습니다. 저는 사비나님이 꼭 꿈을 이루셨으면 합니다. 그렇게만 된다면 무엇이라도 도와드릴 생각입니다."

그레이스의 의지는 확고해 보였다. 안타까운 일이지만 그레이스에게 있어 베르크너 공작이란 지위는 그리 매력적이거나 탐나는 자리가 아니었다. 그러기에 애초에 욕심은커녕 흥미도 보이지 않던 그였기에 새삼 다시 생각할 이유도 없었다.

눈에 띄게 다정하거나 정겨워 보이는 것은 아니었지만 그레이스와 사비나 사이에는 리카도가 끼어들 수 없는 유대감과 믿음이 있었다.

형제애 같기도 하고 주종 간의 믿음 같으면서도 유연하고 따뜻한 교류가 깊게 자리매김하고 있어서 그 견고함이 단단하고 안정적으로 보였다. 결코 리카도와 드노엘 사이엔 없었던 그런 류의 애정과 믿음이었다.

"그럼 세 번째 시합은 이것으로 할까?"

"예?"

"총관과 집사의 승부에서 마지막 세 번째 시합은 나에게 맡긴다고 들었는데, 아니니?"

"아니요, 맞습니다."

리카도는 순진하게 눈을 깜박이며 자신을 바라보는 두 아이에게 그가 생각해 둔 세 번째 시합의 내용에 대해 자세히 설명해 주었다.

"세 번째는 바로 사비나를 위한 일이다. 사비나가 꿈을 실현하는 데 누가 얼마나 많이 기여했느냐에 따라 승부를 가르는 거다."

"하지만 아버지, 그건 단시간에 마무리할 수 있는 일이 아니잖아요. 승패를 나누기에도 애매하고요."

"총관과 집사가 서로 잘났다고 싸우는 일이다. 적어도 베르크너 가문의 살림살이를 끌어나갈 사람들이 서로 우위를 정하겠다는데 쉽게 결말을 낼 수야 없지 않니. 너무 쉽고 빨리 해결하려고 하면 오히려 부작용이 생기는 거다. 그리고 총관에게는 내가 직접 말할 거니 그레이스는 지금부터 세 번째 시합에 임한다는 각오를 다지는 게 좋을 거다."

세 번째 승부는 정해진 기간도 규칙도 없었다.

"파티를 연다고 했지? 아마 많은 귀족들이 이곳에 올 거다. 그걸 잘 이용하는 것도 나쁘지는 않을 거야."

공작은 그 이상은 관여할 생각이 없는지 잘해보라는 듯 두 아이의 어깨를 격려하는 의미에서 다정하게 두드려 주었다. 이제부터는 스스로가 헤쳐 나가야 할 문제들이었다. 이도 이겨내지 못한다면 차라리 두들겨 패서라도 꿈에서 깨어나게 할 거라고 작게 으름장을 놓는 것도 잊지 않았다.

재미난 이야기를 들었답니다

STORY 38

STORY 38

재미난 이야기를 들었답니다

발라에서 파티란 흔한 일이었다. 사교 시즌이라면 하루에도 십수 곳에서 파티를 여는 바람에 초청장을 두고 어디에 참석할지 기쁜 비명을 지르기도 한다. 사교 시즌이 아닌 요즘이라 할지라도 간간이 열리는 파티들 덕분에 밤의 유희를 즐기는 이들이 지루해할 일은 결코 없었다.

하지만 모든 파티가 사람들에게 인기가 있는 것은 아니었다. 또한 반대로 가고 싶어도 초대를 받지 못해 안달하게 만드는 파티도 있는 법이었다.

"나는 개봉하자마자 붉은 장미 한 송이가 불쑥 튀어나오지 않겠어. 순간 얼마나 놀랐는지 아니?"

"난 그냥 평범한 초대장이었는데."

"어머, 그래? 호호호, 왜 그랬을까. 베르크너 공작님께서 사람을 차별해서 초대장을 보낸 건 아닐 텐데 말이야."

요즘 한창 유행하는 식으로 말아 올린 머리를 한껏 부풀리고 나서 하얀 깃털을 꽂아 멋을 낸 귀부인은 뭐가 그리 유쾌한지 평범한 초대장을 받았다는 여인을 향해 비소를 날렸다. 두 사람은 모두 자작부인으로 굳이 따진다면 같은 급에 속한다고 말할 수 있었다.

사회적인 지위나 경제적인 면에서나 서로 거기서 거기인 사이로 친구이면서도 은근히 경쟁 의식을 가지고 있는 관계였다.

"그럼 내가 말해도 잘 모르겠구나. 어떻게 설명해야 하나. 보지 않으면 말해도 잘 모를 텐데. 그러니까 베르크너 공작가의 파티 초대장을 처음 보았을 때는 너무 평범해서 솔직히 좀 실망도 했지. 그런데 봉투를 여는 순간, 세상에! 그 안에서 장미 한 송이가 불쑥 나오는 거 있지. 분명 그전에는 납작해서 초대장 이외에는 아무것도 들어 있지 않은 줄 알았는데 말이야. 우리 그이가 그러는데 아마도 마법 같다는 거야. 왜 있잖아. 공간을 왜곡해서 없는 것처럼 보이게 하는 거. 그런데 왜 너희 가문에는 그냥 평범한 초대장을 보낸 것일까, 정말 궁금하네?"

잘 설명하다가 결국 하고 싶은 것은 마지막 말이었다. 같은 자작 가문에 보낸 파티 초대장이었는데 똑같지가 않았다. 그것이 의미하는 바가 무언지 은근히 강조하며 비꼬는 솜씨가 가히 수준급인 그녀였다.

"글쎄, 뭔가 이유가 있겠지. 그리고 아델리오 백작 댁도 평범한 초대장을 받았다고 들었어. 그게 뭐겠니, 우리 가문만 그런 게 아니라는 뜻이지."

"그럼 우리 가문만 특별한 건가."

부채를 흔들며 새치름히 말하는 친구의 본새가 너무 얄미워 평범한 초대장을 받은 자작부인은 속으로 연신 헛구역질을 해댔다.

잘난 체하는 것까지는 봐주겠는데 저렇게 예쁜 척하는 모양은 더 이상 봐주기 힘들었다. 더는 참지 못해 주먹을 불끈 쥐려는 순간 누구와는 비교도 되지 않은 기품을 지닌 귀부인이 그 둘에게 다가와 먼저 말을 걸었다.

"베르크너 공작가에서 보낸 초대장이 문제라면 그건 다 이유가 있는 거예요."

"보마르셰 후작부인!"

지금 그들이 있던 곳은 요즘 유명세를 치르고 있는 화가인 델핀스의 전람회장이었다. 그의 최근 작품들이 진열되어 있는 홀의 옆에는 티테이블들이 마련되어 있어 사람들이 우아한 취미 생활과 친분을 나눌 수 있게 되어 있었다.

델핀스의 화가로서의 높은 지명도 때문에 그의 전람회는 언제나 번성을 이루었고, 찾아오는 이들의 수준 역시 높기로 유명했다. 그래서 일부러 새로운 인연을 만들기 위해 전람회가 열리는 회랑에서 종일 죽치고 앉아 있는 이들도 제법 많았다.

두 자작부인도 그들과 크게 다르지 않아 평판이 나 있는 전람회라면 이유를 불문하고 찾아 나서는 게 일인 사람들이었다. 그런데 오늘은 운이 좋은 건지 보마르셰 후작부인이 그들을 보고 먼저 말을 건 것이다.

"여기에 앉아도 될까요?"

"물론이죠. 도리어 저희가 부탁드리고 싶었답니다."

후작부인께서 먼저 말을 걸어준 건만도 놀라운데 자리를 함께하겠다는 데 마다할 이유가 없었다.

"그냥 지나가려다가 베르크너 공작님 댁에서 열리는 파티에 관해 이 야기하는 것 같아서 실례가 되는 줄 알면서도 이렇게 끼어들게 되었네 요. 마침 두 분이 궁금해하는 것에 대해 잘 알고 있기도 하고요."

"역시 후작부인께선 그 파티 초대장에 대해서 알고 계시는군요."

"네, 장미가 튀어나오는 초대장이라니 나도 받아보고 굉장히 놀랐었 죠."

"어머, 역시 보마르셰 후작가에는 '그 초대장'이 갔었군요."

그것 보라는 표정으로 후작부인과 같은 초대장을 받은 여인이 친구 를 쳐다봤다.

"하지만 의미가 있는 초대장은 아니니 심각하게 받아들일 필요는 없 을 거예요."

"네?"

"베르크너 공작가의 이번 파티를 준비하는 이가 두 명이라고 들었어 요. 그래서 초대장을 작성한 이도 둘이라더군요. 공작가의 총관과 집 사가 초대 명단을 무작위로 둘로 나눠서 하나는 총관이, 다른 하나는 집사가 각자 알아서 초대장을 작성해서 보내게 되었다는 거예요. 그래 총관이 보낸 것은 일반 다른 초대장과 같은 평범한 것인 데 비해 집사 가 보낸 것은 장미가 나오는 초대장이라더군요."

"왜 그런 번거로운, 아니, 그래도 명단을 둘로 나눌 때 무슨 기준점 같은 것이 있었다던가 하지 않았을까요?"

장미꽃 초대장을 받은 여인은 그래도 뭔가 있을 거란 희망에 후작부 인에게 더 자세한 설명을 부탁했다. 이왕이면 특별한 것이 좋고, 그 특 별함 속에 이유까지 있다면 더 바랄 게 없을 테니 말이다.

"기준 같은 것은 없었다고 하더군요. 단지 이번 파티를 총관과 집사가 총괄하게 되면서 둘 사이에 내기가 있었다고 해요. 누가 더 멋진 파티를 준비하는가 하는 내기요. 그러다가 초대장까지 서로 나눠서 보내게 되었다는 거예요. 일단 초대장에선 집사가 우위를 점한 것 같지 않나요?"

"그렇다면 공작님께선 이에 대해 어떤 지시도 내리지 않으셨다는 말씀인가요?"

"그분도 두 사람의 내기를 듣고 꽤 흥미로워하시면서 한번 해보라고 하셨지만 그 이상의 것은 관여하지 않으셨다고 해요. 우리 후작님이 공작님께 직접 들은 이야기이니 사실이지 않겠어요?"

뭔가 장미꽃 초대장에 깊은 의미가 있지 않을까 한껏 기대에 부풀어 있었던 자작부인은 실망으로 얼굴이 울상이 되어 구겨졌다.

"그런데 집사가 꽤나 무리를 했군요. 저야 받아보지 않아서 잘은 모르겠지만 이 친구의 말로는 초대장에 마법을 사용한 것 같다고 들었어요. 아무리 명단을 둘로 나눴다고 하지만 분명 수십은 될 건데 그 많은 초대장에 일일이 마법을 거는 비용이 만만치 않았을 텐데요. 아무리 내기에서 이기고 싶었다지만……."

"너도 참! 베르크너 공작가라면 가문에 속한 마법사가 있을 건데 뭐가 일이니."

"너야말로 뭘 모르면 가만히 있어. 가문의 마법사에게 도움을 받았다면 총관이 보낸 초대장도 집사와 같지는 않더라도 비슷했어야지. 마법사들이 총관과 사이가 나빠서 집사의 청만 들어줬다면 모를까, 말이 되지 않잖아."

티격태격 서로 맞서던 두 자작부인은 슬며시 보마르셰 후작부인을 바라보았다. 두 사람으로서는 베르크너 공작가에서 벌어진 일의 전말을 알 도리가 없었다. 자기들끼리 아무리 뭐라 해봤자 결말이 나지 않을 일이었다.

그래 후작부인은 친절하게도 두 여인의 궁금증을 깨끗이 해결해 주었다. 그런데 대단한 것은 그것이 두 여인뿐만 아니라 은근히 그녀들의 대화를 엿듣고 있던 다른 이들에게는 굉장히 충격적인 정보였다는 점이다.

"베르크너 가의 집사가 다름이 아니라 바로 얼마 전까지 소문이 자자하던 공작님의 사생아라고 하더군요. 공작께선 후계자로 삼고 싶어 하셨지만 당사자는 분에 맞지 않다며 거절하고 집사가 되었다지 뭐예요. 그런데 더욱 놀라운 이야기는 그가 마법사라는 거예요. 당연히 우리가 받은 초대장도 그의 솜씨라고 하더군요. 혹시 들어는 보셨는지 모르겠는데 '핑크 레이디의 수호자'라 불리던 대마법사의 제자라더군요."

사람들은 공작의 사생아가 후계자가 되는 것을 사양하고 집사가 되었다는 어처구니없는 이야기에 기가 막혀 입을 다물지 못했다. 거기에 무가(武家)로 알려진 공작가의 핏줄이 마법사가 되었다는 것에도 약간의 신선함도 풍겼다.

그리고 왠지 귀에 익은 듯한 핑크 레이디 어쩌고저쩌고하는 이름에 대한 익숙함과 대마법사라는 호칭은 대번에 공작의 사생아에 대한 평가와 관심을 높였다.

공작이 후계자로 삼고 싶어 할 정도였다면 분명 그에 걸맞은 능력이 따랐을 것이다. 그리고 확실하지는 않지만 후작부인이 대마법사라 칭했으니 어느 정도 신빙성은 있을 '대마법사' 핑크 레이디 어쩌고 하는 자의 제자였다는 간판도 무지 빛나 보이는 것이었다.

"그런데 그런 사람이 왜 겨우 집사가 된 거죠?"

누군가의 입에서 나온 이 당연한 물음에 어느 누구도 대답하지 못했다. 가장 많은 걸 알고 있을 후작부인조차 어깨를 으쓱해 보이며 난색을 표할 뿐, 아직은 누구도 진실에 가깝다고 할 수는 없는 입장이었다.

이날 우연히 전람회에서 만난 보마르세 후작부인과 두 자작부인의 대화를 근거로 시작한 소문이 일파만파 거대한 정보의 물결을 타고 전발라를 휩쓰는 데는 그리 많은 시간이 소용되지는 않았다.

그레이스에게 있어서 파티는 친숙한 소재가 아니었다. 국왕의 생신 파티에 말을 가지고 간 것이 그가 겪은 파티에 대한 전부였다. 마을이나 도시 주최로 열리던 잔치에도 참가한 적이 없는데 어떻게 귀족들이 밤새 즐길 수 있는 파티를 계획할지를 생각하면 머리가 암담해질 정도였다. 그나마 사사가 많은 도움을 주고 있어서 고마울 따름이었다.

"아버지는 귀족들의 파티는 문란하고 퇴폐적이며 돈 낭비에, 잘난 척하는 이들이 모여 남의 욕이나 해대는 전혀 쓸모없는 유흥 문화라고 했어요."

밤늦게까지 파티 준비에 여념이 없는 그레이스를 보며 사사가 책을 읽듯 머리 속에 있던 파티에 대한 정의를 중얼거렸다. 그녀가 하는 말의 태반이 카이룬의 주장과 사고를 고스란히 반영하고 있다는 걸 감안한다면 생전에 카이룬이 귀족들에 대해 그리 좋은 감정이 아니었음을 느낄 수가 있었다.

그러면 분명 파티와 같은 행사는 좋아할 거라 생각했는데 의외로 신랄한 평을 내린 것을 보면 말이다.

"모처럼 나와 생각이 일치하구나."

"하지만 조금은 재미있을 것 같아요. 예쁜 옷들에 반짝반짝 빛나는 보석들도 좋지만, 사사는 그보다 음악에 맞춰 춤을 추고 싶어요. 제가 한 번도 보지 않아서인가, 사실 이번만은 아버지를 이해할 수가 없어요. 춤추고 맛있는 걸 먹으면서 예쁘게 보이려고 하는 게 뭐가 문란하다는 거죠?"

사사는 두 팔을 벌리고 뱅글뱅글 몸을 돌리며 춤을 추면서 혼잣말로 중얼거렸다.

"너처럼 그냥 춤에만 관심이 있는 사람들만 온다면 그렇겠지."

그레이스는 귀엽게 춤을 추는 사사를 보다가 낮에 있었던 일을 떠올리며 쓰게 입맛을 다셨다. 오늘 낮에 총관이 하인들에게 정원 곳곳에 긴 벤치를 비치하도록 지시하는 것을 보고 이유를 물었을 때 돌아오는 대답이 정말 가관이었던 것이다.

"맨바닥에서 일을 치르게 한다면 곤란하니까요."

"일을 치르다니요, 무슨 일 말입니까?"

"뭐긴 뭐겠습니까. 남녀가 밤늦게 으슥한 곳에 가서 하는 일이라는 게 뻔하지요. 어이, 거긴 너무 환하잖아! 저택의 불빛이 바로 비추는 자리인데 누가 거기에 앉으려고 하겠어!"

순수하고 맑은 영혼까지는 아니더라도 대충 그와 비슷한 길을 지향하던 그레이스는 자신도 모르게 눈을 깜박이며 총관을 쳐다봤다. 그의 말을 못 알아들은 건 아니다. 귀족들의 문란함이야 대충 알고는 있었지만 설마 하니 이렇게 대놓고 자리까지 마련해 준다는 사실이 솔직히 충격이었던 거다.

"원래는 못하게 막아야 하는 거 아닙니까?"

"왜요?"

"그러니까⋯ 이곳에서 어떻게 그런……."

확실히 당황해 버린 청년 그레이스는 말까지 더듬으며 주변을 손으로 가리켰다. 자신이라면 이런 곳에선 자리 펴주고 하라고 해도 하지 못한다. 아니, 안 하는 것이 상식이었고 남의 집에 놀러 와서 할 만큼 환장하지도 않았다.

"하지 말라고 해도 할 사람은 다 합니다. 오히려 못하게 막는다는 것 자체가 우스운 일이죠. 자기 몸뚱어리 자기가 굴리겠다는데 뭐라고 할 수도 없는 거고요. 불륜과 유흥을 즐기는 사람들에게 좀 더 편안한 장소를 제공해 주는 것도 파티를 주최하는 이의 배려인 겁니다. 파티라는 게 원래 사교를 위한 것이고, 사교에는 정치적이고 경제적인 교류뿐만 아니라 육체적인 교류도 중요한 거랍니다."

총관의 말을 다시 되새기며 그레이스는 지끈거리는 관자놀이를 엄지로 지그시 눌렀다. 심정 같아선 정원의 후미진 곳마다 등을 설치해서 한밤중에도 다 보일 정도로 환하게 만들어놓고 싶었다.

남들이 어디서 무슨 짓을 하든 그건 제 알 바 아니었다. 하지만 자신의 신성한 일터에서, 그럼에도 자신이 나서서 분위기를 조성해 줘야 한다는 것에 왠지 복잡한 기분이 들었다.

잘 추지도 못하는 춤을 뭐가 재미있는지 혼자서 온갖 자세를 잡아가며 추고 있는 사사를 구경하던 그레이스는 씁쓸한 한숨을 흘리며 내려놓았던 서류들을 다시 들었다.

건성으로 서류에 적힌 초대 명단을 훑던 그의 눈동자가 클리프 백작이란 이름에서 멈추었다. 그 이름에 악감정은 없었다. 근래 클리프 백작이 고전을 면치 못한다는 소식에도 잘됐다거나 고소하다는 생각은 없다. 그러나 악감정은 없지만 사람은 때론 정말 어쩔 수 없는 경우가 있는 법이었다.

어두운 구석마다 벤치를 갖다 놓아야 하는 어쩔 수 없음을 인정해야만 하는 것처럼 말이다.

총관과 집사가 함께 준비하는 파티는 처음 초대장에서부터 준비까지 모두 둘로 나누어서 진행했다. 파티가 열리는 넓은 홀은 정확하게 반으로 나눠서 총관과 집사가 각자 한쪽씩 담당하였고, 하인들도 제비뽑기로 편을 갈라서 두 사람의 파티 진행을 도왔다.

하지만 파티 당일에는 총관의 밑에 있던 이들은 집사의 명령으로 홀에서 시중을 보고, 집사 밑에 있었던 이들은 반대로 총관의 일을 도와야만 했다.

어차피 사람을 쓰는 능력을 평가하는 것이었기에 저택의 모든 하인들이 집사와 총관을 거쳐야만 한다는 게 이유였다. 또한 한 사람에게만 묶여서 일을 하다 보면 개인 감정이 생겨서 사람들 사이에 편이 생길 수 있다는 것을 고려한 방침이었다.

저택의 대청소에서부터 파티에 사용한 접시들과 홀의 실내 장식까지 총관과 집사가 함께 나눠서 했지만 첫 번째 일도 있고 해서 두 사람은 은근히 서로 눈치를 보았다. 서로 어긋나지 않으면서 조화롭고 각자의 개성을 살리는 파티를 준비하는 게 두 사람의 목적이 되었다.

그래서 파티 당일에도 손님을 맞이하는 문이 두 개였다. 총관이 보낸 초대장을 받은 이는 오른쪽, 집사가 보낸 초대장을 받은 이는 왼쪽에 있는 문을 통해 파티장 안으로 들어가게 되었다. 입구에서 초대장을 확인하고 받아들이면 총관과 집사는 사람들에게 새로운 손님이 왔음을 알린다.

이미 베르크너 공작가의 집사가 공작의 사생아라는 소문이 널리 퍼진 상태라 그에 대한 사람들의 관심은 대단했다. 일부러 집사가 대기하고 있는 왼쪽 문으로 가려는 이들이 있어서 입구를 지키는 이와 가벼운 실랑이가 생기기도 했다.

하지만 베르크너 공작의 저택에서 그의 하인들과 큰 소리를 내며 싸울 수는 없는 일이라 결국에는 순리에 따라 오른쪽으로 가야 하는 걸 알면서 한 번씩 찔러보는 게다.

수도 없이 반복적으로 새로 입장하는 손님들의 이름을 외치고 사람들에게 알리는 일을 하는 것도 의외로 막노동이었다. 그래서 어느 순간부터 아무 생각 없이 초대장을 보고 이름을 외쳤다.

그러던 중에 그레이스는 방금 막 시종에게서 전해 받은 새로운 초대장에 적힌 이름을 보고 살짝 고개를 들어 상대를 확인했다. 클리프 백작가에 보낸 초대장을 가지고 참석한 이는 백작 내외와 그들의 자녀들로, 단연 요나슨도 있었다.

두 사람의 시선이 순간 엉키는가 싶더니 그와 동시에 요나슨이 그레이스의 눈을 피해 버렸다. 그레이스도 크게 신경 쓰지 않고 클리프 백작 일가가 도착했음을 큰 소리로 알렸다. 경제적으로 상황이 좋지 않은 백작이었지만 정치적인 입지는 아직까지 그 영향력이 지대하였기에 그의 입장에 많은 사람들이 관심을 보이며 반겼다.

손님들이 새로 입장할 때마다 그것을 알리면서 홀에서 시중을 드는 하인들의 움직임을 하나하나 살피는 것은 육체적인 피곤과 함께 정신적인 긴장을 동반했다. 사람들이 구분할지 모르겠지만 파티장은 두 가지 분위기를 담고 있었다.

총관이 실내 장식에서부터 음식과 식기를 담당한 홀의 오른쪽은 그레이스가 맡은 왼쪽에 비해 분위기가 자유로웠다. 방실방실 미소를 띠며 시중을 드는 이들의 행동은 자연스러우면서 왠지 스스럼이 없는 듯 편하고 경쾌했다.

반면 그레이스 쪽은 시중드는 이들이 어떠한 감정도 내비치지 않는 얼굴에 다소 딱딱하다 싶은 태도로 손님들을 접대하고 있었다.

하지만 격식에 어긋나지 않은 정중함과 예절이 나이가 지긋한 이들의 구미를 잡아당긴 듯 보였다. 그래서 총관이 지휘하는 쪽에 젊은 층이 몰려 있는 것과는 반대로 그레이스 쪽에는 어느 정도 연륜이 있어 보이는 이들이 자리를 잡고 있는 대조를 보이고 있었다.

"키가 크네요."

"원래 베르크너 공작가가 혈통상 모두 키가 크잖아요."

"어쩜 저렇게 공작님과 판박이일까."

"마법사라면서요?"

"실력이 대단하다고 들었어요."

"그 장미가 나오는 초대장 말이에요, 제가 다른 마법사에게 들으니 무슨 압축 마법이라는 굉장히 어려운 마법이라고 하더군요. 좁은 공간에 물건 같은 것을 압축해서 넣은 다음에 개봉할 때 손상이 전혀 없는 상태로 나오게 하는 게 아무나 못한다나 어쩐다나. 그런데 그 마법이 응용을 달리하면 엄청나게 무서운 거라고 해요."

"어떻게요?"

"한번 생각해 봐요. 편지 봉투에다가 장미가 아닌 사람을 집어넣을 수도 있다면 사정이 어떻겠어요? 만약 그걸 응용해서 봉투에다가 암살자를 넣어서 보내면 말이에요. 편지를 뜯어서 읽으려는데 불쑥 사람이

나와서……."

그레이스를 두고 사람들이 나누는 대화는 대개 이런 식이었다. 그에 대한 소문이 퍼지고 퍼지면서 그의 스승이란 핑크 레이디의 수호자에 대해서도 사람들은 호기심을 보였다. 왠지 어디서 들어본 듯한 게 분명 뭔가 있어 보였던 것이다.

그리고 결국 그가 이미 수십 년도 전에 경지에 이른 대마법사이며 같은 시대에 활약했던 극렬의 파괴자와 동문이란 것을 어렵지 않게 알아냈다.

두 마법사에 대해서 알려진 것은 극히 소수였지만 그들이 남긴 행적이 하도 희귀해서 오랜 시간이 지나도 그들의 이름을 기억하는 자들이 많았던 것이다. 극렬의 파괴자는 그 이름만큼이나 극렬했던 자이니 더 이상 할 말은 없다지만 문제는 핑크 레이디의 수호자였다.

개인적인 취향 같은 것은 그냥 차치하더라도 보조 마법의 극에 달했다는 그가 보여준 기행을 꼽자면 수도 없었다. 피로를 풀어주는 안마 마법을 고안했다면서 사람을 안심시켜 놓고는 전격으로 지져 버렸다거나, 청소해 주겠다면서 저택을 아예 수장시켜 버린 경력 하며, 하나하나 풀어놓으면 그 죄질이 굉장히 악랄하고 극단적이었다.

물론 당시에는 새로운 마법을 창안한 카이룬이 약간의 계산 착오와 조절을 잘못해서 실수를 한 것이었지만 당한 사람 입장에서는 그게 아니었던 것이다. 그래서 핑크 레이디의 수호자라는 아름다운 별명과는 다르게 본의 아니게 악명을 떨친 카이룬이었다.

덕분에 지금은 그 악명이 그대로 그레이스에게로 내려와 그를 평가하는 기준이 되고 말았다. 단순히 장미를 초대장과 함께 보낸 것뿐이었는데 미래에 암살자를 편지에 담아서 보낼 수 있는 가능성이 있는 자로 찍히고만 것이다.

하지만 억울해할 일은 아니었다. 조화를 중시하기로 했음에도 총관과 다른 초대장을 보낸 것부터가 처음부터 의도한 일이었기 때문이다. 그리고 약간의 기행을 걸었던 카이룬의 행적들을 조사해 거기에다가 더 살을 붙이고 악평을 가미한 것도 그레이스가 꾸민 일이었다. 단지 공작의 사생아로만 알려진 평범한 집사로서는 사비나를 도울 수가 없었다.

좋은 사람으로 알려지는 것은 바라지 않았다. 이제부터 그가 살아갈 세계는 착하면서 무능한 사람은 죄인이 되는 곳이었다. 죄가 없어도 죄인으로 몰려 사라지는 게 이쪽 세계의 약육강식이었다. 그리고 정직히 말해서 사비나는 약자에 속했다.

무능하지는 않지만 유능하지도 않다. 영리하고 성품은 좋아도 그것이 강자의 세상에 살아갈 수 있는 힘은 되지 못한다. 그렇기에 평생 그녀의 옆을 지키기로 결심한 그레이스는 스스로 강한 사람이 되어야만 했다.

때에 따라서는 충분히 잔인해질 수 있고, 또 그럴 수 있는 능력을 지닌 사람으로 보여야만 했다. 아무리 그것이 진실한 그와 많이 다르더라도 말이다.

파티에서 그레이스에 대한 이야기 다음으로 가장 많은 화제가 되는 것은 오그덴 제국의 정세에 대한 것이었다. 현재 오그덴 제국은 아직까지 황태자를 결정하지 못하고 있는 상황이었다. 황후의 소생인 페도라 황자가 있기는 하지만 문제는 황제에게 장자가 따로 있다는 것이었다.

오그덴 제국은 예부터 율법이 엄격해서 확고한 가부장적 체제를 유지해 온 나라였다. 해서 장자를 중시 여기는 풍조가 어느 곳보다 강했다. 그런데 현 제국의 황제에게는 후궁 소생의 보나타 왕자가 장자였던 것이다. 물론 그 왕자가 그저 그런 범재 수준에서 끝났다면 굳이 장자라는 것이 이렇듯 문제가 되지는 않았을 것이다.

하지만 그의 강인한 성품과 호쾌한 기질은 다분히 황제감으로 거론된다 해도 전혀 손색이 없었던 것이다. 그래서 유약한 점이 현 황제를 그대로 닮은 황자를 굳이 정비의 소생이란 이유로 황태자로 삼아야겠냐는 의문이 점점 커지고 있는 상황이었다.

그 중심에 보나타 왕자의 모친과 사촌지간인 무라드 후작이 있다는 것은 거론의 여지도 없이 당연한 일이었다. 그런데 그 무라드 후작과 마이야르 백작이 최근에 모종의 관계를 가지며 가까워지고 있다는 소문이 나돌고 있었다.

"위험하지 않을까요? 국왕의 장인이 제국의 황제 계승에 깊이 개입하는 건 위험 부담이 너무 크다고 생각하는데."

"하지만 그만큼 성공했을 때 얻는 것도 많다는 이야기가 되겠지."

"하긴 마이야르 백작의 야심이야 그의 몸만큼이나 비대할 텐데 누가 말리겠나."

"거기에다가 식욕도 더하거나."

"그나마 성욕은 거의 없다시피 해서 다행이지, 안 그랬으면 발라에 처녀가 남아 있지를 못했을 거야."

아직 참석하지 않은 마이야르 백작을 두고 사람들은 여러 가지 이유로 입방아를 찧었다. 웃자고 농담도 건네며 야유도 했지만 대화를 나누는 이들의 표정은 가히 편하지가 못했다. 마이야르 백작의 이번 도박이 가져올 파장을 예상하면 그것이 너무 컸기 때문이었다.

바르제바가 지금까지 불안정한 국정에도 불구하고 국제 정세에서 밀리지 않았던 것은 오그덴 제국의 유약한 황제 덕분이 컸다.

오그덴과 유일하게 자웅을 겨루는 아사틴 제국은 지리상으로 바르 제바와 멀리 떨어져 있었기에 큰 영향을 끼치지는 못했다. 그리고 제 국만큼은 아니더라도 결코 약소국은 아닌 바르제바를 함부로 넘볼 주 변국도 부재한 상태였다. 인접국과는 자잘한 소모전은 있을지언정 전 쟁이라거나 외세의 압력을 받을 정도는 아니었던 것이다.

그러나 제국을 상대하기엔 역부족인 것도 사실이었다. 더욱이 국왕 의 입지가 지금처럼 약한 상황에서 전쟁이라도 일어난다면 이를 이끌 어 나갈 구심점이 바르제바에는 없었다. 만약 오그덴의 황제가 조금이 라도 호승심이 강하고 도전적이었다면 이미 바르제바는 전란에 휩싸였 을 것이다. 불안한 내정으로 흔들리는 나라만큼 집어삼키기 쉬운 대상 은 없었다. 또한 그만큼 바르제바는 정복하면 얻을 게 많은 나라이기 도 했다.

다만 아직까지 그러지 않았던 것은 오그덴 제국의 황제가 유약하면 서 전쟁이란 극단적인 전황을 좋아하지 않기 때문이었다. 또한 오래전 부터 난황을 겪고 있는 황태자 책봉 문제로 다른 나라를 돌아볼 여유 가 없었다는 점도 더했다.

그런데 지금 국왕의 장인이란 자가 패도적이고 타고난 무인이란 평 을 받고 있는 보나타 왕자의 외당숙과 교류를 한다는 건 많은 의미를 내포하고 있었다. 만약 페도라 황자가 황태자가 된다면 제국은 대대적 인 숙청에 휩싸일 것이다.

그리고 유약하다고 하지만 그래도 일국의 황제가 무라드 후작과 손 을 잡은 마이야르 백작을 그냥 묵과하지는 않을 터였다. 아니, 그대로 둔다고 하더라도 이미 다음 대 황제와 등을 지고 시작하는 결과가 생 기고 만다.

마이야르 백작이 국왕의 장인인 터라 그의 행보가 자칫 잘못하면 국왕 혹은 바르제바의 의사로 직결된다는 오해를 살 수 있기 때문이다. 그리고 만약 보나타 왕자가 보위를 잇게 된다면 그건 또 나름대로 큰 문제였다. 앞서 말했다시피 보나타 왕자는 현 황제와 여러 가지 면에서 완전히 다른 이였다.

그는 호쾌하지만 잔인한 일면을 가지고 있으며, 품고 있는 기질만큼이나 야망이 큰 자라고 알려져 있었다. 그런 자가 황제가 된다면 바르제바의 앞날이라고 밝을 리가 없었다. 마이야르 백작이야 개인적으로 얻는 게 있겠지만 어떤 결과가 나온다고 해도 바르제바로선 달갑지 않은 일들만 당할 처지였다.

그럼에도 불구하고 마이야르 백작을 막을 수 있는 이가 아무도 없었다. 강력한 공권력이 부재한 마당에 힘있는 개인을 막을 수 있는 제도나 힘이 바르제바엔 없었기 때문이다.

"트로웰 세뮤 다이안 국왕 전하께서 납십니다."

이런 저런 대화로 파티가 무르익어 가고 있을 때 국왕의 참석을 알리는 총관의 목소리가 들렸다. 바삐 자리에서 일어나 국왕을 맞이하려던 이들은 국왕의 뒤를 조용히 따르는 나후를 발견하고 저도 모르게 움찔하고 말았다.

마이야르 백작이 오그덴 제국의 무라드 후작에게 매달리는 주요 원인 중에 하나가 바로 이 때문이었다. 언제부터인가 국왕은 왕비가 아닌 나후를 동반하여 공식 석상에 참석했다.

처음 그녀를 외면하던 것과는 다르게 최근에는 지극하게 챙겨주는 모습을 보여주어 일각에서는 왕의 변덕이 시작됐다고 당연하게 받아들이는 분위기였다. 그도 그럴 것이 나날이 아름다워지는 나후를 보면 어느 누구도 마음이 흔들리지 않을 수가 없을 거라는 게 정론이었다.

반면 여왕인 에린은 처음 야단법석했던 것과는 다르게 별 실속 없이 내팽개쳐져 있는 상태였다. 그래서 매일매일 신경쇠약으로 히스테리 증세를 보이는 왕비 덕분에 그녀의 처소에 속한 시녀들의 근심은 나날이 무거워진다는 소문이 나돌았다. 이런 마당에 마이야르 백작으로선 힘을 길러놓을 필요성을 느꼈을 것이다.

불안한 왕비의 입장에 모든 것을 거는 것보다는 여러 곳에 분산해서 투자를 해놓자는 속셈이 분명했다.

"이곳에 오니 낯익은 얼굴이 많아 좋군."

정쟁 때문에 분파가 나눠져 있는 입장이라 가끔 파티를 주연하는 이가 누구냐에 따라 반대편에 해당되는 이들이 아예 참석을 하지 않는 경우가 많았다. 물론 처음부터 초대장을 보내지 않는다는 게 더 맞겠지만 말이다. 그래서 분파를 막론하고 모두가 참여한 파티를 구경하기가 점점 어려운 상황이 되어가고 있었다. 그런데 오늘은 섭정파나 마이야르 백작파와 소수의 국왕파에 할 것 없이 모두가 파티에 모습을 보여주고 있었다.

"하지만 어찌 된 일인지 이라이언 공작과 마이야르 백작이 아직까지 모습을 보이지 않아서 걱정됩니다. 혹시 오는 길에 무슨 사고가 있는 게 아닌가 하고요."

국왕이 파티장에 들어서자마자 가장 먼저 다가가 그를 맞이하던 베르크너 공작은 문득 아직까지 불참인 이라이언 공작과 마이야르 백작을 떠올리며 걱정을 했다. 오늘 파티에 분명히 참석 의사를 보냈던 이들이었기에 은근히 신경이 쓰이는 것이었다.

"외조부와 장인이라면 늦는 이유를 내가 잘 알지. 여길 오는 도중에 두 분을 만났거든."

다이안은 베르크너 공작에게 걱정할 거 없다는 손짓을 해 보였다.

"두 분의 마차가 그만 도로에서 서로 부딪치는 사고가 있었다네."

"마차 사고가 있었다는 말씀이십니까? 그렇다면 이럴 게 아니라……."

"큰 사고였다면 아무리 나라도 이렇게 태평하게 파티에 참석하지는 못했을 거야. 그러니 공작도 걱정할 필요는 없네."

"어찌하여 두 분의 마차가 사고가 난 것입니까."

베르크너 공작의 옆에서 내내 두 사람의 대화를 가만히 듣고만 있던 클리프 백작이 놀라 물었다. 혹시나 사고의 배후에 무슨 내막이 있는 게 아닌가 해서 묻는 그에게 다이안은 가까스로 웃음을 참는 표정으로 대답해 주었다.

"이유를 들으면 백작도 시시하다 생각할 거야. 외조부의 마부가 파티에 늦을 것 같아서 지름길을 이용하기 위해 좁은 골목으로 말을 몰았나 보더군. 그런데 문제는 마이야르 백작의 마부 역시 같은 생각을 했다는 거야. 마차 두 대가 함께 가기에는 너무 좁은 길이었는데 억지로 함께 가려다가 그만 좁은 골목에 두 마차가 그대로 끼어버린 거지. 해서 문도 열리지 않고, 앞으로도 갈 수가 없는 지경이라 두 분 다 밖으로 나오지도 못하고 마차에 갇힌 채로 있다네. 여길 오면서 사람들이 모여 밧줄로 무언가를 끌어내려고 하기에 알아보라 했더니 그런 일이 있었다지 뭔가."

분명 마이야르 백작이 이라이언 공작의 뒤를 따를 순 없다며 마부에게 무리해서라도 추월하라고 했을 거다. 마차의 양옆에 있는 문이 서로 끼어서 열리지 않을 정도로 좁은 골목길에서 추월하려니 사고가 날 수밖에.

"내가 대신 근위 기사들에게 그분들을 도와주라 지시하고 왔지만 마차가 골목에 낀 형상을 보니 쉽지는 않아 보이더군."

"그래도 큰 사고는 아니라니 안심이 되는군요."

"난처하다 뿐이지 두 분 모두 다친 곳은 없는 듯하더군. 그러니 굳이 경들이 걱정하지 않아도 될 거네."

베르크너 공작이 권하는 자리에 앉으며 다이안은 주위에 있는 귀족들에게 안심하라고 일렀다. 옆 자리에 나후가 앉은 것을 확인하며 다이안은 파티장을 둘러보았다.

역시나 발라의 귀족이란 자들은 그 가족들까지 모두 자리해 있었다. 대충 사람들을 훑어보는 듯하던 다이안은 입구에 서 있는 그레이스에게 시선을 멈추고는 베르크너 공작에게 물었다.

"저이가 공작의 사생아라 소문나 있는 그 사람인가?"

"그렇습니다."

"많이 닮았군."

"사람들이 그렇다고 하더군요."

"마법사라고?"

"아직은 부족한 게 많지만 나름 제몫은 하는 것 같습니다."

"그가 보낸 장미꽃 초대장에 대해 소문이 자자하던데, 나는 그대의 친필 서명에서 끝난 멋없는 초대장을 받아서 잘 모르겠지만 꽤나 호평이었다지?"

국왕인 다이안에게 보낸 초대장은 총관과 그레이스가 아닌 베르크너 공작이 직접 작성해서 보낸 것이었다. 그랬기에 다이안이 받은 초대장은 공작의 친필 서명에도 불구하고 평범한 것일 수밖에 없었다.

그리고 국왕이 저택에 당도하자 안내를 하던 시종이 당연하다는 듯 총관이 맡고 있는 쪽으로 그를 안내하는 바람에 그야말로 정말 평범한 초대장을 받은 셈이 되어버렸다.

"서운하셨습니까. 집사에게 부탁하면 되는 걸 미처 생각하지 못하고, 전하께는 제가 직접 쓴 초대장을 보내야 한다고만 생각했지 뭡니까."

"그 정도로 서운할 것까지야… 다만 남들은 다 봤는데 나만 보지 못했을 때 느끼는 소외감이지."

"그럼 언제 집사에게 부탁해서 전하께 보내는 전서에 장미 한 송이, 아니, 한 다발을 넣어서 보내 드리겠습니다."

"기대하고 있겠네. 그런데 아무리 사생아라 해도 겨우 집사로 두는 게 아깝지 않은가? 공작의 가문에선 마법사가 나오는 건 무척 드문 일이라고 알고 있네만."

"제 욕심 차리자고 싫다는 아이에게 억지로 의무를 지어줄 수가 없었습니다. 이제라도 옆에 두고 보게 된 것만으로도 만족하고 있습니다."

"좋은 아버지군."

"그렇게 보일 뿐, 아직은 아닙니다."

국왕과 공작의 대화 중에 파티장에 흐르던 음악 소리가 경쾌해지기 시작했다. 국왕을 마지막으로 초대된 손님들 거의가 도착했기 때문에 초반 다과회 같던 분위기가 본격적인 연회로 들어선 것이다.

다이안이 나후를 이끌고 경쾌한 음악에 맞춰 춤을 추기 시작하자 하나둘씩 짝을 맞춘 이들이 국왕의 뒤를 이어 홀의 중앙으로 나갔다. 이제부터 파티의 주요 목적 중에 하나인 사교의 장이 열린 것이다.

국제 정세가 어쩌고 분파가 어쩌고 하는 골치 아픈 문제는 우선 뒤로하고 오늘은 정신이 아찔할 정도로 즐기기만 하면 된다. 그래서 아직 미혼인 자녀들이 훌륭한 결혼 상대를 찾게 된다면 더없이 좋은 일일 테니 말이다.

"너도 마음에 드는 아가씨가 있는지 한번 보거라."

클리프 백작은 뭐가 못마땅한지 인상을 구기고 있는 아들에게 넌지시 말을 걸어보았지만 요나슨은 전혀 흥미를 보이지 않았다. 이제 아들을 보고 한숨을 내쉬는 게 백작에게는 만성이 될 정도였다. 여러 모로 점점 사정이 나빠지고 있는 형편에 아들은 예전처럼 그의 든든한 의지처가 되어주지 못하고 있었다.

"어디서 기분 안 좋은 일이 있었는지는 모르겠지만 웃어라. 그렇게 속이 다 보이는 얼굴을 하고서 무얼 할 수 있겠니."

클리프 백작은 답답한 마음에 조용히 요나슨을 꾸짖고는 자리를 옮겼다. 현재 백작이 가장 의지할 수 있는 사람은 이라이언 공작이었다. 오늘도 긴히 부탁할 것이 있었는데 일이 꼬이려는지 그것도 쉽지가 않았다. 그나마 정치적인 영향력은 견제해 그것으로 어찌저찌 해서 꾸려가고는 있지만 하루하루가 점점 힘들어지는 것은 사실이었다.

요나슨이 정신이라도 차려서 제대로 된 집안의 여식과 혼인이라도 한다면 큰 도움이 될 것 같지만 지금으로서는 바라기 힘든 요망이었다.

오늘따라 더욱 기운이 없어 보이는 아버지의 뒷모습에 요나슨은 그분이 자신에게 무얼 바라고 있는지 잘 알고 있었다. 듣는 귀가 있으니 집안 사정이 어떻게 돌아가는지도 잘 알고 있었고, 지금 자신이 무얼 먼저 해야 하는지도 잘 알고 있다. 그러나 알고 있는 것과 그것을 행하는 것은 달랐다. 최근에 들어서야 요나슨은 그 차이를 명백하게 깨달았다.

아는 것과 그것을 행할 수 있는 힘은 달랐다. 단순한 의지만으로는 몸을 움직이게 만들지 못한다. 강하다는 것만이 몸을 버티게 해줄 수 있는 힘이 아니었다.

요나슨은 시간을 들어 천천히 독한 술을 한 잔 마신 뒤에 홀 구석에서 일을 하고 있는 그레이스에게 다가갔다.

"좋아 보이는군."

홀을 둘러보며 부족한 것이 없는지 살피던 그레이스는 자신에게 다가와 말을 거는 요나슨의 행동에 눈꼬리가 살짝 올라갔다. 요나슨이 끝까지 자신을 모른 척할 거라고 생각했던 그레이스는 이 의외의 결과에 순간 뭐라 대답해야 할지 말문이 막혔다.

"오랜만인데 인사도 하지 않을 건가?"

"안녕하셨습니까."

"안녕하지는 못했지만 이렇게 보니 반갑군."

"……."

"둘이서만 이야기할 수 있을까? 여긴 눈이 너무 많아서 말이야."

계속 사람들의 주목을 받고 있는 그레이스와 오랜 시간 함께 있자면 덩달아 시선을 끌 수밖에 없었다. 그걸 피하고 싶은 요나슨의 제안에 그레이스는 잠시 생각하는 듯하다가 고개를 끄덕였다.

"하지만 아직 일이 많아서 당장 시간을 내기는 무리입니다."

"기다리지."

이 자존심 강한 사내가 자신을 기다리겠다는 말에 아연해하면서도 그레이스는 침착하게 가장 가까운 곳에 있던 하인을 붙잡고 부탁했다.

"요나슨 경을 3층 서재 옆에 있는 바깥 베란다로 안내해 주세요."

요나슨이 하인을 따라 파티장을 빠져나간 후, 그레이스는 정말 눈코 뜰 새 없이 바쁘게 움직여야만 했다. 별일도 아닌 것 가지고 괜히 그에게 한 번 말을 걸어보기 위해 부른다거나 하인의 실수를 크게 확대시키는 경우들 때문에 사정은 더욱 나빴다.

그래서인지 요나슨이 그레이스에게 말을 거는 모습을 여럿이 목격했음에도 누구도 그것을 이상하게 생각하는 이가 없었다. 누구라도 기회가 있으면 그레이스에게 말을 걸어보고 싶어 했으니까 말이다.

물론 요나슨과 그레이스와 있었던 모종의 일을 아는 몇몇만이 의미심장하게 쳐다보고 있었지만 정작 그레이스는 그걸 눈치채지 못했다.

파티가 무르익어 가자 짝을 이뤄 춤을 출 사람들은 춤을 추고, 도박을 할 사람들은 이미 넓은 방 하나를 차지해 자리를 편 상태였다. 그리고 대화를 나누는 게 주목적인 이들은 끼리끼리 모여 가볍거나 심각한 대화들을 나누기에 바빴고, 하나씩 하나씩 사라지는 이들은 어디서 무얼 하는지 굳이 궁금하지도 않았다.

어느 정도 정착된 분위기에 더 이상 그레이스가 할 일은 없었다. 시중을 드는 것에 이제 익숙해진 하인들도 그의 명령이 없어도 먼저 알아서 처리했고, 음식이 떨어지려 하면 재빨리 주방에 가서 가져다 채우는 기민함도 보여주고 있었다. 계속 눈치를 보던 그레이스는 이제 자신이 필요하지 않다는 것을 제반 확인하고 나서야 조용히 파티장을 빠져나와 요나슨을 찾아갔다.

불빛 하나 없이 어두운 베란다에 기대서 바깥을 내려다보는 요나슨의 뒷모습이 달 그림자에 비쳐 묘한 분위기를 자아내고 있었다. 티로이에 있을 적에 요나슨은 언제나 강하고 자신만만한 남성적인 매력을 풍기는 이였다. 그런데 지금의 그는 조금은 지치고 힘들어 보이는, 어디서나 볼 수 있는 그렇고 그런 남자의 뒷모습을 보여주고 있었다.

"오래 기다리게 해서 죄송합니다."

"아니, 바쁜 사람을 보자고 한 것은 나니까 기다려 줘야겠지."

예전의 그라면 절대 바랄 수 없을 정도로 예의를 갖춘 말이었다. 그것이 너무 어색해 그레이스는 요나슨의 얼굴을 보면서도 과연 이 남자가 옛날 그 사람이 맞는지 다시 확인을 해야만 했다.

　"내 얼굴에 뭐가 묻었나?"

　"왠지 이 상황이 굉장히 낯설어서 조금 당황했습니다."

　"전혀 당황해하는 것 같지 않는데?"

　"당황하고 있습니다. 지금 이렇게 요나슨 경과 마주하고 있다는 것 자체가 제겐 놀라운 일이니까요."

　"하긴 나도 당황스러워. 그때 이후로… 이제는 절대 보지 않고 살아갈 거라 생각했는데 말이야. 그러고 보면 세상일이란 게 참 신기해."

　씁쓸하게 웃는 요나슨의 모습조차 그레이스는 신기하고 어리둥절했다. 그가 아는 요나슨은 저렇게 웃는 것 대신 크게 화를 내며 밖으로 터뜨리는 사람이었다. 안으로 삭이거나 참는 걸 할 줄 모르는 이였다. 이런 생각을 알았는지 요나슨이 먼저 입을 열어 자기 자신에 대해 해명했다.

　"내가 좀 기가 많이 꺾였지? 시간이 가도 절대로 변하지 않을 거라 생각했던 것들이 눈앞에서 무너지는 것을 보았으니 나도 느끼지 못하는 사이에 조금씩 변하더군. 그것도 최악의 모습으로. 그런데 넌 조금도 변한 게 없어 보이는군."

　베란다의 난간을 두 손으로 붙잡으며 요나슨은 지난여름 자신이 왜 그토록 그레이스를 싫어했었는지 새삼 다시 한 번 깨달았다. 용병단에서 빌려온 심부름꾼이었던 그레이스와 이제는 공작가의 사생아이면서 집사를 하고 있는 그레이스는 전혀 달라진 게 없었다.

　예의 바르지만 여전히 당당하고 빈틈 하나 없이 깐깐해 보이는 면상에다가, 사람을 뚫어지게 바라보면서도 전혀 흔들리지 않는 저 시선까지. 거기에다가 손바닥 뒤집듯 자기 인생을 바꿀 수 있는 모든 조건을 가지고 있는데도 그것들조차 하찮게 만들어 버리는 무심함까지 하나 변한 게 없었다.

보잘것없던 녀석에게 느꼈던 자격지심은 여전히 그를 괴롭히고 있었다. 차라리 다른 시건방진 녀석들처럼 잘난 체를 하거나 조금이라도 깐죽거리는 기색이라도 보인다면 좋았으련만.

"넌 여전히 재수없는 놈이야."

"그런 소리 많이 듣고 살았습니다."

"그러니까 너의 그런 점이 난 싫다."

"절 싫어하는 사람이야 너무 많아서 이젠 그런 소릴 들어도 별로 충격을 받지 않습니다만, 혹시 그 말씀을 하려고 절 보자고 하신 겁니까?"

겨우 그 말 하려고 바쁜 사람 불러낸 거냐고 묻는 그레이스였다.

"우리 사이에 간단하게 볼일만 끝내는 게 좋겠지. 그럼 하나만 묻자. 우리 가문의 일, 베르크너 공작님이 지시하신 거냐?"

처음엔 아닐 거라 생각했는데 이토록 그의 가문을 궁지로 몰 수 있는 사람은 베르크너 공작밖에 없었다. 따져 보면 이유도 충분하다. 부친은 공작이 호마린 자작과 연결해 준 덕분에 지금 사정이 수월해졌다고 하지만 요나슨은 신뢰가 가지 않았다. 자작에게 끌어다 쓰는 사채의 액수가 점점 불어날수록 그의 의심은 불안으로 변했다.

"무슨 뜻인지 이해하지 못하겠습니다. 무얼 말인가요?"

"혹시 지난여름에 있었던 일 때문에 공작님이 우리 가문에 안 좋은 감정을 가지신 게 아니냐고 묻는 거다. 그래서 요즘 우리 가문에서 일어나는 안 좋은 일들이 그 일에 대한 복수의 연장선이 아닌지 알고 싶다는 이야기다."

"지난여름의 일이라면 요나슨 경과 저와의 일 아닙니까? 그것 가지고 공작님이 클리프 가문에 원한을 가질 이유는 없습니다. 뿐만 아니라 공작님과 개인적으로 그때의 일을 이야기해 본 적도 없습니다."

"그럼 아니라는 건가?"

"집사가 된 지 얼마 안 된 제가 공작님이 하시는 일들을 모두 알 수는 없지 않습니까. 행여나 안다고 해도 그걸 경에게 알려 드릴 이유도 없고요. 하지만 만약 공작님께서 클리프 백작 가문에 대해 어떤 일을 하고 계시다면 그건 그분의 개인적인 사정에 의한 일이지 저 때문은 아니라는 건 확실하게 말씀드릴 수 있습니다."

"하, 그럴까?"

물어본다고 선선히 대답해 줄 거란 기대는 하지 않았다. 하지만 물어보는 과정에서 혹시나 뭔가 알아낼 수 있지 않을까 기대했는데 전혀 알 수가 없었다. 요나슨은 비틀린 미소를 지으며 코웃음을 쳤다. 생각해 보니 처음 만났을 때부터 그는 그레이스에게서 아무것도 얻어내지 못했다.

"확실하게 알았어, 왜 네가 이렇게 싫은지."

"……."

"그래, 실라의 일도 있었겠지만 난 너의 그 초연함이 싫어. 그 일이 있었는데도 넌 처음 나를 만났을 때하고 전혀 달라지지 않은 눈으로 지금 나를 보고 있지. 마치 너 같은 건 내 인생을 뒤흔들 수 없는 존재라고 말하는 듯이 말이야. 그건 말이야, 꼭 내 존재를 부정당하는 것 같아서 기분이 더러워. 지금까지 제 잘난 맛에 살아온 나 같은 녀석한테는 더욱더."

자기가 잘난 줄 알고 살아온 사람은 자신이 잘났다는 것을 알아주지 않는 사람을 만나면 당황할 수밖에 없다. 마치 그대로 까발려져서는 맨몸으로 그 앞에 서 있는 게 아닌가 하는 수치감마저 느끼기 때문이다.

"그건 요나슨 경의 문제이지 제 문제는 아닌 것 같군요."

하지만 이런 그의 고민과 자격지심은 그레이스에게 가차없이 무시당했다. 그가 무엇 때문에 괴로워하든 그건 그레이스가 상관할 바가 아니기 때문이다.

"하실 말씀 다 하셨으면 그만 일층으로 내려가 주시겠습니까? 파티 때문에 저택에 손님들로 가득하다지만 개인적인 일로 삼층에 외부인을 오래 머물게 할 수는 없습니다."

"그렇게 말하니 정말 집사 같군."

"집사 맞습니다."

발끈해서 얼른 말을 덧붙이는 그레이스에게 요나슨은 피식 웃음을 터뜨리며 한 방 날렸다.

"내가 보기에 넌 아직도 한참은 멀었어."

어렸을 때부터 완벽한 집사의 이상형이라 할 수 있는 드웰을 보고 자라온 요나슨이 보기에 그레이스는 아직은 풋내기였다. 당연히 이렇게나마 그레이스에게 한 방 먹였다고 좋아라 하는 요나슨, 그 자신도 풋내기인 건 마찬가지이지만 말이다.

"그건 저도 압니다."

떠나는 요나슨의 등에다가 작게 속삭였지만 그가 들었는지는 알 수가 없다. 애써 뻣뻣이 편 허리가 더 이상은 지쳐 보이지 않을 뿐 요나슨이 무슨 생각을 하는지는 이미 그레이스의 관심 밖이었다.

"생각보다 대화가 빨리 끝나 버렸군."

요나슨의 뒷모습이 더 이상 보이지 않을 때쯤, 느적느적 베란다로 걸어 나온 다이안은 그레이스가 서 있는 자리 옆에 나란히 마주 서면서 태평하게 말을 걸었다.

왼손으로 베란다 난간을 짚으면서 달을 등 뒤로 하고 비스듬히 그레이스를 마주 보는 다이안은 작년보다 키가 많이 자란 상태였다. 아직 그레이스보다는 작았지만 성장하는 나이이니 결과는 모를 일이었다.

"저 요나슨의 성격이라면 대판 싸울 줄 알았는데 너무 조용히 지나가서 솔직히 조금 놀라운걸."

"아마 베르크너 공작님 때문이겠지요."

다이안의 등장에도 그레이스는 놀라지 않고 옆으로 몇 걸음 물러서며 덤덤하게 반응했다. 요나슨에게 외부인 운운하며 쫓다시피 내려보낸 것은 모두 이 어린 국왕 때문이었다. 요나슨은 눈치채지 못한 것 같았지만 그레이스는 이상하게 이 어린 국왕이 가까이에 있으면 아무리 그가 기척을 감추려고 해도 너무도 쉽게 그 존재를 느끼곤 했다.

다이안이 있으면 주위의 공기가 서늘해지면서 불안해진다. 또한 끈적끈적한 시선이 몸에 엉겨 붙으며 사람을 꼼짝할 수 없게 만드는 것이 확실히 다른 이들과 구분이 가는 존재감이었다.

"하긴 베르크너 공작이 대놓고 자식들을 챙기는 마당에 아무리 그래도 너에게 함부로 할 수는 없었겠지. 든든한 아버지를 둔 소감이 어때?"

장난스레 묻는 다이안에게 그레이스는 언제 우리가 이렇게 편하게 말을 주고받을 만큼 친한 사이였냐고 묻고 싶었다. 게다가 질척하게 달라붙기는 했지만 근엄한 국왕의 면모를 버리지 않던 다이안이 오늘은 왠지 친근하게 구는 것이 꼭 '친구'를 대하듯 스스럼이 없었다.

"왜, 이러시는 겁니까?"

"응? 뭐가."

"그러니깐 전하께서는 일국의 국왕이시고 전……."

"집사지! 그래서 뭐가?"

"왜, 전하께서 저에게 이렇게 친한 척을 하시는지 그 이유를 모르겠습니다."

결국 그레이스는 느끼는 그대로 솔직하게 말했다. 사람과 사람 사이에 정해져 있는 거리와 관계라는 것이 있는데, 아무리 기억을 떠올려 봐도 다이안과 자신은 이렇게 밀접하고 가까운 사이는 아니었다. 더욱이 국왕과 집사라는 상하 관계는 아무리 시간이 지난다고 해도 가까워질 수가 없는 것이었다.

"그때 했던 말 아직도 유효하나?"

"……?"

하지만 다이안은 그레이스의 물음에 답하는 대신 되려 다른 질문을 했다. 딱히 기억날 만한 말을 한 적이 없는 그레이스는 바로 대답하지 못하고 시선을 아래로 내렸다. 그 언젠가 달빛이 지독하게 답답했던 저녁처럼 다이안은 그를 보고 웃고 있었다.

"궁에도 집사 자리가 있으면 한번 생각해 보겠다던 그 말."

"유감스럽게도 이미 평생 직장을 찾았습니다."

"이직도 그리 나쁜 것은 아니야. 경력은 인정해 줄 테니 걱정은 말아."

"지금이 좋습니다."

"고쳐 생각해 볼 의향은 없나?"

"없습니다."

그레이스가 조금의 망설임도 없이 바로 대답하자, 친한 척 말을 거는 와중에도 여전히 차가웠던 다이안의 눈동자에 순간 온기가 퍼졌다. 사르르 얼음이 녹듯 눈초리가 가늘어지며 환하게 웃는 모습에 그레이스는 왜 세어도란트의 아가씨, 아줌마들이 다이안의 초상화를 보고 그렇게 열광을 했는지 알 것도 같았다.

잘생겼다면 분명히 카마인이 다이안보다 더 잘생긴 것은 확실하다. 하지만 색기라고 해야 하나? 아직 어린 소년에게서 풍겨져 나오는 묘하게 달짝지근한 기운은 카마인이 가지고 있는 성인 남자의 매력과는 확실히 달랐다. 아마 사사와 카이룬이 보았다면 진정한 미소년의 자태를 지녔다며 날뛰기 딱 좋은 유형이었다.

"넌 이래서 마음에 들어."

그레이스가 무슨 생각을 하는지 모르는 다이안은 방금 전 요나슨이 했던 말과 전혀 다른 말을 그에게 했다.

"쉽게 가질 수도 없고, 네가 내게 오기 위해 다른 이를 배신하는 일도 절대로 없겠지. 너에게 나는 방금 전까지 여기에 있었던 요나슨과 크게 다르지 않는 존재일 거야. 백작의 아들과 국왕은 너에게는 있어 똑같이 그저 '타인'일 테니, 안 그래? 요나슨은 그런 초연함이 싫다고 했는데 난 그게 좋아."

"……."

"그럼에도 따스하고 행복한 네가 말이야. 그래서 널 가지고 싶은 거다. 빼앗을 수만 있으면 무어라도 다 할 작정이었는데."

"……."

"너에게 베르크너 공작이라는 든든한 배경이 생겨 버렸으니 뺏는 것도 여의치 않게 된 거지. 게다가 난 공작의 도움이 절실하게 필요한 입장이라서 밉보일 처지가 아니거든. 그렇다면 너를 어떻게 해서 내 손안에 넣을 수 있을까 곰곰이 생각해 보았어. 결론은 너 스스로 내게 오는 건데 그러려면 너에게서 '타인'이 아닌 존재가 돼야 한다는 것이 먼저더군."

"그래서……."

"친한 척 좀 한 거지."

상큼하게 웃으며 대답하는 다이안에게 확실히 예전 같은 위화감은 사라지고 없었다. 짓누르듯 위협하던 갑갑함이나 탐욕스럽게 빛나던 눈빛도 더 이상 없었다. 살갑게 다가오는 태도엔 그 나이 또래의 천진함마저 엿보였다. 하지만 이미 다이안이란 실체에 대해 잘 알고 있는데 이제 와 이래 봤자 이미 늦은 감이 있었다.

"그런데 너에게까지 이 짓을 하자니 속이 뒤집어지는 것 같아."

"확실히 어울리지 않기는 했습니다."

"어울리지 않았지? 그런데 사람들은 그것에 잘 넘어간단 말이야. 그게 정말 이상해. 아마도 너처럼 객관적인 눈으로 나를 보지 않기 때문일지도 모르지. 그들은 자기들이 보고 싶은 것만 보거든. 하여튼 내가 하고 싶은 이야기는, 너를 얻기 위해 이것저것 다 해봤는데도 하나도 그럴싸한 게 없었다는 거지."

다이안의 입장에선 정말 이것저것 안 해본 것 없이 다 해본 기분이었다. 다른 사람들에게 잘 먹히던 애교 작전도 그레이스에게는 바늘 끝도 들어가지 않았다. 물론 안 될 거라 생각하고 처음부터 열의있게 행동하지도 않았지만 그래 봤자 결과는 같았을 거다.

"그런데 며칠 전에 공작이 내게 굉장히 재미난 이야기를 하더란 말이야."

"……."

"만약 자신의 딸을 후계자로 삼게 된다면 윤허해 주겠느냐고 묻더란 말이지. 물도 나오지 않을 마른 땅이라면 힘들게 삽질만 하게 할 수는 없다고 말이야."

"……!"

후계자를 누구로 삼을 것인가는 작위를 가진 자의 마음이지만, 그리고 작위를 후계자가 물려받을 수 있도록 허락해 주는 이는 바로 국왕이었다. 즉, 사비나가 아무리 주변 사람들을 이해시키고 공작의 후계자가 된다고 해도 국왕의 승인 없이는 결국 아무 소용이 없다는 소리였다.

"마음 같아서는 내가 원하는 것을 달라고 하고 싶었지만 내게도 염치가 있지. 공작이 나를 위해 그렇게 애를 써주는데 나도 해줄 수 있는 것은 해줘야 공평하지 않겠어."

"저, 잠깐!"

그레이스는 다이안이 하는 말을 도중에 막으며 눈짓으로 위쪽을 가리켰다. 다이안의 주변에 숨어 있던 기운들을 뒤늦게야 깨달은 그레이스가 기함하며 막은 것이다. 그레이스가 가리키는 시선을 따라 눈동자를 돌리던 다이안은 피식 웃으며 걱정할 것 없다고 그레이스의 귓가에다가 속삭였다.

"명목상으론 외조부가 붙여준 감시자들이지만 실상은 모두 내 사람들이지. 아니, 정확히 말하면 아바마마의 사람들이라고 해야 하나? 뭐, 소속이야 애매해도 내 편이라는 것은 확실하니까."

오덤왕은 죽기 전에 이라이언 공작가에 속한 사람들 중에 어리고 별 재주가 없어 눈에 띄지 않던 어린애 몇 명을 자신의 사람들로 바꿔치기를 해놓았다.

새로 사람을 심어놓는 것보다는 변장과 마법을 이용해 원래 이라이언 가문에 속해 있던 집안의 어린애와 국왕 쪽 사람을 바꿔치기하는게 더 실속이 있기 때문이었다. 몇 대에 걸쳐 이라이언 가에 속해 있었기 때문에 출신 성분이나 충성을 의심받을 경우는 극히 드물었고, 능력만 있다면 공작의 측근이 될 가능성도 높았던 것이다.

그리고 그중에 한 사람이었던 보리스가 이라이언 공작의 신임을 얻어 다이안의 감시를 담당하게 된 것이다. 그와 함께 감시조가 된 이들은 보리스가 오래전부터 '친구'라는 면목으로 끌어들인 자들로 모두 믿을 수 있는 자들이었다.

반면 이라이언 공작의 기사들이나 마찬가지인 국왕의 근위 기사들은 보리스를 믿고 다이안에 대한 감시 겸 호위에 느슨해진 모습을 보이고 있었다.

오늘도 사고가 난 이라이언 공작을 보고 다이안이 그를 도와주라고 명령하자 너무도 쉽게 국왕의 옆을 떠나 버린 근위 기사들이었다. 덕분에 다이안은 따라붙으려는 시종들을 떨궈놓고 혼자서 마음대로 돌아다닐 수 있는 자유를 얻은 것이다.

"저들이 이 주변을 샅샅이 호위하고 있으니 걱정하지 마. 그래, 어디까지 이야기했더라?"

"공평하지 않다."

"그래, 공평! 베르크너 공작은 신중하게 물어보는 것이었겠지만 나로선 그의 원이라면 가능한 들어줘야만 하는 입장이란 거지. 하지만 아무리 국왕이라도 막무가내로 여자를 공작으로 승인해 줄 수는 없어. 부왕처럼 강력한 왕권을 쥐고 계셨던 분이라면 모를까. 그러니 네가 날 도와줘."

다이안은 두 손으로 그레이스의 두 어깨를 감싸며 그의 귀가 자신의 입가에 오도록 끌어당겼다.

"우리가 원하는 것을 얻기 위해서."

"……."

"그러다가 나와 정이 들면 내게로 오고."

싱겁게 웃으며 농담처럼 하는 다이안이었지만 깊은 암청색 눈동자에 담긴 것은 진지함이었다. 결코 농담으로 하는 말도 아니었고 재미 삼아 그레이스를 원하는 것도 아니었다.

한없는 어둠과 어우러지는 그 눈동자에 잡힌 그레이스는 자신의 어깨를 잡고 있는 다이안의 오른손을 잡아떼며 뒤로 물러났다. 하지만 다이안의 손을 놓은 것은 아니었다.

이유는 모르지만 자신을 이렇게 진지하게 원하는 이가 있다는 게 기분 나쁜 것만은 아니었다. 그러나 그레이스는 누구보다도 그를 필요로 하는 사비나를 포기할 수가 없었다. 막말로 다이안에겐 그가 없어도 괜찮았다. 지금도 주변을 지키는 이들이 국왕을 따르고 있고 카이룬의 동문이 시종장으로 국왕의 옆을 든든하게 지키고 있었다.

하지만 사비나에게는 그레이스가 절실했다. 그녀에게 있어서 그레이스는 어느 누가 대신할 수 있는 존재가 아니었다. 그레이스를 오라버니라고 따르는 그녀가 그를 배신할 일도 없었다. 그런 그녀를 포기하고 다이안에게 가야 할 이유가 그레이스에게는 없었다.

그레이스는 서 있던 자리에서 한쪽 무릎을 꿇고 앉아 그때까지 잡고 있던 다이안의 오른손에 가볍게 입을 맞췄다. 그가 처음으로 다이안에게 보내는 경의이자 국왕에 대한 예우였다.

"제가 전하를 도울 수 있는 일이 있다면 도울 겁니다. 그렇게 해서 제가 원하는 것을 얻을 수 있다면요. 하지만 제가 전하께 가는 일은 절대 없을 겁니다."

"너라면 그렇게 대답할 줄 알았지."

"그러나."

"……?"

"만약에 전하의 말씀처럼 정이라도 들게 된다면 그때는 확실하게 국왕 전하로 대우해 드리겠습니다. 남들과 같은 '타인'이 아닌 유일한 바르제바의 국왕으로서."

"풋, 하하하하!"

참 이상한 일이었다. 요나슨이 뼈에 사무칠 정도로 싫어하는 당당하고 거만하면서 예의 바른 그레이스의 이 성격이 다이안은 너무 마음에 들었다. 그레이스에게 있어 다이안은 그가 바르제바의 국왕이든 뭐든 상관이 없었다.

만약 다이안이 실각당하더라도 그레이스는 처음 만났을 때처럼 항시 같은 자세와 태도로 그를 대할 사람이었다. 다이안이 눈앞에서 죽는다면 젊은 나이에 안됐다며 위로하면서도 잘 가라고 손을 흔들어줄지도 모른다.

그레이스의 인생에서 다이안이란 티끌만한 존재 가치도 가지지 못한 사람이었다. 하지만 그것에 화가 난다기보다는 오히려 안심이 되었다. 아무런 영향을 주지 못하기에 그레이스는 경멸도, 부정도 섞이지 않은 시선으로 다이안을 있는 그대로 온전하게 똑바로 봐주는 유일한 사람이었다. 그리고 이런 그레이스가 국왕으로서 자신을 인정하고 받아들여 준다면 다이안은 기쁠 것 같았다.

사는 게 즐겁다는 이가 바라보는 세상에 그 자신도 당당하게 속하게 될 테니 말이다.

그 사람들은 왜 나무 위로 올라갔을까

STORY 39

그 사람들은 왜
나무 위로 올라갔을까

드노엘에게 매끼 식사를 갖다 주는 일을 하고 있는 메를로는 세 살 때 고열을 동반한 병을 앓고 난 후에 청각을 잃었다. 그와 함께 말하는 법을 잊어버린 혀는 점차 퇴화되어 메를로에게서 목소리를 빼앗아갔다. 정확히 사정을 따진다면 이런 사연을 가지고 있었지만 사람들은 단순하게 소년이 선천적으로 듣지 못하는 귀머거리라고 생각했다. 뭐, 그래 봤자 그것이 중요한 것은 아니었다.

원인이 무어라고 해도 어차피 소년이 듣지도, 말하지도 못한다는 것에는 변함이 없었으니 말이다. 그래도 다행인 것이 있다면 이제는 이미 돌아가신 어머니가 소년에게 사람의 입 모양을 보고 소리를 읽는 법을 가르쳐 주었다는 것이다.

수화를 알고는 있지만 그것은 소년처럼 수화를 알고 있는 경우에만 통하는 대화법이었다. 그리고 대다수의 사람들은 소년과 대화하기 위해 굳이 수화를 배우려는 수고는 하지 않았다. 그래서 소년은 일방통행이라도 사람들의 입 모양을 보고 세상과 소통하고 있었다.

사실 부모님이 살아 계셨을 때까지만 해도 소년은 자신이 장애를 가지고 있다는 것에 크게 구애받거나 불편한 게 있다고는 전혀 모르고 살아왔었다. 소년을 위해 수화를 배운 부모님이었기에 그들과 대화가 막히는 경우는 없었다. 무언가 원하거나 필요한 것이 있다고 생각하는 순간 어떻게 알았는지 눈앞에 갖다 주거나 해결해 주는 부모님 덕에 불편도 모르고 살아왔다.

그러나 부모님이 돌아가시고 평소 가깝게 지내던 친척의 양자로 들어가고 나서부터 소년은 비로소 불편이란 것을 알게 되었다.

양부모님이 나쁘다거나 하는 건 아니었다. 단지 양부모님께는 소년 말고도 이미 친자식들이 있었고, 적당한 애정과 적당한 노력만으로는 결코 친가족 같은 결속력을 느끼기가 어렵다는 게 새로운 가정의 문제였다. 괜히 눈치가 봐지고 주눅이 드는 게 꼭 자격지심 때문만은 아닐 것이다.

그래서 공작님의 총관이 무언가 일을 맡긴다고 했을 땐 기쁘면서도 양부모님과 그 가족들에게 스스로 당당할 수가 있었다. 더 이상 자신은 이 집안에 폐만 끼치는 존재가 아니라고.

사람들이 말하는 것처럼 드노엘이 무섭고 굉장히 나쁜 사람이라고 해도 두껍고 안전한 벽이 그와의 사이에 버티고 있는 한 자신은 안전하다고 굳게 믿었다. 가끔 발광인지 신경질인지 모르지만 작은 개폐구 사이로 손을 내밀어 소년의 팔을 붙잡지만 않는다면 이 일도 꽤나 할 만한 짓이었다.

"으으윽!"

그런데 오늘은 운이 좋지 못한 날이었다. 음식을 방 안으로 넣어주려고 하는데 그만 드노엘에게 팔을 붙잡히고 만 것이다. 의미없는 신음을 내지르며 팔을 빼내려 했지만 소년의 힘으로는 드노엘의 손아귀에서 벗어나는 게 결코 쉽지만은 않은 일이었다.

아이라도 아무 거리낌 없이 무자비하게 죽여 버리는 사람, 자비와 구원을 모르며, 천성이 잔악한 자라는 별별 흉흉한 이야기들이 머리 속을 맴돌았다. 소리를 모르기 때문에 보이는 것과 몸에 느껴지는 것에 누구보다 민감할 수밖에 없는 메를로는 손목을 잡고 놓아주지 않는 남자의 손바닥이 뱀의 허물보다 차갑고 그렇게 징그러울 수가 없었다.

그래서 나오지도 않는 소리를 지르며 그 자리에서 발작을 일으켰다. 그런데 평소라면 이 정도에서 놓아주던 남자가 오늘은 왠지 꼭 잡은 손을 절대 놓아주려고 하지 않는 것이다. 반항하는 힘을 더 높여도 손이 자유롭지 않으니 도망갈 수조차 없었다.

"하아, 하아아……."

한참을 몸부림치다가 결국 지쳐서 문에 기대어 거친 숨을 몰아쉬었다. 그런데 운이 나쁜 것인지 소년이 머리를 기댄 곳이 하필 드노엘에게 음식을 넣어주는 개폐구였다. 저절로 돌아가는 눈동자가 개폐구 너머로 희미하게 보이는 인영에게 멈추어 움직일 줄 몰랐다.

방 안에 켜둔 불빛이 드노엘의 얼굴을 비추고 있어서 어렴풋이 그의 이목구비가 소년의 눈동자에 잡혔다. 얼른 시선을 돌려야 한다는 생각과는 다르게 소년의 눈동자엔 그대로 드노엘의 얼굴이 박혀 꼼짝할 줄을 몰랐다. 어둠과 불빛이 만든 절묘한 음영이 드노엘의 얼굴에 드리워 강한 존재감을 만들어내며 알 수 없는 힘이 메를로를 붙잡고 놓아주질 않았다.

드노엘은 소년과 눈이 마주치자 눈초리를 가늘게 휘며 매력적인 미소를 입가에 그렸다. 순간 소년은 자신의 손목을 잡고 있는 남자의 손바닥에도 따뜻한 열기가 흐르고 있다는 것을 깨달았다. 냉혈이 흐르는 뱀이라고 생각했는데 그도 온기를 가진 사람이었던 것이다. 몰랐던 새로운 사실이라도 안 것처럼 심장이 콩닥콩닥 뛰기 시작했다.

그러고 보니 오늘은 평소와는 많이 달랐다. 우악스럽고 강하게 끌어당겼던 예전과는 다르게 조금은 부드럽다 싶을 정도로 힘을 조절하고 있었다. 그저 소년의 손목이 빠져나가지 않을 정도의 힘만으로 잡고 있어서 예전처럼 손목이 아프거나 하지 않았다.

조심스레 살피는 소년의 시선에 뭐가 우스운지 드노엘은 고개가 뒤로 젖혀질 정도로 크게 웃었다. 문득 웃는 게 굉장히 시원해 보인다는 생각에 메를로는 저도 모르게 얼굴을 개폐구 쪽으로 가까이 가져가 방 안에 있는 드노엘의 모습을 자세히 살폈다.

"흐윽!"

소년이 개폐구 앞에 얼굴을 들이밀자 드노엘도 웃던 것을 멈추고 자신의 얼굴을 소년처럼 개폐구에 가까이 갖다 댔다. 갑자기 가까워진 그의 얼굴에 놀란 소년이 놀라 뒤로 물러나려 하자 드노엘은 잡고 있던 소년의 손목을 부드럽게 자기 쪽으로 끌어당겼다.

"이렇게 얼굴을 마주 보는 건 오늘이 처음이지?"

"……!"

"하긴, 듣지 못하는 것 같던데 이런 소리 해봤자 소용은 없겠지만… 고마웠다."

"……."

"네가 갖다 주는 식사, 굉장히 맛있었어. 나 때문에 이런 음침한 곳까지 하루에 세 번씩 꼬박꼬박 오는 것도 일이었을 거야. 그래서 항상 고맙다고 생각하고 있었단다."

"……."

"듣지도 못하면서 왜 그렇게 수줍어하니. 말하는 내가 다 쑥스럽게."

소년의 얼굴이 어쨌는지 몰라도 드노엘은 피식 웃다 잡고 있던 소년의 손목을 놓아주며 가까이에 와 닿는 소년의 머리를 쓰다듬어 주었다. 거친 듯하면서 따스한 그 손짓에 소년은 그만 멍하니 눈만 깜박이다 멋쩍게 자신의 볼을 긁적였다. 뱀처럼 차가웠던 남자의 손이 의외로 따뜻하다는 것에 약간의 놀라움과 신기함을 느끼면서 말이다.

세어도란트에도 별이 떠 있듯이 발라에도 똑같은 별이 하늘을 지키고 있었다. 정원 구석에 나란히 앉아서 하늘의 별을 올려다보고 있던 두 남자, 총관과 그레이스는 새삼 오늘따라 달라 보이는 별들의 향연에 마음이 심란해졌다. 어제와 전혀 달라진 게 없는 별이었지만 저것은 절대로 어제와 같은 별이 아니었다.

"왠지 속은 것 같지 않습니까?"

"의심은 안 좋은 버릇입니다."

먼저 입을 연 총관이 슬며시 그레이스의 팔을 툭툭 치며 말을 걸었다. 하지만 그레이스는 묵묵히 총관의 의심을 부정하며 고개를 저었다. 그러나 실상은 그도 속에서 일고 있는 불신의 화염을 꺼뜨리기에 바쁜 상태였다. 머리와 가슴이 따로 논다고나 할까.

"그래도 실은 의심하고 있지 않습니까."

"사실 조금은……."

동병상련이라고 그레이스가 아무리 부정을 해도 총관은 알고 있었다. 계속 옆에서 찌르는 총관 때문에 결국 그레이스도 더 이상 부정하지 못하고 인정하고 말았다. 심한 표현일지도 모르겠지만 그와 총관은 철저히 농락당하고 이용당한 것이다.

"두 번째도 무승부라니… 그게 말이 됩니까. 내가 얼마나 완벽하게 준비를 했는데."

"솔직히 말해서 준비라면 제가 더 잘했습니다만."

"말은 바로 해야죠. 젊은 영애들과 귀부인들이 좋아하는 거 보지 못했습니까? 그분들이 있으니 자연히 남자들까지 따라서 내가 준비한 파티 쪽으로 몰려들지 않았습니까."

"그래 봤자 결국 춤 한 곡 추고 나서는 제 쪽으로 오셨습니다. 그리고 나이 드신 귀부인도 차분하고 조용한 분위기가 좋다며 제 쪽을 더 선호하셨던 걸로 알고 있는데요. 시중은 그쪽보다 더 만족스러웠다는 평이었습니다."

"내 쪽은 진정 오랜만에 맘껏 즐길 수 있는 파티였다는 소릴 들었습니다. 그쪽은 너무 고리타분했죠."

"그쪽은 산만하지 않았습니까?"

파티장의 전체적인 실내 장식이나 분위기는 서로 비슷한 공통점을 유지했지만 반반씩 나눠진 곳에서 각자 진행된 파티는 전혀 다른 양식이었다. 총관 쪽은 젊은 층을, 그것도 여성들을 노린 것이 뚜렷하게 나타날 정도로 그의 성향을 분명하게 보여주었다.

식기부터가 고풍스럽고 우아함을 지향했던 그레이스와는 다르게 예쁘고 아기자기한 것들로 시선을 끌었고 곳곳에 마련해 놓은 여러 소품들이 여성적 취향을 그대로 반영하고 있었다. 그러다 보니 여성들이 자연스레 총관 쪽으로 몰려들었고, 꽃이 있는 곳에 나비가 가듯 젊은 남성들도 그쪽으로 몰리는 경향이 강했다.

특히 파티 중간중간에 홑잎으로 뜯은 꽃잎들을 위에서 뿌린다거나 막간을 이용한 짧은 연극과 눈요기가 되는 쇼들을 보여주는 등등, 구경거리가 끊이지 않았다. 이것만으로도 총관의 파티는 합격점 이상으로 굉장한 호평을 샀다는 건 인정한다.

하지만 그레이스도 그에 못지않았다고 자부한다. 물론 사사의 조언에 따르다가 지나칠 정도로 고풍스러움을 추구한 덕분에 약간 따분한 맛이 나는 파티를 진행한 것은 사실이다. 그도 그럴 것이 그레이스의 입장에서는 솔직히 말해서 파티의 파도 모르는 입장이라 도움을 받을 곳이라곤 말 많은 사사나 책과 몇몇 사람들의 도움뿐이었다. 해서 총관처럼 특이하다거나 톡톡 튀는 것들을 준비할 여력까지는 솔직히 없었다.

하지만 지나칠 정도로 정석이었던 그레이스의 파티는 그것대로 경쟁력을 지니고 있었다. 원래 발라에 적을 두고 있는 귀족들이 워낙에 정통과 격식을 따지는 부류들이 많다는 게 그 이유였다. 젊은층이라면 모를까, 어느 정도 사회적 지위와 평판을 중시하는 이들에겐 그레이스가 준비한 파티가 제 몸에 맞은 격이었던 것이다. 안 맞더라도 억지로 하품을 참아가며 버틸 부류들이 그네들이었다.

해서 그레이스가 마련한 파티는 지루하더라도 총관 못지않은 훌륭한 평을 받았던 것이다. 그래서 파티가 정리되고 두 사람에 대해 심사를 하게 되었을 때 사비나는 물론 공작도 굉장히 난감한 표정으로 쉽게 결단을 내리지 못했다.

이때까지 총관과 그레이스는 두 사람을 믿어 의심치 않았다. 정당하고 바른 결말이 나올 거라 굳게 믿었건만 결과는 무승부란다. 그러면서 만약에 이번에 이긴 사람이 다음에 지게 된다면 승점이 1대 1이 될 것이고, 그러면 일이 복잡해질 거라며 위로랍시고 마지막에 한꺼번에 끝을 보자는 것이다.

일견 맞는 소리다 싶었지만 이상하게 생각하면 할수록 음모의 냄새가 구리게 풀풀 풍겨오는 게 아닌가. 짚어보자면 첫 번째 대결에 대한 판정부터가 억지가 심했다. 그래도 사비나이니까, 그녀 말마따나 자신의 문제점을 인정한다는 의미에서 그대로 받아들였다.

그런데 이번에는 공작인 리카도까지 합세해서 승부를 흐지부지 만들어 버린 것이다. 이때에 다른 사람들의 의견 따위는 아무런 영향을 끼치지 못했다. 오로지 리카도와 사비나 부녀의 지극히 개인적인 평가와 판결만이 있을 뿐이었다.

"나는 역시 집사 쪽이 더 마음에 들더구나."

"전 총관 쪽이 좋았는데요?"

이렇게 다른 의견을 말하면서 부녀가 잠시 진지하게 대화를 나누더니 또 무승부라는 것이다. 각자 쏟아 부은 정성과 노력이 있었기에 서로 자기가 잘했다고 조금도 양보하지 못하는 사람들에게 무승부란 결말은 말도 되지 않는 소리였다. 그 순간만큼은 그레이스와 총관의 기분은 하나로 똑같았을 것이다.

그래서 베르크너 공작 부녀에 대한 의심과 불만에서 시작했던 대화가 어쩌다가 상대에 대한 실랑이로 변질되어 갈 때쯤 그레이스가 문득 총관에게 물었다.

"그런데 이러는 우리 모습도 꽤나 우습지 않나요."

"상당히 우습죠. 남들이 보기에도 그리 좋아 보이진 않을 겁니다. 승부에 목숨을 건 총관과 집사라니."

"전 목숨은 걸지 않았습니다만."

"……."

"거셨습니까?"

"흠흠, 원래 내가 뭔 일을 하든 최선을 다하는 편입니다."

"결국 목숨 걸고 우스운 꼴만 보였다는 이야기군요."

아무 반박도 못하는 총관에게서 시선을 떼고 하늘을 올려다본 그레이스는 역시 자신들이 뭔가를 놓치고 있다는 생각이 들었다. 목숨을 걸었다는 총관이나, 그 정도는 아니라도 이기기 위해 혈안이었던 그나 결국 원했던 것이 무엇이었는지 의미가 흐지부지해지고 있었다. 남은 것은 단지 이기겠다는 집념 하나밖에 없는 자신이 얻고자 했던 것은 무엇일까.

"전 어렸을 때부터 집사가 굉장히 멋지고 훌륭한 최고의 직업이라고 생각하며 자랐습니다. 물론 저만의 생각이었죠. 그보다 더 좋고 잘난 직업들이 많다는 건 알고 있습니다. 하지만 제 자신이 될 수 있는 것에서는 분명 집사가 최고였죠. 감히 꿈꾸기에도 벅차고 과연 될 수나 있을지 의심스러울 정도로 말입니다."

그레이스는 언젠가 실라가 가르쳐 주었던 성자를 이끄는 목자의 별을 찾아 눈에 새기며 계속 말을 했다.

"그래서 저에게 집사는 최고였습니다. 그것이 저에게만 한정된 생각이라 할지라도 말입니다. 남들에게 있어 그들의 최고가 무언지는 모릅니다. 단지 전 제가 할 수 있는 것에서 제가 원하는 최고를 향해 최선을 대해 나아갈 뿐이었습니다. 예전에 누가 저기 하늘 위에 있는 성자를 이끄는 목자의 별에 대해 가르쳐 준 적이 있었죠. 처음엔 성자를 이끄는 목자의 주제넘음이 우습다는 생각을 했었는데……."

밤하늘에 유난히 환하게 빛나는 별과 그 앞을 당당하게 지키는 작고 희미한 별을 보며 그레이스는 작게 웃었다. 언제나 방향을 달리하는 성자와는 다르게 목자의 별은 항상 그 자리를 지키며 은은하게 빛나고 있었다. 아름답고 찬란하지는 않지만 사람들에게 더 많이 알려지고 입에 오르내리는 것은 성자가 아닌 그를 이끄는 목자의 별이었다.

"그건 주제넘음이 아니라 목자의 별은 자신이 할 수 있는 최선의 일을 하고 있었던 겁니다. 잘났다 못났다, 이롭다 아니다를 떠나 자신이 할 수 있는 최선의 것이 그에게는 최고가 될 수밖에 없다는 이야기겠죠. 그러기에 저 별이 아름답거나 찬란하지 않더라도 성자의 별보다 더 오래, 더 많이 기억되는 게 아닐까 싶습니다. 중요한 것은 성자가 되느냐 목자가 되느냐가 아니었던 겁니다."

그레이스는 잠시 자신이 원했던 것을 잊어버리고 있었다. 그가 집사가 되고 싶었던 것은 그것이 자신에게 최고였기 때문이지 타인에게 인정받는 최고였기 때문이 아니었다.

"저에게 최고인 길을 가다 보면 언젠가는 저 목자의 별처럼 사람들에게 인정받을 수 있겠지요. 그리고 그건 단지 내기에서 이기고 진다고 해서 결정나는 건 아닐 거란 생각이 듭니다."

"……."

"물론 그렇다고 해서 세 번째 내기에서 최선을 다하지 않을 거라는 건 아닙니다. 전 제게 주어진 일이라면 무엇이든지 최선을 다할 테니까요. 하지만 그건 총관을 이기기 위해서는 아닐 겁니다. 그저 저를 위해서입니다. 이기는 것도 좋지만 그걸 위해서 제 자신이 꼴사나워지는 짓은 솔직히 이제 싫습니다."

그레이스는 처음 두 번째 대결도 무승부라는 소리에 화도 나고 어이가 없기도 했다. 한편 베르크너 공작과 사비나의 저의를 의심하기도 했다. 그들은 애초에 이 대결 자체를 아무것도 아닌 걸로 생각하는 게 아닌지 하고 말이다.

그래서 무언중에 총관과 의기투합해서 함께 밖에 나와 이렇게 밤하늘을 보며 한탄 비슷한 것을 하게 된 것이다. 그러다가 점점 의심이 생기고 불만이 커졌고, 총관과 서로 잘났다 아니다를 따지면서 문득 이런 자신의 모습이 우습다는 생각이 들었다. 중요한 것은 이기는 것이 아니라 인정받는 것이었다.

만약 여기에서 자신이 진다고 해서 그가 최고라 여기는 것이 집사에서 총관으로 바뀌는 건 아니었다. 그건 단지 형식적인 절차에 지나지 않았고, 이 외형적인 우선순위를 두고 싸우는 자신이 한심했다.

어차피 집사가 이 세상에서 최고가 아니라는 것은 알고 있다. 단지 그에게 한정된 가치 기준이란 것이 집사가 최고 우선순위에 머물러 있을 따름이었다. 그걸 이해시키고 인정받기 위해서 시작했던 내기가 어느새 단지 이기기 위한 집착으로 점철되어 버린 건 한심한 일이었다.

"제가 생각하는 최고를 위해 앞으로 나아가다 보면 언젠간 제 자신이 그 누군가에게 최고가 되는 그런 존재가 되겠지요. 총관과의 내기는 그 길을 가기 위한 하나의 과정에 불과하다는 것을 이제야 깨달았습니다. 과정이 아무리 중요해도 목적을 우선할 수는 없겠죠. 그리고 하나의 과정이라도 중요하지 않은 게 없고요. 그러니 총관께서도 최선을 다해주세요. 당신이 생각하는 최고를 위해서요."

그것이 이기고 지는 것에 집착한 나머지 무승부로 끝난 내기에 대해 불만을 가지는 것보다 나았다. 무승부란 그동안의 노력이 허무해진 결과일 수도 있겠지만, 아직 달려가고 있는 그들에게 결승점이 보이지 않는 무한한 기회이자 희망을 말하는 것일 수도 있다. 그리고 그레이스는 이제야 비로소 그 시작점에 서 있는 상태였다.

"나는……."

자리를 툴툴 털고 일어나는 그레이스를 보며 총관은 무슨 말을 하려다가 곧 입을 다물었다. 희미하게 웃으며 함께 자리에서 일어선 그는 웃는 낯 그대로 그레이스에게 주먹을 날렸다.

"……!"

갑작스런 총관의 주먹질에 놀라기는 했지만 피하지 못할 정도는 아니었다. 하지만 중요한 것은 그 뒤였다. 총관의 주먹을 피하기 위해 몸을 오른쪽으로 휘던 그레이스에게 총관의 공격이 바로 뒤이어 들어왔기 때문이다. 피하는 거야 어려운 일은 아니지만 중요한 것은 피하는 것만이 능사가 아니라는 것이었다.

주먹을 휘두를 때마다 공기를 가르는 충격파가 또 다른 공격이 되어 그레이스를 위협하고 있었다. 분명 맞지 않고 피했는데도 총관의 주먹이 아슬아슬하게 스치고 지나간 그의 오른쪽 옆구리 부분이 너덜너덜 찢어져 버렸다. 물론 찢어진 것은 옷이었지만 그 밑의 피부가 얼얼하게 아려오는 게 틀림없이 멍이 들었을 게 분명했다.

"저, 왜……."

다급하게 몸을 피하면서 이유를 물었지만 총관은 예의 웃는 얼굴로 계속 주먹만 날릴 따름이었다. 처음엔 피하기에 급급해서 주변의 변화를 느끼지 못하던 그레이스는 자신의 입에서 흘러나오는 하얀 김과 찢어진 옷 사이로 파고드는 추위에 놀라 그제야 총관을 돌아보았다. 지금 그의 주변을 감싸는 한기의 주범은 총관이었다. 그에게서 흘러나오는 한기로 인해 그레이스는 자신의 몸이 점점 느려지고 있다는 것을 깨달았다.

뼈마디가 욱신거릴 정도로 추웠다. 입술이 바들바들 떨리고 찢어진 옷 사이로 보이는 피부는 피멍 때문이 아니라도 추위로 시퍼렇게 변하고 있었다.

이런 식이라면 지치기에 앞서 몸이 굳어 총관의 공격을 더 이상 피하지 못하는 사태가 먼저 생길 수도 있었다. 하다못해 긴 끈이라도 있었다면 전처럼 총관을 포장해 버릴 수 있었을 거라고 아쉬움에 입맛을 다시던 그레이스에게 문득 생각나는 게 있었다.

그건 이번에 스승이 카이룬의 경력에 대해 조사하면서 알게 된 이야기로 아마도 그가 안마 마법을 만들어낸 지 얼마 안 되었을 때였던 것 같다. 새로운 마법에 흥분한 카이룬은 그 마법으로 사람을 여럿 잡은 경력을 가지고 있었다. 전격 마법을 응용해서 만든 안마 마법은 초기에 계산을 잘못하면 과도한 전류가 방출되는 바람에 사람을 감전시킬 수 있는 위험성을 가지고 있었던 것이다.

그리고 아니나 다를까, 그 위험을 타인을 통해 알아낸 카이룬은 이 마법의 실효성에 대해 많은 심사숙고를 거쳐야만 했다. 하지만 마법 시전이 미숙할 경우 감전사까지는 아니더라도 상당한 고통을 야기시킬 만큼 전기를 방출시킨다는 점만은 어쩔 수가 없었다. 그래 수많은 연습 후에 완벽하게 마스터했다 자신하기 전엔 사람에게 사용하는 데 신중하라는 경고를 남긴 마법이기도 했다.

그리고 그레이스로 말할 것 같으면 아직은 이 안마 마법을 사람에게 사용하기엔 많은 연습과 신중함이 필요한 과정이라 할 수 있었다.

"한숨과 함께 사라지는 고통의 순환이여, 하늘의 은총이 그대를 편안케 하리라."

그레이스가 뭔가 마법 주문을 읊자 경각심이 든 총관은 손가락을 갈고리처럼 만든 다음에 그레이스의 목을 잡으려고 했다. 하지만 그런 공격이야 손안에 잡혔을 때야 통하는 법이었다.

여유있게 몸을 비틀어 피한 그레이스는 그와 동시에 처음으로 총관에게 오른손을 뻗어 그의 몸을 붙잡았다.

계속 피하기만 하던 그레이스가 자신의 몸을 잡자 그사이에 생긴 빈틈을 노린 총관은 재빨리 그 손목을 붙잡고 옆으로 꺾어버렸다. 총관의 몸을 잡았던 손을 놓았다면 충분히 피할 수 있었을 텐데도 그레이스는 꺾인 팔을 따라 몸을 회전하며 팔의 통증을 순화시키는 쪽을 택했다.

그것이 이상하단 생각이 드는 순간 총관은 그레이스의 손목을 잡고 있던 손에서 흘러들어 오는 전기에 놀라 손을 놓아야만 했다. 그러나 이미 많은 양의 전기가 그의 몸으로 흘러들어 온 후라 몸에서 방전이 일어나고 있었다. 푸른색의 전기들이 파닥파닥 튀면서 따끔한 통증을 유발했지만 못 참을 정도는 아니었다. 한차례 몸을 털어내듯 부르르 떤 다음에야 진정이 된 총관은 그레이스를 향해 다음 공격을 이어가려 했지만 그럴 수가 없었다.

이미 그레이스는 멀리 도망쳐서 그의 공격권을 벗어난 후였다.

"그새 멀리로 도망을 갔군요. 역시 젊은 사람들은 민활해서 따라가기 힘들어. 잠시 알아볼 것이 있어서 공격했던 거니 이제 그만 도망가도 됩니다. 아니, 그렇게 멀리 있으면 내가 왜 그랬는지 이유를 설명할 수 없지 않습니까!"

총관이 말을 하면서 앞으로 걸어갔지만 그가 가까이 가는 만큼 그레이스는 계속 뒤로 물러나며 거리를 유지하고 있었다. 좀처럼 좁혀지지 않은 거리 때문에 그레이스에게 말을 걸려면 큰 소리를 질러야만 했다. 그러면 저택 본관에까지 들릴 수 있었기 때문에 총관은 난감한 표정으로 눈썹을 찌푸리며 난처한 듯 웃어 보였다.

"그럼 그 자리에서 말하십시오. 제가 그리로 가겠습니다."

총관의 공격에 살기가 없다는 것 정도는 알고 있었다. 하지만 이유가 무엇이든 간에 공짜로 남의 대련 상대를 해주고 싶은 마음이 전혀 없는 그레이스였다. 가만히 서 있는 총관과 대화가 원활한 정도의 거리만을 유지한 채로 그레이스는 그럼 말해 보라는 듯 고개를 끄덕였다.

"에, 최선을 다하라는 집사의 말을 듣는 순간 내가 할 수 있는 최선이 무엇인지 깨달았다고나 할까요."

경계를 늦추지 않는 그레이스에게 총관은 멋쩍게 웃으며 말했다.

"그리고 내가 최고라 여겼던 것이 무언지도 다시 생각나게 해주더군요. 나에게 최고는 총관이란 자리가 아니라 베르크너 공작님이었던 겁니다. 처음 총관이 되었던 것도 사실은 조금이라도 그분에게 도움이 될까 해서였는데… 언제부터인가 총관이란 자리에 집착을 하고 있었던 겁니다. 수단이었던 것이 목적이 되어버린 거죠. 하지만 집사의 분부대로 세 번째 승부에도 최선을 다할 겁니다. 내가 최고라 생각하는 것을 위해 최선을 다하기 위해서요."

총관은 말하다가 특유의 얄미운 미소를 지으며 한쪽 눈을 깜박였다.

"그래서 말을 하자면, 사비나님이 무가인 베르크너 가를 이어가기 위해서는 그에 맞는 무력을 가지고 계셔야 합니다. 하지만 본인에게 그걸 바라기는 요원한 일이죠. 이제부터 배운다는 것도 늦었고 본신의 능력도 따라오지 못하니까요. 그러자면 그에 걸맞은 힘을 지닌 자를 수중에 넣어야 한다는 이야기가 됩니다. 그리고 그를 완벽하게 통제하고 있다는 것을 확실하게 입증해 보여야만 하죠."

"⋯⋯!"

"나야 이미 늙은 몸이니 사비나님 옆에 선다면 구색이 맞지 않을뿐더러 미래에 대한 든든한 믿음도 줄 수 없습니다. 하지만 집사라면 이야기가 달라지겠지요. 집사가 후계자 자리에 관심이 없다는 것을 우리는 알고 있습니다. 그런 당신이 사비나님을 위해 일한다면 우선 셰어도란트의 사람들은 안심할 수 있을 겁니다. 사비나님께 부족한 것을 당신이 충당해 줄 거니까요. 그렇다면 베르크너 가문은 계속 강하고 굳건한 무가의 위치를 지킬 수 있을 거란 믿음에 사비나님이 후계자가 된다고 해도 그렇게 강한 반발은 하지 않을 겁니다. 그렇게 일단 우리 사람들부터 인정하게 만든 다음에 점차 세상 사람들을 설득해 가야겠지요. 그래서 우선은 집사를 어디에 내놓아도 모자라지 않은 사람으로 만드는 게 내가 해야 할 최선이라는 확신이 들더군요. 그런 의미에서 좀 도와주셨으면 합니다."

총관은 미소가 지워지지 않는 얼굴로 주위를 둘러보다 길고 가늘게 쭉 뻗은 나뭇가지를 발견하곤 그것을 주워 공중에 한 번 베어봤다. 바람 가르는 소리가 등골을 오싹하게 만드는 와중에 총관은 반짝반짝 빛나는 눈동자로 그레이스를 쳐다보았다.

그 무언의 압력에 그레이스는 천천히 총관에게 다가갔다. 총관이 하는 말이 무엇을 뜻하는지 알고 있었다. 그리고 그건 기가 막힐 정도로 그레이스가 생각해 두었던 각본과 일치했다. 모쪼록 그 계획이 성공하려면 아무래도 지금보다 더 강해져야 할 필요성이 있다는 걸 그도 잘 알고 있었다. 때문에 가까이 오라는 총관의 손짓을 거부할 수가 없었다.

십대의 마지막 여름을 맞이하는 데 멀지 않은 어느 날 밤, 그레이스는 생애 최초로 돈을 받지 않은 상대와 대련을 시작하게 되었다.

다이안 국왕에게는 지그문트 욘이라는 검은 수호자가 따라다녔다. 하지만 그의 얼굴을 알거나 하다못해 그를 본 자들은 매우 드물 편이었다. 검은 수호자라는 별칭대로 항상 보이지 않는 곳에 숨어서 국왕을 호위하며 의뢰인인 국왕이 위험에 빠지지 않는 한 결코 모습을 드러내지 않았기 때문이다.

여기서 의뢰인이란 단어에서 알 수 있듯이 국왕과 검은 수호자는 계약에 의해 맺어진 관계였다. 원래 지그문트 욘은 개인에게 결속되는 것을 싫어하는 자로 장기간의 계약도 하지 않기로 유명했다.

그럼에도 호위로서 그 능력과 실력을 인정받아 많은 사람에게 부름을 받기도 했다. 그리고 지금 국왕과의 계약을 맺은 지 일 년이 다 되어가는 시점에서 그의 추후 향방에 대해 많은 사람들이 궁금해하고 있었다. 그는 많은 대가를 치르더라도 한 번쯤은 고용하고픈 그런 남자로 누구나 그의 호위를 받기를 원했다.

그런데 전혀 뜻밖의 일이 일어나고 말았다. 언제나 어둠 속에서만 행동하던 그가 햇빛 아래 모습을 드러낸 것이다. 그것도 국왕의 바로 뒤에서 모습을 드러낸 채 호위를 하는 모습으로 말이다.

"그는 이제부터 나만의 호위 기사가 되기로 했다네. 아! 모습을 드러낸 건 굳이 안 보이는 곳에서 날 호위할 필요가 더 이상은 없을 것 같아 앞으로 모습을 드러내라 내가 명한 거지. 전에는 그저 계약 관계라 아무리 말을 해도 듣지 않더니만 내게 복속하자마자 이제는 환한 곳에서 살라는 명에 바로 따르더군."

놀라 묻는 이들에게 국왕은 자랑스럽게 말했다. 검은 수호자가 자신에게 복속하여 이제는 그에게 속한 이가 되었다는 게 꽤나 자랑스럽고 만족스러운 듯이 말이다. 몇몇 사람이 어떻게 까다로운 그를 설득할 수 있었냐고 물으면 다이안은 아주 당연하다는 듯이 오히려 반문을 했다.

"그럼 자네는 불안한 계약직으로 근근이 살아갈 텐가, 아니면 후대에까지 영광이 되는 국왕의 호위 기사가 될 건가?"

영광이라고 생각했다면 진작 국왕에게 복속했을 거란 반문은 아무도 하지 않았다. 그냥 모두들 애매한 미소로 거북한 표정을 숨기며 맞는 소리라고 맞장구를 칠 뿐이었다. 덕분에 검은 수호자가 국왕의 정식 호위 기사가 된 배경에 많은 추측만이 난무해질 따름이었다.

이를 두고 카트린느지에서도 여러 번 기사화하기는 했지만 정확한 소문의 진상지라는 그곳에서도 이번 일만큼은 아는 것은 없는 듯했다. 하여튼 하루라도 조용한 적이 없고, 이야깃거리가 끊이지 않는 게 국왕을 중심으로 한 귀족들의 세계였다.

그러던 중에 뒤겐호프 자작이 오그덴 제국의 사신 건으로 다이안을 찾게 되는 일이 있었다.

"마이야르 백작이 오그덴 제국의 사신을 접대하는 것에 무슨 문제라도 있는 건가?"

"문제가 있는 것은 아니지만 성의(誠意) 문제라고 할까요. 처음 사신이 당도했을 적에 한 번 만나본 것으로 전하께서 내내 무관심으로 일관하시니 제국의 사신에 대한 대우가 무신경하다는 소리가 들립니다."

"누가?"

"네?"

"누가 그런 말들을 하느냐고 물었네."

"직접 거론할 수는 없지만 의외로 여기저기서 말들이 많이 들리는 편입니다."

"그래?"

질문을 대충 얼버무리는 뒤겐호프 자작을 빤히 쳐다보던 다이안은 이내 어쩔 수 없다는 듯 고개를 끄덕였다.

"언제 자리를 마련해 보도록 하게."

"그리고 마이야르 백작께 오그덴 제국의 사신을 맡도록 한 일도 거두어주셨으면 합니다. 아무리 생각해도 원래 그 일의 책임자였던 매리엘 백작만한 적임자가 없습니다. 사실 외교 문제에 경험이 거의 없는 마이야르 백작이 맡기엔 이번 협상 건은 너무 벅찬 게 아닌가 싶습니다."

"이라이언 공작과는 다른 말을 하는군."

"그건……."

"마이야르 백작의 요청도 있었지만 그건 이라이언 공작의 동의가 있었기에 허락한 일이었어. 그런데 그 일을 가지고 자네가 옳지 않다고 하니 이상하군."

뒤겐호프 자작이라면 클리프 백작과 함께 이라이언 공작의 최측근이었다. 그런 그가 이미 이라이언 공작이 승낙한 일을 가지고 왈가왈부한다는 것은 무척이나 드문 일이었다. 그만큼 오그덴 제국의 사신 건은 납득이 되지 않고 위험한 처사이기도 했을 거다.

그렇지 않아도 오그덴의 무라드 후작과의 관계를 공고히 다지는 마이야르 백작이었다. 그런데 이번 제국의 사신으로 온 자는 무라드 후작의 측근인 타르시아 남작이었던 것이다. 때문에 기를 쓰고 마이야르 백작이 사신과 더불어 오그덴 제국과의 외교 문제를 자신이 맡겠다고 나선 거다. 그리고 왜 인지 이라이언 공작도 이를 흔쾌히 동의해 버렸기에 다이안은 더 이상 말할 것도 없었던 것이다.

하지만 아무리 이라이언 공작의 동의가 있었다고 해도 일부에서는 이를 두고 불만이 많을 수밖에 없었다. 그래 모두를 대표해 뒤겐호프 자작이 직접 오그덴 제국의 사신 건을 국왕에게 꺼내보았지만, 결과는 달라지지 않았다.

"그 건에 대해 불만이 있다면 이라이언 공작께 말해 보게, 난 모르니."

귀찮다는 듯 고개를 돌려 버리는 다이안과의 대화는 거기서 더 이상 나아가지 못했다. 이미 이라이언 공작에게도 여러 번 건의는 했지만 이상하게 이번만은 공작도 완강했다. 그래 국왕에게 사신에 대한 문제를 계속 거론하며 물고 늘어질 수밖에 없었다. 변덕이 심한 성품이라 이러면 귀찮아서라도 오그덴 제국의 사신에게 관심을 보일 거고 그러면 마이야르 백작의 일에도 다른 의견을 보일 가능성이 컸기 때문이다.

다행히 다이안이 소극적으로나마 오그덴 제국의 사신에게 관심을 나타자마자 뒤겐호프 자작은 재빨리 날짜와 시간을 잡고 제국의 사신을 왕궁에서 주최하는 만찬에 초청했다. 물론 몇몇 섭정여왕파와 더불어 마이야르 백작도 자리를 함께하게 되었지만 시작 분위기는 대체로 화기애애한 편이었다. 다이안도 의외로 오그덴 제국과의 일에 관심을 가지며 대화를 주도해 가고 있을 때였다.

"그런데 듣자니 검은 수호자로 유명한 지그문트 욘이란 이가 이번에 전하의 정식 호위 기사가 되었다는 이야기를 들었습니다. 그래 오늘을 기회로 소문이 자자한 그를 한번 볼 수 있을까 내심 기대했었는데 이 자리엔 함께하지 않은 듯싶습니다."

제국의 사신인 타르시아 남작은 요즘 화제가 되어 카트린느지에도 여러 번 기사화된 지그문트 욘을 화젯거리 삼아 이야기를 꺼냈다.

그도 그럴 것이 정식으로 임명된 후에는 국왕의 곁을 떠나지 않고 지킨다는 그가 오늘은 보이지 않아 호기심이 더해진 것도 사실이었다. 마침 다른 이들도 그걸 이상하게 생각하고 있었기 때문에 궁금한 표정으로 다이안의 대답을 기다렸다.

"오늘 같은 자리에 자신은 분위기만 망칠 수 있다고 사양하더군. 워낙에 어두운 기운을 풍기는 자라서 편한 자리에는 어울리지 않는다면서 말이야. 그렇다고 예전처럼 모습을 감추고 있자니 그건 사신인 타르시아 남작에 대한 예우도 아닐 것 같아서 오늘은 그냥 쉬라고 했네."

"하지만 명색이 호위 기사가 자리를 비우다니요. 그건 말이 되지 않습니다."

"근위 기사들이 있으면 됐지."

"그러자면 굳이 그를 전하의 호위 기사로 삼을 이유가 없지 않았습니까. 근위 기사들만으로도 충분하다면요."

지그문트 욘에 대해 좋은 감정이 하나도 없던 클리프 백작이 꼬투리를 잡으며 따졌다. 그런 식으로 보자면 쉽게 국왕의 옆을 벗어나는 근위 기사들도 할 말이 없기는 마찬가지인데도 유독 지그문트에게 엄격한 규정을 요구하는 그였다.

"물론 그의 분위기가 음충해서 이런 자리에 어울리지 않는다는 것도 꼭 틀린 말은 아니지만, 호위 기사라는 게 본시 제 본분을 다할 때 필요한 존재들 아니겠습니까."

"들어보니 백작의 말에 전적으로 동의하고 싶군. 그 말, 깊이 새겨두 겠네."

다이안은 클리프 백작의 말에 군말없이 순순히 인정하며 사람들에게 지그문트를 데려오라 명했다.

"자리가 자리인만큼 굳이 그가 없어도 괜찮다 싶었는데 역시 사람이 란 장소를 불문하고 제 할 일을 다 할 때에야 그 가치가 빛나는 거겠지. 그건 그렇고 타르시아 남작이 우리 바르제바에 여러 번 방문했다는 것은 알고 있지만 그래도 관습이나 환경이 제국과는 많이 달라서 지내는 데 불편하지는 않았는지 걱정이 되오."

"마이야르 백작이 여러 모로 잘 보살펴 주신 덕에 불편하다는 생각은 들지 않고 지냅니다."

"그렇다면 다행이고. 한데 지금 항구인 그류페너의 개방을 두고 백작과 의견 조율 중이라고 들었소. 그런데 근래 보고를 받으니 제국의 선박에 대한 정박세와 창고 임대료를 너무 낮게 책정한 듯싶더군. 그 건 타국과의 형평성에도 맞지 않을뿐더러 나중에 그로 인한 국제 시비 가 생길 수도 있다는 점에서 정무회의에서는 쉽게 체결되기가 어려울 것 같소."

최근 문제가 되고 있는 항구 개방 건에 대해 이야기를 꺼낸 다이안은 현재 교섭 중인 방향에 대해 난색을 표했다.

무라드 후작과 손을 잡고 있는 마이야르 백작이 이번에 그쪽에다가 크게 선심을 쓰려는지 양보를 해도 너무 한 상태였다. 웬만해선 그냥 내버려 두고 싶었지만 이건 해도해도 정도가 지나칠 정도였다. 아마도 개인적인 거래가 따로 있어서 백작 개인은 손해 볼 일이 없다는 의미일 게다.

"하오나 마이야르 백작과는 그 정도가 적정 선이라고 거의 타협을 마무리 짓고 있는 실정입니다. 선박비와 창고 임대료가 낮은 대신 우리 측에서는 열두 개 항목에 대한 수입품의 관세 인하와 바르제바가 살루스티의 교역을 위해 빠른 바닷길을 이용할 수 있도록 항해 길을 열어주기로 했습니다. 이 정도라면 바르제바에도 그렇게 손해 보는 협상은 아니라고 생각합니다."

"그런데 관세 인하를 적용하는 그 열두 개의 항목이라는 것들을 잘 살펴보면 매년 오그덴 제국에 대한 수출량이 점점 줄어들고 있는 것들뿐이더군. 또한 그쪽에서 관세를 인하하는 만큼 나중에라도 우리에게 똑같은 조건을 요구하지 말라는 법 역시 없으며, 살루스티와의 교역은 대개 페르스를 교점으로 하는 경우가 많기 때문에 우리에겐 오그덴이 제공한 바닷길이 거의 쓸모가 없다는 것까지 감안한다면 이는 말이 되지 않는 협상이지. 안 그렇소, 마이야르 백작?"

다이안은 날이 선 채로 협상을 주관하는 마이야르 백작을 쳐다봤다. 나름의 계획 때문에 마음껏 날뛰도록 풀어주었더니 이건 완전히 나라를 말아먹으려고 작정한 사람이 아닌가.

그의 시선을 받은 마이야르 백작은 정확하게 이익 손실을 따지는 국왕의 안목에 조금은 당황한 듯싶었지만 곧 뻔뻔하게 웃으며 능청을 떨었다.

"아직 협상 중에 있는 이야기입니다. 조율을 해야 하는 부분이 많아 난항에 부딪치고 있지만 조만간 전하께서도 만족스러워하실 결과가 나오리라 자신합니다."

"부디 그러기를 바라오. 그리고 이왕이면 관세 인하 쪽보다는 오그 덴 제국에서도 우리와 같이 항구를 개방하는 쪽으로 생각했으면 좋겠소. 관세는 그에 관련해서 협상단을 따로 만들어 조율했으면 하는데, 남작의 생각은 어떻소? 원래 항구를 개방하는 것과 관세 문제는 별개의 문제로 취급하는 게 관례인 걸로 알고 있네만."

"글쎄요. 항구의 개방 문제는 제 선에서 어떻게 하겠다고 분명하게 말할 수 있는 입장이 아니라서요."

"아직 급한 문제는 아니니 타르시아 남작도 위에 잘 보고해서 서로 만족스런 결말을 보았으면 좋겠소. 그러고 보니 이 건에 대한 오그덴 제국의 책임자가 무라드 후작이라고 했었지?"

타르시아 남작과 이야기하던 다이안은 뒤겐호프 자작을 돌아보며 물었다.

"딱히 이번만이 아니라 무라드 후작이 오그덴 제국의 외교 문제를 전반적으로 책임지는 직책을 맡고 있다 들었습니다."

"그렇다면 오그덴에서는 후작이 최종 체결자인가?"

뒤겐호프 자작의 대답을 듣고 이번에는 타르시아 남작에게 물었다.

"물론 마지막엔 황제 폐하의 윤허가 있어야 하지만 무라드 후작께서 승인하신다면 그것으로 끝이라고 보시면 될 겁니다. 국제 협상에 관련된 외교 문건은 황제 폐하께서 전적으로 후작님께 맡기고 계셔서 그 과정이나 결과에 대해 개입하지 않으시는 편입니다. 해서 저는 마이야르 백작께서 저희와 마찬가지로 이 일의 모든 권한을 가지고 계신 줄로만 알고 있었는데 오늘 전하를 뵈옵고 이야기를 들으니, 꼭 그렇지만은 않은 듯해서 놀랐습니다."

"오그덴 제국과 바르제바는 여러 면에서 서로 다른 점들이 많다고 아까 이야기하지 않았소. 아무리 백작과 협상을 끝냈다고 해도 정무회의에서 체결되지 못하고 섭정과 국왕인 나의 인장을 받지 못한다면 무용지물이라는 것을 듣지 못했나 보군.”

냉정하게 대답하는 다이안의 말에 타르시아 남작은 숙련된 외교관답게 이번에 놀라운 사실을 알았다는 듯 순진한 표정을 지어 보였다. 각 책임자의 승인만 나면 바로 황제에게 올라가 정책이 체결되는 간소한 절차를 가진 오그덴 제국과는 다르게 각 단계별로 승인을 받는 등, 절차가 복잡한 바르제바의 정무 형태를 그가 모를 리가 없었다.

다만 지금의 바르제바는 국왕이 실권을 가지고 있지 않은 상태라 예전과는 다르게 그 과정에서 권력자의 입김이 크게 작용하는 등의 부정이 많이 생기는 형편이었다. 그리고 이라이언 공작과 마이야르 백작이 중간에 개입한다면 국왕의 인장이야 이미 받아놓은 거나 마찬가지라는 것도 잘 알고 있었다.

그런데 오늘은 예전과는 다르게 국왕이 국정에 깊이 관여하며 제법 똑똑하게 굴고 있었다. 이 변화를 어떻게 받아들여야 하나 웃는 얼굴을 하면서도 머리 속으로 복잡하게 머리를 굴리던 타르시아 남작은 만찬실의 문이 열리며 들어오는 이를 보는 순간, 얼굴이 딱딱하게 굳어버리고 말았다. 처음엔 자신이 잘못 봤나 눈을 깜박이고 비벼도 보았지만 틀림없었다.

무라드 소 마첸 요한이었다. 무라드 후작의 장자이자 모친을 살해한 죄로 가문에서 축출당하였던 그가 맞았다. 나이에 비해 노숙해 보이는 인상이나 유난히도 결이 좋은 금발까지 예전과 전혀 변하지 않은 모습 그대로라 한눈에 알아 볼 수가 있었다.

“이제 오는군.”

타르시아 남작이 놀라서 아무 말도 못하는 사이에 다이안은 요한을 반갑게 맞이했다. 요한은 언뜻 남작에게 시선을 주는 듯싶더니 바로 일별하고 다이안에게 예를 다해 인사한 후에 그의 뒤에 가 섰다. 마치 호위를 하기 위한 것처럼.

"설마 그가……."

"이이가 남작이 그렇게나 궁금해하던 나의 검은 수호자인 지그문트 욘이라고 하네. 그런데 안색이 왜 그런가? 어디 안 좋은 데라도 있는 가?"

"아, 아닙니다."

친절히 몸 상태를 묻는 다이안에게 타르시아 남작은 억지로 웃으며 아니라 대답하고 애써 요한에게서 시선을 거두었다. 그 후로 만찬이 어떻게 끝났는지도 모르게 흘려보낸 남작은 몸이 좋지 않다는 이유를 들며 바로 자신의 처소로 돌아가 버렸다.

가문에서 쫓겨난 후 요한의 소식에 대해 아는 이는 아무도 없었다. 처음엔 무라드 후작이 사람을 붙여 감시하게 했지만 어렸을 때부터 검의 천재라 불렸던 요한이 이를 허용할 리가 없었다. 그를 감시하라고 보낸 이들 중에 한 명도 돌아온 자는 없었고, 결국 그의 행적을 놓쳐 버린 사태까지 발생하고 말았다.

하지만 자신의 죄가 있어서인지 요한은 그 후로 세상에 없는 사람처럼 어떤 흔적도 드러내지 않았고 어느 사이에 그의 존재는 사람들에게 잊혀졌다.

그런데 사라졌던 그가 지금 바르제바 국왕의 호위 기사가 되어 있는 것이다. 오그덴 제국에서까지 웬만한 사람은 한 번쯤 그 이름을 들어 봤을 정도로 유능하고 명성이 자자한 검은 수호자란 존재로 말이다.

이 사실을 하루라도 빨리 무라드 후작에게 알려야겠다는 생각에 타르시아 남작의 마음은 몹시 조급해서 국왕과의 일은 어느새 잊고 말았다.

그러나 오늘 국왕이 보여주었던 뜻밖의 모습에 충격을 받은 바르제바의 귀족들은 만찬이 끝나고도 타르시아 남작처럼 선뜻 자리를 떠나지를 못했다. 국왕을 붙잡고 더 이야기를 나누기를 원했으나 다이안은 피곤하다며 그들의 권유를 물리쳤다.

"아니, 오늘은 후궁전으로 간다."

"넷!"

다이안이 피곤하다며 서둘러 만찬실을 나오자 근위 기사들은 당연하다 싶게 국왕의 처소로 발걸음을 옮겼다. 그러나 다이안은 그들을 세우며 오늘은 후궁전을 찾을 거라는 놀라운 충격 발언을 했다.

근래 국왕이 후궁인 나후를 챙기는 모습을 보였지만 지금까지 한 번도 그녀의 처소에서 잠자리를 든 적은 없었다. 그녀뿐만 아니라 남녀 간에 주고받는 정사의 의미를 알게 된 이후로 다이안은 어느 여자도 가까이 하지 않게 되었다. 그랬던 그가 저녁에 후궁전을 찾아가겠다는 걸 어떻게 받아들여야만 하는지 근위 기사들은 혼란스러웠다.

"내가 오늘밤 후궁전에 들겠다는 것이 그렇게 놀랄 일인가?"

근위 기사들의 표정에 다이안은 불쾌한 듯 언성을 높이며 발걸음을 후궁전으로 옮겼다. 그 뒤를 묵묵히 따르는 지그문트의 모습에 그제야 정신을 차린 근위 기사들도 서둘러 국왕의 뒤를 따랐다.

그들 입장에선 국왕이 나후의 처소에 들겠다는 데 불만을 가질 이유는 없었다. 물론 몰래 그녀에 대한 연심을 키우고 있던, 이름을 밝힐 수 없는 모 근위 기사만이 침울한 듯 어깨를 늘어뜨릴 뿐이었다.

후궁전을 찾겠다는 다이안의 목소리는 꽤 커서 마침 만찬실을 나오던 이들의 귀에까지 들릴 정도였다. 미소를 참지 못하는 몇몇 섭정여왕파들과는 달리 얼굴에 붉게 열이 오른 마이야르 백작은 지그시 아랫입술을 깨물며 강렬하게 눈빛을 태웠다.

점점 그의 딸인 에린에게서 무언가를 바란다는 게 어려워지고 있었다. 특히 오늘 만찬 때 국왕이 그에게 보여주었던 불신은 더욱 그의 결심을 다지게 했다. 오늘은 더 이상 국왕에게 매달려 봤자 나올 것이 없음을 그에게 다시 한 번 깨닫게 한 하루였던 것이다.

다이안이 나후의 처소를 찾은 일은 바로 카트린느지의 일면에 실렸다. 이제 겨우 왕궁 전체에 소문이 퍼지기 시작했는데 바로 다음날 특보를 발행해 전국에 뿌린 카트린느지의 정보력은 무서울 정도였다.

특보에는 오그덴 제국의 사신과 있었던 만찬과 그 후 후궁전을 찾은 국왕이 그날 밤 그곳에서 밤을 보냈다는 것까지 하나도 빠지지 않고 정확하게 기술하고 있었다. 특히나 그로 인해 다음날 아침까지 왕비의 처소에서 일어났던 난리와 국왕이 후궁전을 떠난 후에 그곳을 찾은 왕비가 나후에게 손찌검을 했다는 기사 내용은 많은 사람을 놀라게 만들었다.

너무도 자세한 정황 설명에 왕궁에 카트린느지의 첩보원이 있는 게 확실하다는 일각의 소문에 신빙성을 더해지는 가운데, 후궁인 나후에 대한 동정론과 왕비의 흉포한 성격에 대한 비난 여론이 카트린느지에 의해 주도되고 있었다.

고급스런 윤기에 잡색이 섞이지 않은 순수한 검은색의 망토를 활짝 펴든 그레이스는 그 크기를 재보고는 놀랍다는 의미로 가벼운 한숨을 내쉬었다. 생전에 카이룬이 사용했던 망토는 잘만 재단하면 그레이스의 옷이 두 벌은 나올 만큼 컸기 때문이다.

한번 망토를 몸에다가 두르니 길이는 바닥을 끌었고 품은 그레이스의 몸을 세 번이나 감아도 남을 정도였다.

"대체 덩치가 얼마나 컸다는 이야기야?"

아연해서 중얼거리는 그레이스에게 사사는 몽롱한, 하지만 그레이스가 보기엔 살짝 맛이 간 눈동자로 두 손을 깍지 끼며 이야기했다.

"풍채가 참으로 멋지셨어요. 주인님처럼 그냥 키만 키신 게 아니라 강건해서 얼마나 듬직하게 생기셨는지 몰라요."

"꼭 만나본 것처럼 말한다."

"어머, 주인님도 참! 비록 사사가 아버지를 직접 뵈지는 않았지만 그분의 얼굴과 모습은 눈을 감고도 그릴 수 있는걸요."

"직접 보지 않았으면 장담하지 마. 이 크기로 봐서는 이건, 이건… 마이야르 백작과 비슷한 품이야!"

파티가 있던 날, 마이야르 백작은 굉장히 늦은 감이 있었지만 결국 파티에 참석하기는 했다. 마차에 오랫동안 갇혀 있는 바람에 이마에 비지땀을 흘리며 등장하던 그의 모습은 참으로 한 마리 토실토실한 멧돼지가 산을 내려와 도심에 뛰어든 모습, 그 자체였다. 옷을 입고 있지 않았다면 덫을 놓고 불을 지필 준비를 했을지도 모른다.

그렇게 강렬한 인상을 새겨주었던 마이야르 백작을 카이룬에 빗댄 것은 그레이스가 카이룬을 토실토실한 멧돼지와 동급으로 생각하고 있다는 뜻이었다. 그러나 마이야르 백작을 보지 못한 사사는 눈을 빛내며 그에게 물었다.

"그분도 아버지처럼 잘생기고 건장하신 분인가 봐요."

"글쎄, 내가 너에게 해줄 수 있는 말은 직접 보지 않았으면 아무런 판단도 내리지 말라는 거야."

하지만 카이룬이 어떻게 생겼든 그 덕분에 그레이스는 넉넉하게 옷을 만들 수 있게 되었다. 그렇다면 고마운 일이지 딱히 핀잔을 주거나 비웃을 일은 아니다. 다만 가녀리고 연약한 미소녀 애찬론자였던 카이룬의 실제 모습을 그의 망토를 보고 추측하자니 조금 위화감이 든다고나 할까.

사사의 말처럼 건장한 체격과 그에 맞는 골격을 갖추고 있었다면 그런 아기자기한 취향보다는 좀 더 남성적인 성격을 지니는 것이 보통 아니냐는 편견 같은 거 말이다.

하지만 편견은 편견일 뿐이었다. 처음 카이룬의 가방을 습득하게 되었을 때, 그 안에 있던 예쁘고 동글동글하던 돌멩이들을 보면 취향이란 것도 어쩔 수가 없는 것 같았다. 예쁜 것을 보면 돌멩이라도 그냥 지나치지 못해 주워서 간직하고 있던 카이룬이었다. 그런 진지함과 자상함을 외모만을 가지고 부정할 수는 없는 일이었다.

"잠깐 밖에 나갔다 와야겠다."

"옷을 만들 부재료를 사러 나가시게요?"

"응. 뭐 필요한 거 없니?"

"으음… 사사는 파란색 실크 레이스를 가지고 싶어요. 비쌀까요?"

그레이스가 카이룬의 망토를 잘 개어서 한쪽에다가 치워놓으며 필요한 것이 없는지 묻자 사사는 우물쭈물 자신이 가지고 싶은 것을 말했다. 요즘 그레이스의 수입이 꽤 쏠쏠한 편이었지만 근면 정신이 단단히 배인 둘은 여전히 검소한 씀씀이를 유지하고 있었다.

"사 올게."

몸을 배배 꼬며 눈치를 보는 사사에게 그레이스는 망설이지 않고 바로 고개를 끄덕여 주었다. 그레이스가 돈을 모았던 것은 나중에 제과점을 차릴 일이 생겼을 때를 대비한 것이었다. 하지만 그럴 필요가 없어진 지금 그가 굳이 궁색 맞게 돈을 아낄 이유는 없었다.

자신에게라면 몰라도 이모인 에스더와 사사에게라면 더욱더 그럴 마음이 없던 그가 이제와 새삼 그녀에게 짜게 굴 이유는 없었던 거다.

개인 용품뿐만 아니라 저택에 필요한 물품들을 검사해서 목록으로 만든 그레이스가 직접 장을 보기 위해 저택을 나서는 순간, 커다란 마차 한 대가 안으로 들어서고 있었다.

검은 광택이 흐르는 마차의 문에는 은장으로 만든 에브람 후작의 문장이 붙어 있었다. 그걸 확인한 순간 그레이스는 슬며시 고개를 숙이고 등을 돌린 채로 몸을 벽에 붙였다.

오늘은 에브람 후작의 영애인 레미나가 사비나를 방문하기로 한 날이었다. 그걸 알고 있던 그레이스는 일부러 오늘 장을 본다며 직접 길을 나선 것이었다. 게다가 조금이라도 시간을 끌어볼까 해서 마차도 타지 않았다.

레미나가 사비나를 만난다는 목적으로 여러 번 저택에 들락거리는 동안 그녀가 카트린느지의 편집장이라는 정보가 그에게 흘러들어 왔다. 그녀의 방문이 의도한 것이었으며 그 배후에 다이안 국왕이 있었다는 것은 그리 놀라거나 학을 뗄 일은 아니었다. 그것은 이미 서로 공조하기로 약속한 마당에 각자 가지고 있는 패를 보여주는 것이었고, 이는 다이안이 그레이스를 신뢰한다는 한 단면이었다.

더욱이 사비나라는 존재를 대외적으로 알리는 데 이 카트린느지만큼 유용한 것도 없었다. 베르크너 공작의 딸로서 몇 번 카트린느지에 이름과 얼굴이 거론된 덕분에 그녀에 대한 세간의 관심이 조금씩 생겨

나고 있었다. 이를 잘만 이용한다면 일이 쉽게 풀릴 수 있다는 것에 언론의 거대한 힘을 뼈저리게 깨닫기도 했다.

하지만 레미나의 집요함만은 감당할 수가 없었다. 말이 많다거나 질문이 많은 것까지는 참아줄 수가 있었다. 지금으로서는 해준 것 없이 도움을 받고 있는 입장이라 어느 정도 맞춰주고도 싶었다. 남의 잠버릇과 옷 치수와 과거 경력들까지 하나하나 캐고 싶어 하는 거야 그러려니 했다. 그런데 속옷의 색깔까지 알아서 이 여자가 어디에 쓰고 싶어 하는지는 정녕 이해가 되지 않았다.

또한 은근히 카마인에게 관심을 보이던 그녀는 그레이스를 볼 때마다 그의 옆구리를 찌르며 그에 대해 캐묻곤 했다. 그런데 문제는 그녀가 좋아하는 사람이 있으면 일단 괴롭히고 보는 성격을 가지고 있다는 것이었다.

카마인이 좋아하는 것과 싫어하는 것들을 뻔히 알고 있음에도 꼭 싫어하는 짓만 골라서 하는 바람에 그를 기겁하게 만드는 건 보통이었다. 때문에 그녀에게 그의 정보를 흘려주었던 그레이스는 카마인이 퍼붓는 온갖 투정과 불만들을 모두 들어야만 했다.

"태어나 이러케 미움을 바다본 적은 처음입니다. 내가 머를 잘못했다고 저러케 집요하게 사라믈 괴롭핀단 마립니까! 집사도 똑가씁니다. 제가 그러케 실엇습니까? 제 약점을 일리리 다 말해 줄 말큼요?"

아무리 혀가 짧아도 평상시에는 이렇게까지 짧은 발음은 내지 않던 카마인이 화가 나서 누가 듣든 말든 신경도 쓰지 않고 따질 만큼 화를 내는 건 처음 보는 일이었다. 그래서 레미나가 하도 찔러대는 바람에 멍이 든 그레이스의 옆구리까지 보여줬지만 그다지 먹히지는 못했다.

그도 그럴 것이 비록 에스더에게 실연은 당했지만 그가 여자에게 이런 곤란을 겪은 적은 이번이 처음이었다. 그러나 이 적응되지 않은 사태에 당황하는 카마인이 무엇을 하든 그는 이미 레미나에게 벗어나기는 힘들 듯 보였다.

사교계에 대한 지식이 아예 없다시피 하는 사비나에게 이것저것 통용되는 관례에 대해 가르쳐 주던 레미나가 유독 남녀의 평판에 대해 강조한 적이 있었다. 숨어서는 어떤 짓을 해도 상관없지만 여자의 경우 남자와 스캔들이라도 한 번 나게 되면 시집은 다간 거라며 특별히 강조하면서 예를 들기를, 몇몇 파렴치한들은 이 점을 이용해서 자신이 원하는 여성과 결혼을 성사시키는 경우가 많다는 것이었다.

부모의 반대가 있거나, 정략적인 결혼을 원하지만 상대가 받아들여 주지 않는 경우, 상대를 신분 상승에 이용하기 위해서, 정말 좋아하지만 상대가 전혀 반응을 보이지 않는 경우, 교묘히 두 사람이 함께 있는 것을 들켜서 아무 일도 없었음에도 스캔들을 만들어 여자의 평판을 엉망으로 만들어 버린다는 거다.

결국 스캔들의 상대가 되었던 이 말고는 아무도 그녀를 원하지 않게 되면 울며 겨자 먹기로 여자는 그 남자와 결혼할 수밖에 없게 된다는 것이다.

"하지만 반대의 경우도 있어. 책임감이 강하거나 마음이 약해서 자신 때문에 신세 망친 여자를 가만히 두고 보지 못하는 남자들도 의외로 많이 있거든. 이 점을 이용해서 여자가 일부러 스캔들을 일으키는 경우도 많지."

이 말을 할 때 레미나의 얼굴에 떠오르던 미소와 그녀의 시선이 머물던 곳을 똑똑히 목격한 그레이스는 당분간 그녀를 피하기로 결심했다. 카트린느지의 편집장인 그녀라면 스캔들을 만드는 것쯤은 일도 아닐 것이다. 그리고 그 과정에서 불가피하게 말려들어 카마인의 원성을 사는 일만큼은 처음부터 피하고 싶었던 그레이스는 아예 그녀와의 만남 자체를 피하고 있었던 것이다.

레미나가 탄 마차를 피해 무사히 시장에 도착한 그레이스는 상점들을 둘러보기만 할 뿐 선뜻 안으로 들어가지를 못했다. 그가 와 있는 곳은 귀족들을 대상으로 장사를 하는 상점가였다. 그래서 안은 물론 겉조차 그 화려함에 숨이 막히는 곳들로 그레이스가 서슴없이 들어가기엔 일순 망설여지는 곳들뿐이었다.

만약 그의 개인 용품만 사기 위해서라면 절대 이곳에 오지는 않았겠지만 저택의 생활 용품들까지 구입해야 했기 때문에 그에겐 다른 선택은 없었다. 베르크너 가문의 격식에 맞는 물품을 제대로 구입하는 것도 집사가 할 일이었던 것이다.

"그레이스?"

길거리에서 가게들을 살피며 구경하고 있던 그레이스를 누군가 아는 체를 하며 부르는 소리가 들려왔다. 이곳에서 그의 이름을 이렇게 허물없이 부를 사람이 없다는 걸 아는 그레이스는 무심결에 주위를 둘러보다가 자신을 보며 환하게 웃고 있는 제니를 발견하곤 저도 모르게 살짝 입을 벌리며 놀라고 말았다.

"제니 누나?"

예전에 젠시의 꽃집에 찾아갔다가 제니와는 여러 번 만난 적이 있었다. 그때 친해진 덕분에 그레이스는 용병단의 일을 그녀에게 맡겼던 것이다. 사실 이제 와서 고백하는 일이지만 그녀를 용병단에 추천한 것은 젠시의 부탁도 있었지만, 솔직히 말해서 그녀라면 용병단의 누구도 반기지 않을 거라는 계산도 속해 있었다. 그래야만이 나중에 그가 돌아갈 자리가 그대로 지켜질 테니 말이다.

"누나가 왜 이곳에……."

군이 용병단이 아니더라도 티로이가 생활 터전인 그녀가 이곳 발라에 와 있을 이유가 없었다. 특히 그녀처럼 겁 많고 가족들의 과보호가 심한 경우에는 아예 없다고 할 수 있었다.

"사실은……."

놀라서 묻는 그레이스에게 제니는 엄지로 그녀의 뒤쪽을 가리켰다. 그녀의 손짓을 따라가던 그레이스의 시선이 저 뒤쪽에 뻘쭘히 서 있는 라민을 발견하고 그대로 굳어버렸다. 수줍게 타오르는 볼을 두 손으로 감싸고 있는 제니와 그레이스와 눈이 마주치자 피식 웃는 라민의 상관관계에 대해 깊이 고찰할 필요는 군이 없을 것 같았다. 두 사람의 관계를 꼭 말로 들어야 이해할 정도로 눈치가 없는 것도 아니었으니 말이다. 하지만, 정말 하지만 말이다.

"왜 하필… 누나가 아까워요."

진심으로 하는 그레이스의 말에 제니는 그렇긴 하다는 표정으로 고개를 끄덕여 주었다.

"하지만 사람을 사랑하게 되는 데 저울질 같은 것은 아무 소용이 없게 되더라."

"둘이 이곳에 있는 것을 보면 이미 결혼하신 거예요?"

"아니, 집에서 반대를 하는 바람에 함께 도망쳐 왔어. 지금은 보마르셰 후작님 댁에서 지내고 있어."

"보마르셰 후작님 댁에서요?"

"응."

제니는 토렌즈 단장과 손을 잡게 된 보마르셰 후작 밑에서 라민이 그녀의 가족들을 피해서 일을 하고 있다는 이야기를 간략하게 설명해 주었다. 원래 섭정여왕파인 클리프 백작과 거래를 하던 토렌즈 단장이 자신의 일로 그들과의 관계를 하나씩 청산해 가고 있다는 소리에 그레이스는 묘한 감정이 이는 걸 느꼈다.

적어도 그들에게 자신이 하잘것없는 존재만은 아니었다는 것에 묘한 안도감이 생기는 게 기분이 좋은 것도 사실이었다.

"그런데 여긴 무슨 일로 오신 거예요."

이곳 상점가는 발라의 특성상 귀족 혹은 그들의 승인을 받은 대리인이 아니면 물건을 살 수조차 없는 곳이었다. 그레이스야 베르크너 가의 집사였기에 이곳에 왔다지만 평민인 라민과 제니가 이곳에서 무언가를 살 수는 없는 일이었다.

"예쁜 것들이 많아서 뭐 살 것이 있으면 라민하고 종종 이곳으로 오곤 해."

"하지만 이곳에서 물건을 사긴 어렵지 않나요?"

"그래서 보마르셰 후작님이 라민에게 자신의 대리인증을 주셨거든. 그게 있으니까 확실히 대접도 다르고 좋긴 좋더라."

웃으며 쉽게 대답하는 제니였지만 듣는 그레이스는 어이가 없었다. 보통 대리인증은 아무에게나 발급해 주지 않는다.

왜냐하면 대리인증만 있으면 그 자리에서 대금을 지불하지 않고도 외상으로 물건을 받을 수 있다는 것은 둘째치더라도 대리인이란, 이름 그대로 귀족인 당사자의 얼굴을 대신하는 만큼 선별해서 정말 믿을 수 있고 자신의 이름을 더럽히지 않는 자에게만 주는 것이었다.

토이지 라민이 보마르셰 후작의 대리인증을 받을 만큼 후작에게 신임을 얻었는지는 모르겠지만, 그분의 이름에 먹칠을 하지 않을 거라는 보장은 절대 할 수 없는 게 토이지 라민이었다. 정녕 보마르셰 후작이 그걸 몰랐는지가 그레이스는 정말 궁금했다.

"하, 하여튼 축하드려요. 하지만 가족 분들이 반대하는 이유를 알 것도 같네요. 누나라면 더 멋있고 좋은 분을 만날 수 있었을 텐데, 누나가 너무 아까운 건 사실이잖아요."

다시 한 번 진심으로 안타까워하는 그레이스의 말에 멀리 떨어져 있음에도 둘의 대화를 몰래 엿듣고 있었던 라민의 이마에 굵은 혈관이 솟아올랐다.

"저 녀석이 듣자듣자 하니까."

너무 바른말만 한다. 그래서 더욱 기분이 더러워진 라민은 두 사람의 대화를 방해하기 위해 그들에게 걸어갔다. 그레이스와 만나는 게 어색해서 적당한 거리를 두고 있었던 라민이지만, 얄밉게 조잘거리는 저 입을 틀어막기 위해서는 어쩔 도리가 없었다. 그런데 마침 두 사람을 향해 걸어가는 라민의 옆으로 마차 한 대가 빠르게 스치고 지나갔다. 갸우듬히 한쪽으로 치우친 마차의 위태로운 모습에 그는 미간을 찌푸렸다.

비틀비틀 달려가는 마차의 모습이 영 불안했다. 잠시 걸음을 멈추고 지켜보니 마차의 뒷바퀴 하나가 빠지려고 덜컹거리는 게 보였다. 아마도 조임이 약했든지 나사가 풀린 게 아닌가 싶었다. 하지만 그것보다 더 큰일은 아직 그 사실을 모르는 마부가 마차의 속도를 줄일 생각을 전혀 하지 않고 있다는 것이었다.

저걸 어떻게 하나, 남의 일처럼 느긋하게 구경하고 있던 토이지 라민의 얼굴이 사색이 된 것은 그야말로 정말 순간이었다. 위태롭게 덜컹거리던 바퀴가 끝내 빠지면서 마차가 전복하고 만 것이다. 거기까지는 좋았는데 옆으로 넘어진 마차는 그 자리에서 몇 바퀴 빙글빙글 돌다가 제니와 그레이스가 서 있는 곳으로 그대로 쭉 미끄러졌기 때문이다.

설명은 길지만 정말 찰나의 순간이었다.

라민이 전속력을 다해 제니를 향해 달려갔지만 소용이 없는 짓이었다. 가속이 붙은 마차는 굉장히 빨랐고, 라민이 그것을 구경하며 설마 하고 있는 동안 마차는 정말 제니와 그레이스를 덮치기 일보 직전이었다. 하지만 광풍의 라민답게 그는 마차가 제니와 그레이스를 덮치기 바로 직전에 두 사람 앞을 가로막을 수가 있었다.

그럼에도 앞에 라민의 노력을 두고 소용없는 짓이라고 표현한 것은 그야말로 그가 한 일이 정말 아무 쓸모가 없었기 때문이다.

자신이 너무도 연약하고 어린 여자라 단정하는 제니도 생존 본능에는 어쩔 수가 없었던 것이다. 그런데 그녀의 본능은 다른 이들과는 다르게 움직였다. 자신을 덮치려는 마차를 본 순간 제니는 도망치는 대신에 앞으로 달려가 오른손을 내뻗으며 그것을 막았고, 라민이 두 사람의 앞에 섰을 때는, 이미 그레이스가 그녀를 안고 옆으로 굴러 도망친 후였다. 제니를 데리고 그레이스가 무사히 도망을 쳤기 때문에 굳이 라민이 앞을 막지 않아도 되었다는 뜻이다.

그런데 이상한 것은 계속 덮쳐 와야 할 마차가 되려 뒤로 쑥 미끄러지며 그에게서 멀어지고 있다는 점이었다. 앞으로 가던 것이 갑자기 뒤로 미끄러진 이유를 알지 못해 고개를 갸웃거리는 라민의 눈에 마차의 표면에 깊이 새겨진 손가락 모양의 홈집이 들어왔다.

다섯 손가락의 길이와 모양이 참으로 낯익고 사랑스러워 보이는 게 그가 너무도 잘 아는 손이었다. 그레이스가 제니를 붙잡고 옆으로 구르기 전에 그녀가 무의식중에 뻗은 손이 짧은 순간이었지만 마차에 닿았고, 그로 인해 무섭게 달려들던 마차는 뒤로 물러나 제자리에서 몇 번 돌다가 서서히 멈추게 된 것이다.

마차가 뒤로 물러나지 않았다면 애초에 라민이 제니와 마차 사이에 끼어들 공간도 없었을 것이다.

"어쩜 사랑스럽기도 하지."

단단하게 재련해서 만들었을 마차의 두꺼운 판에다가 깊이 새겨 박힌 손바닥 자국만 봐도 예쁘기 그지없는 라민이었다.

"라민!"

무사히 살아난 제니도 그렁그렁해진 눈으로 라민에게 다가가 그의 이름을 불렀다. 목소리의 떨림이나 표정을 보니 굉장히 놀라기는 했어도 마차를 밀어낸 손이 아프다거나 다치지는 않은 듯했다.

"무서웠어요."

"불쌍한 우리 이쁜이, 많이 놀랐지?"

"그러니까 내 곁에서 멀리 떨어지지 말아요. 당신이 없으면 난 너무 무섭다고요."

서로 꼭 보듬어 안으며 다시 한 번 사랑을 확인하는 연인들이었다.

그런 두 사람은 제니를 구하기 위해 몸을 날리고, 행여나 그녀가 바닥에 구르지 않도록 대신 밑에 깔린 그레이스를 잊고 있었다. 잠시지만 공중에 붕 뜬 다음에 떨어지면서 제니와 바닥 사이에 끼인 그레이스가 받았을 충격에 대해 너무 안일하게 생각하고 있음이 분명했다.

상대는 잠시 닿은 것만으로도 마차에 손바닥 낙인을 찍어버린 그 제니였는데 말이다.

배고픈 것도 겪어봤고 막노동에 가까운 고된 일도 해봤고 라민에게

칼질을 당해도 봤다. 며칠을 쉬지도 않고 얻어맞아 사람 행세하기 힘든 모습이 되어본 적도 있었다. 하지만 제니에게 깔려 바닥과 부딪친 것은 또 다른 느낌의 고통을 그레이스에게 선사했다.

"하아, 하아아……."

거칠게 숨을 몰아쉬면서 가까스로 몸을 일으킨 그레이스는 순간 후들거리며 넘어지려는 다리에 힘을 꽉 줘야만 했다. 강철 망치로 온몸을 두들겨 맞은 것처럼 욱신거리고 속이 울렁거렸다. 그레이스는 사람의 몸 자체가 무서운 흉기가 될 수 있다는 것을 오늘에야 처음 알게 되었다.

그러나 꼭 이 상황이 나쁜 것만은 아니었다. 강인하고 단단한 제니는 그에 걸맞은 힘까지 가지고 있었다. 예전에 젠시로부터 제니뿐만 아니라 그녀의 가족들이 가지고 있는 비상식적인 힘에 관해서는 이미 들어서 알고 있었다. 최근 그레이스가 필요로 해서 구하려는 사람과 마침 조건이 딱 들어맞았다.

게다가 어느 면에서 보면 제니는 분장이 굉장히 쉬운 외모라 나중에 신분을 들킬 가능성도 적었다. 그리고 무엇보다 그녀는 비밀이 밖으로 샌다거나 뒤탈이 생기지 않을 인물로, 어떤 일을 부탁해도 믿을 수 있는 사람이었다.

"저, 제니 누나."

"어머, 나도 참! 그레이스한테 고맙다는 말도 안 하고, 내 정신 좀 봐."

"아니요, 누나가 안 다쳤으면 그걸로 됐어요. 저… 그런데 제니 누나."

"응?"

"저 부탁할 게 하나 있는데요. 들어주실 수 있겠어요?"

"……?"

그레이스는 절뚝거리며 제니에게 다가가 그녀의 손을 꼭 잡고 심각하게 물었다.

그녀가 도와주지 않으면 굉장히 난처할 것처럼 진지함이 묻어나는 그레이스의 분위기에 제니는 저도 모르게 고개를 끄덕여 버렸다. 옆에서 라민이 위아래로 움직이는 그녀의 고개를 붙잡고 말렸지만 미처 입까지는 막지 못하는 바람에 상황은 그대로 종료되었다.

"네가 날 필요로 하는 일이 있다면 뭐든 도와야지. 그레이스 덕분에 내가 라민을 만날 수 있었던 거잖아."

"그렇게 생각해 주면 정말 고마워요. 하지만 조금 힘들 수도 있는데."

"이 세상에 안 힘든 일이 어디 있겠니."

"위험할 수도 있어요."

"마… 많이 위험해?"

"솔직히 말하면 그래요."

"하지만 네가 위험에 빠지지 않도록 해줄 거잖아. 또 내가 안 도와주면 그 위험한 일을 너 혼자 해야 된다는 말이고. 그리고 난 너를 믿어. 정말 위험하다면 내게 이런 말 꺼내지도 않았을 거잖아. 정 안 되면 라민도 도와줄 거야, 그렇죠?"

자신이 그레이스를 도와줄 수 있어서 오히려 기뻐하던 제니는 라민의 대답을 받아내기 위해 그의 옆구리를 팔뚝으로 쳤다.

"윽!"

"라민도 좋대."

신음 소리를 흘리는 라민의 옆에서 방긋방긋 웃고 있는 제니의 얼굴에 언뜻 기대감 같은 게 스치고 지나가는 걸 그레이스는 놓치지 않았다. 발라에 온 지 이제 몇 개월만 지나면 일 년이 다 되어가는 그녀였다. 특별히 할 일도 없이 보마르셰 후작가에서 하루하루를 똑같이 보내는 나날이 계속되는 지금, 그녀도 이제는 지루하고 심심한 일상생활에 탈출구를 원하고 있었는지도 모른다.

그레이스가 젠시를 통해 제니에 대해 여러 가지를 알고 있듯, 제니역시 젠시와 용병단 사람들을 통해 그에 대해 잘 알고 있었다. 정말 위험한 일이라면 그녀에게 이렇게 부탁하지도 않았을 거라는 걸 말이다. 매일 하릴없이 지내는 것보다 조금 힘들더라도 무언가 할 일이 있다는 것만으로도 가슴이 두근거렸다.

하지만 그게 안일한 생각이었다는 것을 그녀는 나중에야 깨달았다. 위험해 보이는 일이었지만 막상 하다 보니 생각보다 그렇게 위험한 일은 아니라 안심할 수는 있었다. 단지 위험한지 안 한지에 대해서만 집착하다가 막상 일을 하게 되자 전혀 다른 문제에 봉착하게 되었고, 그땐 도중에 그만두기에는 너무 늦은 후였다. 만약 그레이스가 처음부터 그 일이 그렇게나 창피한 일이라고 말해 주었다면 그녀는 분명 거절했을 것이다. 그것만은 확실했다.

호수 위에 비치는 하늘의 얼굴

STORY 40

호수 위에 비치는 하늘의 얼굴

총관의 말대로 그레이스는 사람들에게 자신의 강함을 보여줘야만 했다. 하지만 그것이 원한다고 바로 되는 일은 아니었고, 게다가 남들을 이해시키는 강함이란 것부터가 그레이스에게는 처음부터 무리가 많았다.

"피하는 것은 정말 잘하는군요."

"……"

"하지만 아무리 그래 봤자 사람들 눈에는 그저 도망치는 모습으로밖에 보이지 않는단 말입니다. 그게 어디 강한 모습이라고 할 수 있겠습니까?"

점점 언성이 높아지는 총관의 지적에 그레이스는 대답할 말이 없어 가만히 자신의 빨랫방망이만 만지작거렸다. 분명 총관은 처음부터 지금까지 한 번도 그레이스의 몸에 손을 대지는 못하고 있었다. 총관은 그것만 봐서는 충분히 그레이스의 실력을 칭찬해 주고 싶었다.

하지만 여기에서 중요한 것은 지금 상태로 과연 그레이스가 한순간에 사람들을 강하게 사로잡을 수 있는가 하는 것이다. 단지 도망치는 것만으로 말이다. 그리고 정답은, 피하는 데만 도가 튼 그가 사람들에게 새겨줄 수 있는 강한 인상이란 참 얍삽하게도 잘도 도망친다 정도의 감탄일 게 분명했다.

"저번에 나에게 했던 것처럼 마법을 함께 응용하는 것도 좋겠지만, 그것도 주문을 완성하기 전에는 계속 피해 다녀야만 한다는 점에서 모양새가 좋지가 않아요. 한 번에 강한 충격과 멋있는 동작으로 사람들을 사로잡아야 하는데 말입니다."

전쟁으로 영웅이 필요한 게 아니었다. 내란이 생긴다고 해도 그레이스가 직접 전장에 서는 일은 없을 것이다. 그야말로 사람들에게 강하다는 깊은 인상만 남긴다면 실생활에서 그레이스가 무위를 사용할 일은 거의 없을 것이다. 도리어 지금 가지고 있는 것만으로도 앞으로 살아가는 데 충분히 넘치고도 남을 실력이었다.

오히려 실용적인 면에서 보자면 그레이스의 도피 능력과 마법 실력은 웬만한 기사의 그것보다 더 안전하고 유용했다. 싸움에서 압도적인 우세로 이기지는 못한다고 해도 누구에게도 절대 지지는 않을 실력이니 그의 안위에 대한 걱정은 없다.

그러나 남들에게 충격적인 인상이나 강한 이끌림을 주지는 못했다. 사람들에게 무조건적인 믿음이나 두려움을 가지게 만들 수도 없었다.

개인에게는 충분할지 모르나 대중을 휘어잡을 매력이나 충격은 아예 없다 해도 좋을 것이다.

　며칠 동안 총관이 내린 결론은 우선 그레이스에게 필요한 것은 강함이 아닌 폼이었다. 남들에게 강하다고 믿게 만드는 폼과 인상 말이다.

　"우리끼리 상황을 만들어 연출한다고 해도 그것만으론 한계가 있단 말입니다. 무엇보다 가문에 속한 기사들에게도 집사의 강함을 느끼게 만들려면 이래서는 안 돼요. 좀 더 모질게 그 방망이를 휘둘러 볼 수는 없습니까?"

　총관의 격한 요구에 그레이스도 입술을 지그시 깨물며 빨랫방망이로 자세를 잡아보았다. 특유의 우아한 움직임에 총관의 지도가 더해져서 자세 하나만은 더없이 멋있어진 그레이스였다. 그러나 역시 공격 자세만 취하게 되면 어정쩡함과 어색함이 그대로 드러나는 그레이스였다. 실제 때리지도 못할 거면서 일부러 위협을 위해 주먹을 쥐는 어린애의 모습이 딱 지금의 그레이스와 같았다.

　"안 되겠습니다. 마법을 사용할 때는 그나마 과격해지면서 왜 손에 무기만 들면 그렇게 방어적으로 변하는지 이해가 되지 않아요. 사람들의 심리라는 게 무기를 가지게 되면 보통 파괴 욕구와 같은 충동들이 생기게 마련인데 말입니다."

　답답해하는 총관의 말에 그레이스도 자신의 상태를 심각하게 생각해 보았다. 돌아보면 지금까지 남을 때려보거나 위해를 가해본 적이 없었다. 총관에게 마법으로 두 번이나 공격 비슷한 것을 해봤지만 그건 자신이 직접 했다는 느낌이 들지가 않았다. 마법이 주문을 읊는 것만으로 모든 게 해결되는 것과는 다르게 물리적인 공격은 처음부터 끝까지 그의 손에서 모든 걸 해결해야만 했다.

사람을 내려쳤을 때 손끝에서 느껴지는 감각까지 모두 그의 몫이 되는 것이다. 그레이스는 과연 자신이 그것을 감당할 수 있는지 의문이었다. 꼭 폭력은 안 된다는 평화주의자인 건 아니었다. 그러나 남을 해할 때 고스란히 자신에게로 전달될 그 느낌만은 피하고 싶었다.

상태가 이렇다 보니 공격 자세를 잡으면 폼이 어정쩡해지고 동작마다 위력이나 투기가 전혀 서리지 않게 된다. 이런 상태론 총관의 말마따나 남을 감화시킬 만큼의 강렬한 인상을 만들기엔 무리였다.

하지만 총관이 보기에 그레이스는 이것 말고도 또 하나의 문제를 가지고 있었다.

"저……."

"네, 말해 보세요."

"곧 있으면 공작님께서 외출하실 시간입니다만."

"그래서요?"

"가서 외출 채비를 도와야 할 것 같아서요."

"공작님껜 시종이 있지 않습니까? 아직 저하고 해야 할 연습이 더 남았습니다."

"시종이 있지만 영 탐탁지 않아서요. 전에는 다리지도 않은 쭈글쭈글한 구두끈을 공작님의 구두에 매놓았지 뭡니까."

이것저것 집사의 업무 때문에 도대체 연무(鍊武)에 집중을 하지 못한다는 거다. 집사의 책무에 더 막중한 의무감을 지니고 있는 그레이스는 둘 중 하나를 선택해야 한다면, 미련없이 수련을 집어치우고 저택으로 달려가 버리는 게 보통이었다.

지금도 그렇다. 총관의 눈치를 보면서도 과감하게 빨랫방망이를 허리에다가 걸고 뭐라 작게 양해를 구하고는 저택으로 뛰어가 버리는 모습이 마지못해 대련에 임하던 조금 전과는 사뭇 달랐다. 아까까지 눈을 씻고 찾아볼 수 없던 박력과 활기가 그의 뒷모습에서 넘쳐 나고 있었다.

분명 그레이스는 사비나에겐 없는 재능을 가지고 있었다. 하지만 열정이 따라주지 못하는 재능은 없는 거나 마찬가지였다.

멀어져 가는 그레이스에게서 시선을 거둔 총관은 그 말고 또 다른 골칫거리를 생각하니 이제는 한숨이 나왔다. 그레이스가 강하다는 것을 보여주려면 무언가 계기가 필요했다. 무턱대고 나 강하니 믿어달라고도 할 수 없는 일이고, 싸움이 일어나기를 가만히 기다리고 있을 수만도 없었다.

그래서 그레이스와 함께 머리를 짜낸 것이 연극이었다. 수많은 관객들 앞에서 주인공이 선을 위해서 악역과 피 터지는 싸움을 보여주자는 것이다. 각본은 남들에게 적당히 강하다고 알려진 조연들을 간악한 악역이 쓰러뜨리고 정상에 올라 포효할 때 홀연히 나타난 주인공이 정의를 실현한다는 내용이었다.

그런데 문제는 여기서 나오는 조연들은 섭외가 불가능하다는 것이다. 적당히 강해야 하고, 강한 만큼 자신을 이겼던 악당을 처치한 정의의 사도를 인정하고 우러러보는 게 그들의 역할이기 때문이다. 그렇기에 악역의 역할이 중요했다. 그는 각본과는 전혀 상관없는 이 조연들을 정말로 이길 수 있을 만큼 강해야 하기 때문이다.

또한 이 연극은 베르크너 가문의 미래가 달린 문제였기에 비밀 유지가 확실한 배우가 필요했다. 그래서 임의로 이미 조연으로 사용할 이들까지 골라났음에도 정작 중요한 악역은 구하지 못하고 있었다. 때문에 처음 그레이스가 제니를 데리고 왔을 때는 정말 사람을 잘 구했다 싶었다. 제니가 여자라는 것에 처음에는 상당한 충격을 받았지만, 바지만 입히고 몇 가지 분장만 하면 누구도 그녀를 여자로 보지는 못할 터였다.

오히려 힘으로 총관마저 압도해 버리는 그녀의 강인함과 악역에 걸맞은 걸출한 외모까지, 모든 게 완벽했다. 그리고 여자라면 치마만 둘러도 좋은 총관은 제니가 여자라는 사실 하나만으로 그녀에게 상당한 호감을 가지게 되었다.

이왕 함께 일을 하려면 남자보다는 여자가 더 좋은 그였다. 그것이 비록 제니처럼 웬만한 남자의 두 배는 될 것 같은 덩치와 단단한 근육으로 이루어진 몸과 얼굴을 가졌더라도 시큼한 사내 녀석들보다 훨씬 좋았다.

그러나 외양은 갖춰졌고 총관과의 사이도 유연해졌다지만 악역 역시 각본에 의한 철저한 연습이 필요했다. 특히 제니처럼 지금까지 검한 번 제대로 만져 보지 못한 사람은 오히려 그레이스보다 더 문제였다. 그래서 총관이 직접 제니에게 악역다운 악역을 가르치게 되었다.

이미 골라놓은 조연들을 고려해 보면 그들이 힘으로 제니를 이기기는 도저히 어려울 듯싶었다. 하지만 그들의 경우에는 기술이 있었다. 짧은 검으로 어설프게 굴었다가는 오히려 제니가 당할 수 있기에 심사숙고 끝에 그녀의 무기는 창으로 골랐다.

기대했던 대로 제니가 창을 들고 돌리자 그 여파에 총관은 가까이 가지도 못했다. 이번 일에 내내 불만을 가지고 있었던 라민도 옆에서 노심초사 구경만 하다가 한번 검을 들고 그녀에게 달려들었지만, 창의 방어권 안으로는 들어갈 수조차 없었다. 무지막지하게 돌아가는 창이 만들어낸 파공성이 소름 끼칠 뿐만 아니라 조금만 스쳐도 그대로 살을 도려내는 파괴력을 가지고 있었기 때문이다.

"하지만 뒤가 문제군요. 조연들은 여러 명일 텐데 제니 양이 사위를 다 방어할 수는 없을 테고. 역시 악역 맡을 사람을 더 알아보는 게 좋을 것 같습니다."

서로 좋고 보자고 하는 일이었기에 제니의 안전도 철저하게 보장이 되어야만 했다. 그러자면 악역을 여러 명을 둬서 서로 보호할 수 있도록 하는 게 안전했다.

"악역이 한 명이어야 이미지가 더 강하지 않을까요?"

"그렇기는 하지만 제니 양의 안전도 중요하니까요."

"하지만 기사들이 한꺼번에 덤비는 일은 거의 없지 않습니까."

"그러다가 안 되면 떼로 덤비는 것이 바로 그네들 아닙니까. 제니 양의 힘이라면 처음 상대할 때 아예 묵사발을 만들 수도 있겠지만 그래선 안 됩니다. 악당은 조연들을 하나씩 처리하는 게 아닌 '한꺼번에' 처리해 버리는 실력자여야 하거든요. 처음에 가지고 놀다가 한꺼번에 덤비도록 만들어야 합니다. 그때 완전히 박살을 내는 거죠."

악역을 더 골라야겠다는 말에 라민이 이의를 제기하자 총관은 고개를 저었다. 한 명의 악역이 여러 명의 조연을 처치한다면 분명 사람들에게 강한 인상을 줄 수 있을 것이다. 하지만 아무리 그녀의 창 돌리는 기술이 뛰어나도 그것만으로 사방에서 덤비는 사람들에게서 자신을 지킬 수는 없는 노릇이었다.

"그럼 내가 뒤를 맡겠습니다."

"라민 씨는 안 됩니다. 얼굴이 너무 많이 알려진 데다가 그 외팔이라면 사람들이 대번에 알아볼 가능성이 높으니까요."

"누가 악역을 맡겠다고 했습니까."

"예?"

"각본을 좀 고치죠. 악당이 레이디들과 함께 소풍을 온 한량, 아니, 기사들과 별것도 아닌 것 때문에 시비가 붙게 되고 서로 싸울 태세를 잡게 될 때, 광풍의 라민이 악당의 뒤에서 나타나면 '이 원수!' 라고 외치는 것으로요."

"오호라! 광풍의 라민과 악당은 철천지원수로, 우연히 길을 가던 그는 악당을 발견해 검을 뺀다 이거군요. 그러면서 악당의 뒤에 서서 싸우지만 실은 교묘히 악당을 보호해 준다?"

"그러면 악당은 광풍의 라민마저 어쩌지 못할 정도로 강한 자라는 소문이 한몫 더하겠지요."

라민은 잘못하면 자신의 명성을 깎아 먹을 수 있는 제안을 해왔다. 용병은 돈이라면 무슨 일이라도 했다. 하지만 이번 일에는 아무 보수도 없이, 먼저 부탁하지도 않았는데 스스로 나선 것이다. 그것도 자신에게 그리 좋은 일도 아닌 것을 말이다.

"그러면 라민 씨에게 너무 폐를 끼치게 됩니다. 제니 양이 이 일을 도와주는 것만도 우리는 고마운 일인걸요."

"기뻐하니까요."

"……?"

"저렇게 좋아하니 하지 말라고 할 수도 없고, 위험하다고 악당을 더 늘린다면 분명 남자들일 텐데 우리 예쁜 제니가 그 늑대들 속에 있을 것만 상상하면 속이 뒤집어질 것 같으니 어쩔 수 있나요, 내가 참아야지. 그리고."

"……."

"그레이스라면 예전에 나도 신세진 것이 있으니까."

오른팔을 잃었을 때 비록 돈을 받고 대련 상대를 해주었다지만 그레이스의 도움이 컸던 것은 사실이다. 그가 한 팔로 검을 들게 되고 조금씩 나아질 때마다 그레이스도 함께 발전해 갔다. 그레이스와 라민은 하루하루 분투를 하며 함께 발전해 간 사이였다. 만약 그레이스가 미련하다거나 별 재능이 없어서 라민의 속도를 따라가지 못했다면 현재의 그는 지금보다 더 못한 상태에 머물러 있었을지도 모른다.

　"겨우 그 정도로 명성이 깎일 만큼 나는 별 볼일 없는 놈이 아닙니다. 그리고 내가 약한 게 아니라, 우리 제니가 강한 악당이 되는 거니까요."

　라민은 창을 가지고 연습하는 제니를 애정 어린 시선으로 쳐다보았다. 그와 함께 지내면서 제니는 많은 점에서 변해 있었다. 마냥 여리고 겁 많던 그녀가 모험을 알게 되고 도전을 즐기게 되었다. 예전이라면 이런 일 시작부터 못한다고 벌벌 떨었을 그녀가 이제는 나서서 자신이 무얼 하면 되냐고 묻는다.

　그리고 그녀가 변한 것처럼 그도 하나씩 변해가고 있었다. 그것이 긍정적인 변화인지 부정적인 것인지는 모르겠지만 제니로 인해 바뀌어가는 자기 자신이 그는 굉장히 마음에 들었다.

　총관의 속을 썩이기는 하지만 집사로서 그레이스는 꽤나 수준급의 시중을 드는 편이었다. 일례로 시종을 도와가며 그레이스가 시중을 든 이후로 리카도의 외양이 눈에 띄게 말쑥해진 것만 봐도 알 수 있었다. 원래 세련되고 깔끔하기는 했지만 오랜 홀아비 생활이 아무래도 티가 나도 꼭 한 군데씩 티가 나던 그였다. 그런 리카도가 깊이 묵은 홀아비 티에서 벗어나는 과정은 실로 놀라운 변신이라고 할 수 있었다.

"오늘 저녁은 밖에서 하십니까?"

"아마도 그럴 것 같구나."

반듯하게 다림질한 손수건을 안주머니에 넣어주면서 그레이스가 묻자 리카도는 잠시 생각하는가 싶더니 바로 대답해 주었다. 오늘은 파티와 만찬 초대는 없었지만 저녁쯤에 만나기로 한 사람이 있어 그와 식사를 할 예정이었다.

"일은 할 만하니?"

"네."

"요즘 총관과 뭔가를 하는 것 같던데, 그건 잘 되어가고?"

"아무래도 제가 부족한 게 많아서 총관께 폐만 끼치고 있습니다."

"총관은 보이는 거와 다르게 다감하고 재주가 많은 사람이다. 친해지면 네가 배울 게 많을 거야."

목에 두른 스카프를 브로치로 고정시켜 주던 그레이스는 그 말에 슬며시 고개를 끄덕이는 것으로 긍정했다. 총관이 집사보다 더 잘났다고 우기지만 않는다면 개인적으로 그에게 아무런 불만도 없었다. 오히려 위급한 상황에도 웃음과 여유를 잃지 않고 차근차근 일을 해결해 나가는 침착성이나 대처 반응들은 배울 점이 무척 많다고 생각한다.

그리고 무엇보다 모든 일의 우선에 베르크너 공작을 놓는 충성심을 보면 무엇이 자신에게 우선인지 잘 아는 이였다. 거센 바람에 가지가 흔들린 데도 절대 뿌리째 뽑히지 않을 굳센 나무 같아서 안심하고 믿을 수 있는 사람이었다.

"그런데 먼저 말을 해줄 줄 알고 기다렸는데 끝까지 이야기를 하지 않는구나."

"예?"

소매에 카우스 버튼을 채우던 리카도는 슬쩍 그레이스를 일별하며 무심한 척 말을 꺼냈다. 무슨 이야기인지 이해하지 못하고 눈만 크게 뜨는 그레이스에게 리카도는 하는 수 없다는 표정으로 먼저 말을 했다.

"드노엘을 만났다고 들었다."

"아……."

"총관을 대신해 네가 그를 맡기로 했다면서?"

"그렇게 됐습니다."

"나는 네가 그를 만나고 싶어 하지 않는 줄 알았다."

"만나기 싫었습니다, 정말……."

당시에 느꼈던 공포에 대해 어떻게 리카도에게 설명해야 할지 그레이스는 난감했다. 무서워서 드노엘을 만났다. 그의 입에서 어떤 진실이 나올지 무서워서. 하지만 그 내면의 두려움까지 리카도에게 말하자니 왠지 부끄러운 게 쉽게 입이 떨어지지 않았다.

"총관이 그러는데, 복도를 막은 문이 벽으로 보이게 착시 마법을 걸어두었다면서?"

꼬치꼬치 물을 것 같았던 리카도는 그레이스에게 왜 드노엘을 만났는지 더 이상 묻지 않았다. 대신 드노엘에게 그레이스가 취한 것들에 대해 물었다.

"네, 그곳을 드나들 수 있는 방법은 그의 식사 담당인 메를로에게만 가르쳐 주었습니다. 어차피 저와 총관이 없더라도 그가 사는 데는 아무런 지장이 없을 테니까요."

하루 세끼 식사만 넣어주고 어떻게 되든 혼자서 그냥 살라는 의미였다. 귀머거리에 벙어리인 소년 하나만 들락날락하는 그곳에서 영원히 말이다. 굳이 총관이나 그레이스가 찾아갈 필요가 없이 그렇게 조용히 어둠에 묻혀 버렸으면 좋겠다고 생각했다.

"……!"

그레이스는 가늘고 긴 손가락이 자신의 머리를 쓰다듬는 기척에 고개를 들어 리카도를 바라봤다. 쓸쓸하면서 애처로운 시선이 엉키면서 리카도는 말했다.

"힘들었겠구나."

리카도는 많은 이야기를 듣지 않아도 알겠다는 표정으로 그레이스를 위로했다. 아니, 그건 위로라기보다는 공감이었다. 그 언젠가 자신이 친혈육에게 느꼈던 것과 비슷한 위험하고 슬픔 감정들이 고스란히 그레이스에게서 묻어나는 걸 안타까워하는 한숨이기도 했다.

"자, 이제는 정말 나가봐야겠다. 오늘 만나기로 한 친구의 성격이 장난이 아니라 약속 시간에 조금이라도 늦으면 꽤나 골치가 아프거든."

가라앉으려는 분위기를 무마하기 위해서 리카도는 두 손을 박수 치듯 마주 잡으며 애써 밝은 목소리로 말했다. 드노엘의 이야기로 그레이스와 함께 있는 시간을 어둡게 만들고 싶지 않았던 것이다. 그 속뜻을 이해한 그레이스도 얼른 겉옷을 찾아 리카도에게 입혀주며 물었다.

"그런데 누굴 만나시기에 공작님이 이렇게 신경을 쓰시는 겁니까?"

바르제바에서 약속 시간을 지키기 위해 리카도를 이렇게 움직일 수 있게 만드는 이는 없었다. 보통 용건이 있으면 자신들이 청해서 방문 약속을 잡는 게 정례였다. 그래서 리카도가 사람을 만나기 위해 이렇게 밖으로 나가는 일은 드문 경우였다.

"오그덴 제국의 란시스트 백작이라고, 젊었을 적에 꽤나 친하게 지내던 친구였지."

"오그덴 제국이라면?"

"요즘 마이야르 백작이 공을 들이고 있는 곳이지. 그리고 오늘 내가 만나는 친구는 페도라 황자 쪽 사람이고."

"역시 페도라 황자인 겁니까?"

친구라지만 페도라 황자 쪽 사람을 만난다는 것은 베르크너 공작과 다이안 국왕이 마이야르 백작과는 다르게 황자와 손을 잡겠다는 의도였다. 실제적으로 페도라 황자가 집권하는 게 바르제바의 입장에서는 여러모로 유익하다는 점에서 내린 결정이었을 거다.

"만나기는 하지만 기대할 것이 없는 만남이란 게 아쉽다고 해야 할까."

"……?"

"그 친구의 말에 의하면 페도라 황자는 이미 이라이언 공작과 손을 잡은 지 오래라고 하더구나. 후계자 이야기가 나오기 전부터 황자에게 투자를 했던 모양인데, 꽤나 신뢰가 두텁다는 거야. 그래서 만약 황자가 황제가 된다면 우리로선 이라이언 공작을 마음대로 실각시킬 수가 없게 된다는 거지. 그렇다고 우리가 마냥 그들에게 저자세로 나갈 수도 없는 입장이라 여러모로 복잡하구나."

리카도는 이라이언 공작을 생각하며 혀를 내둘렀다. 무언가 일을 도모하려 보면 이미 그의 손이 뻗치지 않은 곳이 없었다. 리카도와 다이안은 꼭 이라이언 공작보다 한발짝씩 늦게 걸음을 내딛는 것이었다.

"아, 이제는 정말 나가봐야겠구나."

이야기가 길어져서 약속 시간이 더 촉박해진 리카도는 서둘러 길을 나섰다. 그를 마차까지 배웅 나간 그레이스는 문득 얼마 전에 마마린느가 보냈던 안부 편지가 생각났다.

이안과 라이아는 지금 오그덴 제국에 있다고 했다. 점점 점술가로 확고한 위치를 잡아가는 라이아에게 요즘 들어 고위급 인사들의 상담 요청이 쇄도하고 있단다. 아마도 제국의 내정이 내정인지라 과연 어느 쪽으로 줄을 서는 게 좋은지 그렇게나마 알아보기 위해서일 게다.

라이아는 그럴 때마다 페도라 황자와 보나타 왕자 중에 한 명이라도 직접 만나보지 않고는 아무것도 알 수 없다며 그 문제에 대해서는 입을 다물어 버린다고 한다. 뭐라도 알아내면 바로 말하지 않고는 못 배기는 그녀가 말이다.

그런 라이아의 침묵이 답답한 일부에선 몰래 그녀를 납치하려는 바람에 에팃과 베로니카의 고생이 이만저만 아니라며, 특히 날로 푸르죽죽해지는 베로니카 때문에 속이 상한다고 마마린느는 편지의 끄트머리에다가 적고 있었다.

조만간 답장을 쓸 생각이었는데, 편지에 첨가해야 할 내용이 더 늘어날 것 같았다.

그레이스는 위협적으로 창을 돌리고 있는 제니를 보니 그만 숨이 탁 막히고 말았다. 옆에서 구경만 하는 데도 살을 에는 듯한 위력이 그가 있는 곳까지 밀려오고 있었다. 배운 지 얼마 되지 않았는데도 그녀는 놀라운 재능으로 총관의 가르침을 모두 자기 것으로 만들고 있었다.

칭찬해 주고 싶은 마음이 간절하나 솔직하게 고백하자면 진지하게 연습에 임하는 제니의 얼굴은 굉장히 무서웠다. 쉽게 말을 거는 것도, 가까이 가는 것도 어려웠다.

원래 라민에 대해 좋은 인상을 가지고 있지 않던 그레이스는 항상 그를 변태로 분류하고 그에 맞는 취급을 해왔다. 예전에 젠시가 그를 짝사랑하고 있을 적에도 그녀의 취향을 의심하며 라민에게는 너무 아까운 사람이라고 한탄한 적이 있었다. 그리고 그것은 제니가 라민의 상대라도 같았다. 누구라고 해도 상대가 라민이라면 무조건 아깝고 더 좋은 사람 만나지 그랬냐는 안타까움이 생길 터였다.

그런데 지금의 제니를 보는 순간, 그리고 그녀를 보며 마냥 예뻐 죽겠다는 표정을 짓고 있는 라민을 보고는 어쩌면 이들은 정말 천생연분이 아닐까 하는 생각이 들었다.

아무리 제니를 좋아한다고 해도 지금의 그녀를 보며 예쁘다거나 귀엽다는 생각은 전혀 들지 않는 그레이스였다. 하지만 옆에서 함께 그녀를 지켜보고 있던 총관이 무심결에 하는 소리에 그레이스는 그만 가치관의 혼란을 품게 되었다.

"참 귀여운 아가씨입니다!"

"네?"

"보면 볼수록 귀여운 아가씨라서 라민 씨가 왜 저렇게 푹 빠졌는지 이해가 된다고나 할까요."

"귀여운 건가요?"

"당연하지요. 어찌나 사랑스러운 아가씨인지 라민 씨가 다 부러울 정도입니다."

제니가 좋은 사람이라는 것은 알고 있었다. 그러나 귀엽다거나 사랑스럽다고는 한 번도 느껴보지 못한 그레이스는 순간 자신의 미의식에 문제가 있는 게 아닌지 의심이 들기 시작했다. 어쩌면 제니는 굉장히 사랑스러운 여자이고, 자신의 잘못된 미의식 때문에 그동안 그녀의 외모를 낮게 평가한 것이 아닌지 말이다.

여기서 유의할 것은 언제나 그레이스 본인이 주장하듯 라민은 변태이고, 총관은 여자라면 다 좋아라 하는 사람이라는 점이다. 그러나 불행히도 미처 거기까지 생각하지 못한 그레이스는 이 순간부터 자신의 미의식을 진지하게 의심하게 되었다는 것이다.

"그런데 문제는 이대로 나가다간 제니 양의 카리스마에 오히려 집사가 압도당할 것 같은 걱정이 드는군요."

"……."

"집사는 여전히 공격할 때마다 망설이는 바람에 자세가 흐트러지고 온통 빈틈투성이로 변하는데도 내 공격이 집사에게 먹히지 않는 것을 보면, 확실히 대단하다는 생각이 들기는 합니다만 역시 그것만으로는 부족합니다."

"그러니 주요한 것은 강렬한 인상을 줄 수 있는 폼과 매끄러운 동작이라는 거지요?"

"일단은 그렇습니다."

"그래서 제가 대안을 곰곰이 생각해 보았는데 말입니다."

"대안이요?"

"네, 아무리 봐도 제가 이제 와서 공격하는 법을 배운다고 해도 하루 이틀 만에 고쳐질 성질의 것은 아닌 것 같아서요. 그래서 대신……."

그레이스가 내놓은 대안이라는 것에 총관이 자세히 듣고 있는 동안에도 제니의 창은 위협적인 기세로 돌아가고 있었다.

드디어 연극을 공연하는 날이 왔다. 많은 연습과 시행착오를 거치고 조연들 개개인의 특성과 버릇까지 파악해 제니를 교육시킨 총관의 자신감은 대단했다. 마치 총애하는 제자를 둔 스승의 자부심 같다고나 할까. 제니에 대한 그의 각별한 애정이 지나쳐서 라민의 주의를 살 정도였으니 말 다한 셈이었다.

연극의 막을 올리는 데는 레미나의 도움이 컸다. 기쁘게 장소를 물색하고 일의 추진 과정을 꼼꼼히 챙기는 것이, 영락없이 재미가 붙은 모양이라 사비나는 그녀가 혹시 이 일에 대해 나중에 기사화하지 않을까 내심 걱정을 할 정도였다. 그런 그녀의 걱정을 알았는지 레미나는 자신을 포함한 이 일에 개입한 이들이 살아 있는 동안에는 절대 소문내는 일은 없을 거라고 맹세를 했다.

"살아 있는 동안에는요? 그럼 그 후에는?"

"뭐, 어때. 그땐 이미 우리가 이 세상에 없잖아. 우리가 없는 세상에서 서로 뒤집고 볶든 뭔 상관이야."

"그럼 언니는요? 언니가 죽은 후에 이 사실을 알려봤자 사람들이 어떻게 반응하는지 볼 수가 없잖아요. 어차피 우리가 사라진 세상에서 우리들 이야기를 하게 만들 이유는 없다고 봐요."

"기록을 뭐 하려고 하는 건지 알아? 그건 이 세상에 우리가 없더라도 기억되길 바라기 때문이야. 하지만 기록이란 시간이 가면서 왜곡되고 변질되지. 가끔은 우상화가 되기도 하지만 여론에 의해 사냥당할지도 몰라. 물론 사후에 내가 어떤 꼴을 당할지는 모르는 일이고 지금부터 걱정할 이유는 못 돼. 하지만 말이야, 단지 객관적인 기록에 의해서만 평가되고 기억되는 자신에 대해 어떻게 생각해? 그들이 기억하는 내가 실제론 전혀 다른 내가 되어 있다면? 그래서 남기는 거야. 후대 사람들이 갈팡질팡하지 말라고, 또 기록과는 전혀 다른 이야기에 한번 골머리 좀 썩어보라고 장난도 치고 싶고. 마지막 갈 때 세상에다가 마지막 특종을 날리고 가는 거지."

레미나는 자신이 먼저 죽더라도 사비나와 그레이스가 살아 있을 때
까지는 특종을 퍼뜨리지 못하도록 조치는 할 테니 너무 걱정 말라는
위로도 덧붙였다.

"하지만 창피하잖아요."

"죽은 사람은 창피한 것도 부끄러운 것도 몰라! 그리고 이게 너에게
는 좋은 자극제가 될 거야. 나중에 이 사실이 알려진다고 해도 모두들
웃으면서 이야기할 정도로 흔들리지 않는 권위를 가진 공작님이 되어
있으면 창피할 것도 없는 일이잖아, 안 그래?"

등짝을 두들기면서 크게 웃는 레미나 때문에 사비나는 더 이상 아무
말도 하지 못했다. 손가락을 쫙 벌리고 때리는 레미나 때문에 등이 너
무 아파서 그만 눈물이 찔끔 나오고 말았다. 당장은 자신이 죽은 후에
대한 걱정보다 레미나의 저 무지막지한 손 좀 어떻게 해줬으면 하는
바람이 더 컸다.

후대에 어떻게 불릴지는 모르겠지만 총관은 이날의 연극을 이름하
여 야유회 습격 사건이라 했다.

야유회의 주최자는 레미나로 그녀는 총관이 준 목록에 있는 대로 근
래에 이름을 날리고 있는 젊고 실력있는 이들을 모두 초청했다. 하나
같이 한자리에 모아두기 어려운 이들이었지만, 에브람 후작의 영애가
주최하는 야유회에 초청되었는데 마다할 사람들은 없었다. 규모가 큰
야유회는 아니었지만 참석한 면모를 보자면 남녀를 불문하고 모두가
알아주는 가문에 미모와 실력까지 두루 갖추고 있는 이들이었다.

야유회의 장소는 이고르 공원이었다. 발라에 자리한 공원답게 이곳
은 오로지 귀족들만을 위해 마련해 놓은 곳이었다. 이고르 공원은 커

다란 호수 위에 일부로 만들어놓은 인공 섬이었다. 인공 섬과 육지를 잇는 길은 오직 하나의 다리밖에 없었다.

호수 위에 배를 띄우는 것도 금지시키고 인공 섬인 이고르 공원과 육지와 연결된 다리는 철저하게 통제를 하고 경비를 세워 아무나 드나들 수 없게 만든, 오로지 귀족만을 위한 공원인 것이다.

그런 곳을 오늘 하루 동안 레미나가 야유회를 위해 전부 빌려 버렸다. 물론 그 비용이 누구의 주머니에서 나왔는지는 굳이 말하지 않아도 알 것이다. 연극에 대해 알지 못하는 에브람 후작은 딸이 거금을 투자해 야유회를 열자 또 무언가 기사 거리를 만드는가 싶어 관여하지 않았다. 이미 카트린느지로 딸이 엄청난 수익을 보고 있다는 것을 알고 있으니 큰 씀씀이에도 이상하게 생각하지 않았던 것이다.

초여름답게 적당히 따뜻하면서 시원한 날씨가 더없이 야유회를 하기 좋은 날이었다.

"그럼 오늘 그 '집사'도 온다는 말인가요?"

"네, 하필이면 오늘 오후에 집사와 다른 볼일이 있어 같이 가야 할 곳이 있거든요. 조금 있다가 날 데리러 집사가 이곳에 오기로 했답니다."

"전에 보니 정말 공작님과 똑같이 닮았던데, 정말 집사로 만족한다는 건가요? 하긴 베르크너 가문이 단순히 핏줄이라고 해서 아무나 후계자로 삼지 않는다는 건 유명한 이야기니까. 자기가 알아서 분수껏 집사로 머물러 있기로 했으니 가문을 위해서는 다행한 일이겠네요. 주제도 모르고 설쳤다면 골치가 꽤 아팠을 거예요. 그렇죠?"

어느덧 그레이스가 화제로 오르면서 그에 대해 궁금한 것을 물어보는 이들이 많았다. 하지만 공작의 사생아에 일개 집사인 그에 대해 아래로 보는 시선은 어쩔 수가 없었는지 그들의 말투에는 그레이스를 무시하는 느낌이 역력했다.

비록 어머니가 다르지만 사비나에게 있어 그레이스는 엄연한 그녀의 혈육인데다가 사랑하는 오라버니였다. 당연히 그런 태도가 마음에 들 리가 없었다.

"오라버니는 아버지께서 인정하신 아들이고 우리 베르크너 가문의 한 사람이에요. 단지 오라버니가 친모의 성을 그대로 잇기를 바랐고 집사가 되기를 원해서였지 안 그랬다면 충분히 아버지의 후계자가 되고도 남을 분이에요. 설마 하니 오라버니를 후계자로 삼고 싶어 하셨던 베르크너 공작님의 안목을 의심하는 건 아니겠지요? 또한 공적인 자리에서 그는 분명 우리 가문의 집사이지만 사적으로는 내 오라버니이기도 해요. 분수? 주제? 베르크너 가문의 사람이 그런 소릴 들을 만큼 만만하게 보이나요?"

화기애애했던 분위기가 순간에 서늘해져 버렸다. 자신이 만들어낸 분위기에 압도당할 수 있으련만 사비나는 조금도 주눅 들지 않고 그레이스를 무시하는 발언을 한 이들을 하나하나 돌아가며 쳐다보았다.

오늘 야유회에 초대된 이들 중에서 가장 어린 사비나였지만 당차기로는 누구에게도 지지 않았다. 더욱이 그녀는 그레이스가 자신에게 했던 말을 분명하게 가슴에 새기고 있었다.

"전 사비나님을 위해 강한 사람이 되려고 하는 겁니다. 그게 비록 남들에게 보이는 거짓 강함이라고 할지라도 말입니다. 하지만 잊지 말아주세요. 제가 강하다면 사비나님은 저보다 더 강해져야 합니다. 그래서 강한 저를 내리누르고 그 위에 서세요."

지금 사비나가 보여주는 이런 모습을 가지고 강하다고 말할 수는 없을 것이다. 부드럽고 조용하지만 그녀의 아버지는 강한 사람이었다. 아무도 그걸 의심하지 않는다. 아무도 의심조차 할 수 없는 강함이란 어떤 것일까. 어떻게 하면 그렇게 보일 수 있을까 하고 많이 생각하고 고민도 했다.

힘있는 척, 거만하고 당당한 모습은 성격을 보여주는 것이지 강하다는 것과는 의미가 달랐다. 하지만 자신의 것을 지키는 자의 모습은 강할 수가 있다. 자신이 사랑하는 가족과 땅을 지키기 위한 본능, 그것이 그녀를 강하게 만드는 근본이었다.

지키고 싶은 것도 제대로 지키지 못하면서 강함을 말할 수는 없는 거다. 이것이 그녀의 시작이었다. 사랑하는 것을 지키는 것.

"하, 하지만 우습잖아요. 생모의 성을 잇다니. 누가 들으면 꽤나 대단한 가문의 후계라도 되는 줄 알겠네요. 듣자니 그 여자, 몸을 파는 창녀였다면서요?"

소문이라는 것이 정말 빠르기도 했다. 자신보다 한참이나 어린 사비나에게 순간 주눅이 든 것에 화가 났는지 필리아틴 후작의 영애인 셀리나는 그레이스에 대해 알고 있는 정보를 말하면서 맘껏 비웃었다. 이는 기껏해야 창녀의 아들이 잘나봤자 얼마나 잘났으며, 그런 여자나 상대했던 베르크너 공작을 은근히 비꼬는 말이기도 했다.

"그래서요?"

"그래서라니요. 당연히 그런 부끄러운……."

"나는 뭐가 부끄러운지 모르겠네요. 어린 여자가 혼자 몸으로 아이를 낳게 되었고, 그 아이를 키울 여력이 없을 때 선택할 수 있는 길은

그리 많지가 않아요. 오히려 아이를 위해 그런 길을 선택한 그분의 모
정에 난 감사드려요. 그분의 희생 덕에 지금의 오라버니가 우리 곁에
있을 수 있었으니까요."

"할 수 없었다면 죽어야지 그런 치욕을 당하며 산다는 게 애초에 자
존심이 없다는 이야기 아닌가요? 그러고 보면 자존심이 없는 게 모자
가 똑같은가? 부끄러운 줄 모르니 말이에요. 우리 가족이라면 명예를
위해 죽는 것을 선택하고 그것에 자랑스러워할 텐데 말이지요."

필리아틴 후작은 원래 섭정여왕파에 속한 이로, 근래 국왕파로 돌변
하고 있는 베르크너 공작에게 감정이 나빠져 있었다. 그것이 고스란히
자식인 셀리나에게까지 주입이 돼서 지금과 같은 상황이 생겨 버린 거
다. 어떤 식으로든 베르크너 공작과 연관된 것에 반박하고 내려 까지
않으면 속이 시원하지 않다는 듯이 말이다.

"그럼 당신은 죽으세요."

"뭐?"

"물론 필리아틴 후작님의 영애께 감히 그런 일은 생기지 않겠지만
치욕을 당하느니 차라리 죽겠다는 말, 잘 기억해 두겠습니다. 하지만
이것만은 말하고 싶네요. 자기가 사랑받고 있다는 것을 알고, 사랑하
는 사람이 있는 사람은 자신의 생명을 함부로 버리지 못해요. 아무리
자존심이 강하더라도 그것보다 더 소중한 게 있으니까요. 그런 면에서
쉽게 죽음을 말할 수 있는 당신은 어쩌면 불쌍한 사람인지 모르겠네
요."

지금까지 날카롭게 날이 섰던 사비나의 시선이 금세 측은한 눈빛으
로 변해 필리아틴 후작의 영애를 바라보았다. 더없이 가엾다는 눈빛은
그 이상의 어떤 감정도 품지 않고 있었다. 단지 저 불쌍한 사람과 내가

이 이상 무슨 말을 더 하겠냐는 단념이 섞여 있을 뿐이었다.

"자존심을 위해 죽음을 선택하는 당신을 자랑스러워하는 가족이라면 더 말하나마나군요. 잘난 자존심만도 못한 존재에게 더 이상 시간 낭비하고 싶지 않아요."

"이, 이이!"

동정은 다시 무시로 변해 있었다. 애써 그런 척하는 게 아니라 더는 앞에 있는 여자와 이야기를 나눌 가치를 느끼지 못했기 때문이다.

"아아, 우리 사비나도 화를 내니까 무섭네."

이제 열일곱 살로 보마르셰 후작의 조카인 아이린이 사비나의 목에다 팔을 두르며 능청을 떨었다. 사비나가 더는 논쟁하기 싫다는 얼굴로 고개를 돌리자 그에 맞춰 분위기를 풀기 위해서 나선 것이다. 또한 분에 못 이겨 따지려는 셀리나를 막기 위해서이기도 했다.

부모의 감정을 그대로 배운 건 셀리나만이 아니었다. 보마르셰 후작의 조카이다 보니 아이린 역시 그와 같아서 셀리나가 좋게 보이지만은 않았던 거다. 더욱이 작년에 보마르셰 후작이 발라에 올 때부터 조카인 그녀도 함께 올라와 백부의 저택에서 지내고 있었다. 나이가 차서 이번 기회에 발라에서 신랑감을 찾으라는 부모님의 조치였던 것이다. 그러다 듣고 보는 것이 섭정여왕파와 백부의 대립에 관한 이야기라 당연 필리아틴 후작은 물론 그의 딸도 좋게 보이지는 않았다.

"화를 낸 게 아니라 어이가 없어서 그랬던 것뿐이에요."

사비나의 해명에 아이린은 다 알고 있다는 듯 고개를 끄덕이며 말했다.

"이해해. 저 친구는 전혀 말이 통하지 않거든. 그럴 땐 이해시키는 것보다 그냥 무시하는 게 정신 건강에 좋아."

"다음부턴 나도 그럴 생각이에요."

부모들의 친분이라는 게 이럴 때 확연하게 드러난다. 아이린과는 몇 번 만나지 않았지만 베르크너 공작이 보마르셰 후작과 친한 만큼 그 동생과도 각별해서 이 두 가문의 아가씨들은 만나자마자 바로 친구가 될 수 있었다. 단순하게 알고 지내는 다른 가문의 여식들보다는 확실히 허물이 없고 진솔한 관계를 맺고 있었다.

"이런, 내 야유회를 망칠 셈이야? 오늘은 그냥 즐겁게 놀자고 마련한 자리라고."

경직된 분위기를 풀기 위해 이제는 레미나가 나섰다. 그녀는 잔디밭 위에 차려진 테이블 사이를 오가며 사람들에게 말을 걸고 농담을 주고받으면서 분위기를 주도했다. 사비나도 바로 얼굴을 풀고 다른 이들과 무리없이 어울리며 야유회의 흥을 즐겼다.

다만 제 분이 풀리도록 마음껏 화를 내지 못한 셀리나만이 얼굴을 찡그리고 있다가, 친하게 지내는 동무들에게 이름과 성을 거론하지 않은 누군가를 씹어댔다.

"까아아악!"

야유회가 한창 무르익어 가고 있을 때 한쪽 구석에서 음식을 마련하고 있던 하녀들의 비명이 울려 퍼졌다. 그와 동시에 뭔가 부서지는 소리가 나면서 음식을 만들던 하녀들이 사방으로 도망가는 모습이 보였다.

"뭐지?"

먼저 위험을 감지한 이가 검을 빼 들고 앞으로 나갔다. 때를 같이해 울창한 나무들 사이에서 한 건장한 사내가 모습을 드러냈다. 거구에 온몸이 근육으로 이뤄진, 한눈에 봐도 위험하게 보이는 남자는 야유회를 즐기는 이들을 발견하곤 피식 웃으며 느릿한 걸음으로 그들을 향해 걸어왔다.

"넌 누구냐?"

일단 기사의 칭호를 가지고 있는 이들이 아가씨들을 보호하기 위해 앞으로 나섰다. 그러자 사내는 비릿하게 웃을 뿐 아무 대답도 하지 않고 손에 들고 있는 창을 천천히 돌리기 시작했다. 사내는 이고르 공원과 육지가 유일하게 연결되어 있는 다리가 있는 곳에서 걸어왔다. 척 봐도 남루한 행색과 살기를 머금은 얼굴을 봐서는 좋은 뜻으로 온 손님은 아닌 게 분명했다.

"어, 어디서 본 것도 같은데……."

보호하려는 듯 자신의 가슴에 사비나를 꼭 끌어안은 아이린이 이제 막 등장한 사내를 보며 고개를 갸웃거렸다. 처음 보는 사내였는데도 왠지 느낌이 낯익었다.

"보통 저런 근육질의 사내들은 얼굴이나 몸이 꼭 비슷비슷해서 누가 누군지 구별이 가지 않아요."

"하긴 그래. 그런데 일이 이 지경인데도 라민 씨는 어디에 있는 거야?"

"라민?"

"아! 큰아버지가 고용한 용병인데, 오늘 내 호위로 따라왔거든. 하지만 다른 사람들은 공원까지 호위를 데리고 오지 않은 걸 보고 나만 호들갑 떤 것 같아서 그냥 근처에서 편히 쉬라고 일렀거든. 그러고 보니 저 사람 라민의 애인하……."

"앗! 싸우려나 봐요."

아이린이 이것저것 말하다가 창을 든 사내가 라민의 애인인 제니와 왠지 비슷하다고 말하려는 순간 사비나가 앞쪽을 가리키며 급박하게 소리쳤다. 두 사람이 이야기하는 와중에 분위기는 점차 험악해져서 서로 무기를 빼 들고 있었다.

"무슨 이유인지는 모르겠지만 행패도 사람 가려가면서 하는 거라고 했다. 넌 오늘 날을 잘못 골랐어!"

자신만만한 표정으로 가장 앞에 나선 것은 최근 발티란트국과의 교전에서 공을 세워 이름을 날린 휴이 경이었다. 그도 처음엔 사내의 덩치를 보고 움찔했지만, 이내 그가 지금까지 많은 용병들과 검을 섞으면서 알게 된 것이 생각났다. 저렇게 온몸이 근육인 경우엔 일부러 몸을 만든 경우가 많았다. 정말 훈련으로 다진 몸은 저렇게 과장된 근육이 생기기 어렵기 때문이다.

결국 눈앞의 사내는 겉멋만 든 나부랭이에 불과하다는 결론이 나왔다. 아니면 기껏해야 힘만 믿고 눈에 뵈는 게 없는 녀석일지도. 여유롭게 손안에 든 검을 좌우로 돌리면서 휴이 경은 사내에게 마지막 경고를 보냈다.

"목적이 무엇이지? 그리고 이곳은 너 같은 녀석들이 쉽게 들어올 수 없는 곳일 텐데 어떻게 들어온 거냐? 사실대로 고백하고 용서를 빈다면 선처해 주겠다."

하지만 휴이 경의 경고에도 사내는 비릿한 미소를 지을 뿐 아무런 대답을 하지 않았다. 그것이 사내의 도발이라 생각한 휴이 경은 하는 수 없다는 표정으로 검을 들고 앞으로 걸어갔다.

아가씨들이 놀라니 최대한 빨리 끝내고 이 무도한 이를 치워 버릴 작정이었다. 그러나 유감스럽게도 치워지는 이는 바로 그였다. 본격적인 공격도 하기 전에 휴이 경은 사내가 돌린 창끝에 맞고 뒤로 날아가

버린 것이다. 그야말로 정말 하늘을 난다는 표현이 맞게 공중으로 붕 뜨다가 땅바닥에 널브러지고 말았다.

"까악!"

난데없는 사태에 나오는 것은 비명밖에 없었다. 이고르 공원은 귀족들이 편안하게 유흥을 즐길 수 있도록 쾌적한 환경과 완벽한 경비를 제공하는 곳이었다. 그래서 난봉꾼은 물론 그 흔한 시비조차 붙었다는 소릴 들어본 적이 없었다. 그런데 지금은 완전히 어수선한 시골장터처럼 되어버렸다.

"이자가!"

다른 하나가 화를 내며 무도한 사내를 향해 검을 뽑았지만 그 역시 좀 전의 휴이 경과 다르지 않은 운명을 걸었다. 이 둘만이 아니었다. 왕국 기사단의 1부대에 속하는 이들과 휴이 경과 같이 인접국과 있었던 전투에서 공을 세워 이름을 날린 자들도 있었지만 결과는 마찬가지였다.

하나같이 젊은 나이에도 불구하고 그 이름이 현혁하고 훌륭한 태생을 가진, 무엇 하나 빠질 것 없다 자부하던 이들이 하나씩 무도한 사내의 창에 의해 모두 하늘로 날아가 버린 것이다.

푸르른 잔디가 정갈한 공원 바닥에 널브러진 십여 명의 사내들을 보며 귀하게 자란 아가씨들은 그 자리에서 그만 주저앉고 말았다. 그들이 있는 곳은 공원이었다. 그것도 호수 위에 따로 만들어놓은 인공 섬으로, 유일하게 육지의 연결되어 있는 길은 지금 무도한 사내에 의해 막혀 있었다.

이 공원을 오늘 하루 이들이 전부 사용하기로 하였기에 어디다 도움을 요청하기도 불가능했다. 그네들이 데리고 온 하인들은 아까 전에 도망을 친다는 게 자신들의 주인이 있는 곳으로 와서 육지에 이 사정을 알릴 수도 없게 되었다. 기껏 데려왔던 호위들도 모두 이고르 공원 밖에서 기다리고 있었는데 그들이 이 사내를 보았는지는 미지수다. 아니면 그들도 이 사내에게 당했을지도 모르는 일이었다.

"아악! 아아아앙!"

비명이 울음으로 변해 사방에 울러 퍼졌다. 그 모습을 가만히 지켜보던 무도한 사내의 얼굴이 점차 붉게 변하고 있었다. 뭐가 불만인지 얼굴이 험상궂게 일그러지면서 차갑고 징그러운 눈으로 널브러진 사내들과 여자들을 번갈아 쳐다봤다.

그 시선에 움찔한 여자들은 몸을 사리며 뒤로 물러났다. 아이린도 사비나를 얼른 자신의 품에 안으며 흠칫 몸을 떨었다. 뭐라고 형용할 수 없지만 점점 붉어지는 얼굴과 핏발이 선 사내의 눈동자에서 이상한 광채가 흐르는 게 위험하다는 생각밖에 들지 않았다.

자신을 꼭 안고 벌벌 떨고 있는 아이린의 등을 토닥여 주면서 사비나는 지금이 자신이 나설 때라는 걸 알았다. 총관이 이르기를, 겁이 나서 벌벌 떠는 다른 아가씨와 같이 조용히 있게 된다면 아무런 빛도 나지 않는다고 했다. 그냥 평범한 여자들 중에 하나로 전락하기 때문에 이럴 때야말로 강렬한 인상을 남겨야 한다는 거다.

그것이 비록 이기지는 못하더라도 다른 이들과는 다른 특별함을 그녀에게 안겨줄 거라고 했다.

"대체 무슨 일 때문인 거죠?"

"사비나?"

사비나는 아이린의 품에서 나와 앞으로 걸어가며 총관이 열심히 적어준 각본에 따라 대사를 읊었다. 사실 굉장히 낯이 간지러운 대사들이 많아 사비나는 그냥 자신이 알아서 하겠다고 했지만 총관이 제발 사용해 달라고 했다. 처음부터 끝까지 자신의 완벽한 각본에 의해 돌아가는 연극을 보고 싶다면서 말이다.

돌연 앞으로 나서는 사비나를 아이린이 놀라서 붙잡았지만 돌아오는 것은 평정하고 아름다운 미소였다. 이런 상황에 과연 저런 미소가 가능한지 의아해하는 동안 사비나는 앞으로 걸어갔다.

"당신이 누구신지 모르겠지만 이것이 얼마나 엄청난 짓인지 알고나 하는 건가요? 기회를 드리겠어요. 지금이라도 이곳을 떠난다면 당신을 쫓지 않겠습니다."

"……."

사비나가 내놓은 타협안에도 사내는 무관심했다.

"혹시 이곳에 있는 분들 중에 원한이라도 산 이가 있나요?"

사비나의 물음에 사내는 그저 고개를 저었다.

"그럼 누군가의 사주로 우리를 암살하기 위해 온 분인가요?"

사내는 계속 고개를 젓는 것으로 대답을 대신했다.

"그렇다면 이런 무의미한 폭력이 당신에게 무슨 의미를 주는지 모르겠군요. 원한도 아니고 사주를 받은 것도 아니라면 무고한 사람들에게 이게 무슨 짓이죠? 단지 즐기기 위해서 이런 무도한 짓을 아무렇지도 않게 할 만큼 인간이 잔인하다고 생각하고 싶지 않아요."

이해가 되지 않는다는 사비나에게 사내는 입꼬리를 말아 올리며 음침하게 웃어댔다. 긍정도 부정도 하지 않는 그는 천천히 창을 들어 사비나에게 그 끝을 갖다 댔다. 하지만 그와 사비나 사이에 널브러져 있는 몇 명의 남자들 때문에 생긴 거리로 창끝이 그녀에게 닿지는 않았다.

하지만 그의 작은 동작에도 사람들은 움찔하며 비명을 토해냈다. 다만 사비나만이 꿋꿋하게 턱을 올리며 사내를 노려보았다.

"그러나 당신 마음대로 되지는 않을 거예요. 당신이 무얼 원하고 무슨 짓을 하고 싶어 하는지 몰라도 순순히 당하고 있지만은 않을 테니까요. 물론 나는 당신만큼 강하지도 못하고, 당신에게서 나를 제대로 지킬 수 없을지도 몰라요. 하지만 당신에게 지는 것은 나약한 나의 몸이지 내 자존심과 긍지는 아닐 거예요."

사비나는 이런 대사를 읊고 있는 자신이 정말 창피했다. 왜 이런 낯 간지러운 대사를 해야 하는가, 그냥 총관의 부탁을 들어주지 말 것을 그랬다는 후회도 들었다. 하지만 그녀의 사정은 지금 앞에 있는 제니보다는 더 나은 형편이었다.

저 얼굴의 붉은 기가 사람들이 상상하는 것처럼 흉악한 흥분에서 생기는 게 아니라는 걸 사비나는 잘 알고 있었다. 연극 이전에 제니를 두 번이나 만나보았던 사비나는 그녀가 얼마나 수줍고 마음이 여린 사람인지 잘 알고 있었다. 그러기에 지금의 상황이 제니에게 얼마나 힘들지도 상상이 갔다. 지금 속상하고 창피한 것은 사비나가 아닌 제니였다.

그러나 사람들의 눈에 사비나는 누구보다 당당하고 강해 보였다. 한 대 치면 당장이라도 쓰러질 것처럼 보이는 이 연약한 여자애에게서 이런 용기가 어떻게 나오는가 싶을 정도였다.

휴이 경을 비롯해 바닥에 널브러져 있던 사내들이 하나씩 자리에서 일어섰다. 저 어린 소녀도 자신의 긍지를 위해 저리 당당하건만, 창에 맞아 하늘 좀 날았다고 정신을 잃고 쓰러져 있던 자신에게 화가 나고 수치스러운 그들이었다.

"사비나님은 뒤에 물러 계세요. 여러분들을 지키는 것은 우리입니다."

가장 멀리 날아가 떨어져 있었던 제이드가 사비나에게 다가와 그녀를 아이린에게 인도해 주며 겁에 질려 있는 여인들을 안심시켰다. 무도한 사내와 대치 중인 일행에게로 돌아가는 그의 뒷모습이 조금은 멋있어 보였다.

"그래, 우리 모두를 상대로 그 잘난 힘자랑을 계속할 수 있는지 두고 보자!"

무도한 사내의 힘은 상식으로는 도저히 설명할 수 없는 것이었다. 창끝에 달린 날이 이상하게 뾰족하지 않고 뭉툭했기에 망정이지 조금이라도 날이 시퍼렇게 서 있었다면 이렇게 서 있는 것도 불가능했을 것이다. 저런 사내라면 십여 명이 한꺼번에 덤빈다고 해도 전혀 창피하거나 수치스럽지 않았다. 상대는 이미 더 이상 사람이라 볼 수가 없었다.

"아니! 너는?"

무도한 사내를 가운데 두고 사위에서 공격에 들어가려던 이들은 갑자기 들린 낯선 목소리에 놀라 잔뜩 긴장한 채 소리가 나는 쪽을 보았다. 행여나 무도한 사내의 동료가 나타났다면 난감한 일이 아닐 수가 없었다.

"앗! 라민 씨, 대체 어디에 있었던 거예요?"

"호위할 필요 없다고 하기에 저 뒤편에서 낮잠을 자고 있었죠. 그런데 하도 시끄러워서 일어나 와봤더니…… 어떻게 저자가 이곳에 있는 거죠?"

"아는 자인가?"

새로 나타난 이가 광풍의 라민으로 아이린의 호위로 왔다면 안심할 일이었다. 그런데 라민이 무도한 사내를 보고 아는 척을 하자 제이드 가 얼굴을 찡그리며 서둘러 물었다.

"이름은 전혀 알려진 바가 없어서 모르지만 정말 잔악무도한 자입니다. 재미로 살인을 즐기는 놈이죠. 여자라면 임산부에서 팔순 노인까지 가리지 않고 겁탈하는 건 보통이고, 전에는 이미 죽은… 아가씨들이 있으니 더 이상은 말하지 않겠습니다만 정말 제대로 미친놈입니다. 달란스국에 일 때문에 갔을 때, 당시 밤마다 가정집에 침입해서 그 가족들을 모두 도륙하고 다니는 살인귀가 있었죠. 결국 꼬리가 밟혀 쫓기는 것을 보고 제 일은 아니었지만 하도 무도한 녀석이라 동료들과 함께 저놈을 잡으려 나섰다가 그만 동료들은……. 저 혼자만 살아남았었습니다."

라민의 분노에 떠는 설명에 자리에 있던 모든 이가 경악에 떨며 무도한 사내를 바라봤다.

하지만 가만히 듣고 있던 제니의 분노도 만만치 않은 상태였다. 방금 라민의 대사는 그녀도 알지 못하던 내용들이었다. 총관과 라민이 며칠 쑥덕거리는가 싶더니 이렇게 화려한 경력을 만들어 버린 거다.

"후으으으."

분노를 삭이는 제니의 입에서 가느다란 한숨이 새어 나왔다. 하지만 그녀가 부들부들 떨며 내는 한숨 소리는 보는 이들로 하여금 그것이 라민의 말을 인정하는 웃음으로 들렸다. 단순히 무도한 게 아닌 희대의 살인마라는 소리에 이미 몇몇 사람들은 이고르 공원의 푸른 잔디가 붉은색으로 변하는 것을 상상하고 말았다.

"오늘에야 네게 동료들의 복수를 할 수 있겠구나!"

의협심에 불타오르는 모습으로 라민은 제니의 바로 뒤에 가 섰다. 제니로서는 뒤쪽을 방어하는 게 가장 취약했기에 그곳에서 다른 이들이 그녀를 공격할라 치면 교묘하게 막아줄 요량이었다.

광풍의 라민이 자신들과 합세를 하자 은연중에 자신감이 붙은 이들은 눈짓으로 서로 의견을 나눈 뒤 동시에 제니에게 덤벼들었다.

하지만 불행히도 제니는 진심으로 화가 나고 속이 상한 상태였다. 단지 악역으로 아무 말도 하지 않고 창만 휘두르면 되는 일인 줄 알았더니, 그런 '경력'을 가진 악역인 줄은 정말 몰랐던 것이다. 생전 듣도 보도 못한 망측한 단어들에 자신을 경멸하며 쳐다보는 사람들의 눈빛. 너무 창피해서 고개도 들지 못할 일이었다.

그러나 제니는 입을 앙다물었다. 그레이스가 왜 이 일을 하게 되었는지, 이 일이 그에게 어떤 의미가 있는지를 생각하자면 창피한 것도 일단은 참아야 했다.

제니는 두 손으로 창을 꼭 쥐었다. 그래, 한번 끝까지 가는 데까지 철저히 악역이 되어보자. 화를 내고 창피해하는 것은 그 후에 해도 늦은 게 아닐 테니. 제니는 눈을 감고 총관이 가르쳐 주었던 동작들을 하나하나 순서대로 그려보며 따라 했다. 하지만 눈에서 설움의 눈물이 흐르는 것은 막을 수가 없었다.

혹자는 나중에 이것을 두고 핏빛 진한 광무(狂舞)라 했으며, 또 다른 이는 미친 살인광이 흘리는 거짓된 눈물만큼 잔인하고 추악한 것은 없다고 했다. 또한 무도한 그 살인마의 눈에서 눈물이 흐르는 것과 동시에 이고르 공원에는 혈우가 내리기 시작했다며 미친 듯 몸을 떨어대기도 했다.

그리고 이날의 모든 진실을 아는 무도한 제니는 고백하기를, 그날의 자신은 자신이 아니었다고 수줍게 고개를 돌렸다. 더욱 솔직하게 파고들자면 무도한 제니는 순간 이성을 잃을 정도로 화가 났으며 자신이 무엇을 하는지도 정확하게 파악하지 못했다라는 게 진실이었다. 그랬다면 사랑해 마지않는 라민의 오른쪽 볼을 그렇게 무자비하게 난타하지는 않았을 테니 말이다.

모든 일의 전후를 알고 있는 사비나와 레미나마저 놀라서 자리에 주저앉아 버릴 정도로 결과는 참혹했다. 그리고 점차 이성을 찾아가던 제니도 자신이 저지른 일에 놀라 창을 두 손으로 꼭 잡고 눈을 휘둥그레 떴다. 그러다 저 멀리 뒹굴고 있는 라민을 발견하곤 놀라서 손으로 입을 가리며 소리쳤다.

"어머!"

순간 지금 여기가 어디인지 망각한 제니는 라민에게로 달려갔다. 제니가 라민을 끌어안고 얼굴을 매만지는 것을 본 사비나는 급한 마음에 자리에서 벌떡 일어나 외쳤다. 잘못하다간 여기에서 모든 게 들통나고 계획이 틀어질 수가 있었다.

"그만두세요! 그분은 이미 많이 다쳤어요. 그렇게 만들어놓았으면서… 너무 잔인하잖아요!"

처음에 제니가 라민에게 뛰어가 그를 부둥켜안는 장면을 보고 이상하게 여겼던 이들은 사비나의 외침에 다시 한 번 경악할 수밖에 없었다. 저 미치광이는 라민에게 원한을 품고 이미 전투 불능인 그를 끝까지 처리하려는 것이다.

"이제 우린 죽었어! 이게 다 레미나 때문이야! 왜 하필 이런 곳에서 야유회를 하자고 해서 우릴 이런 꼴로 만든 거야!"

셀라나가 레미나를 보며 악에 받친 듯 소리쳤다.

"그러고 보니 셀라나는 처지가 좀 낫겠네."

"뭐?"

셀라나는 자신을 보고 옆에서 빈정거리는 아이린에게 도끼눈을 뜨고 물었다.

"라민 씨가 저 살인마를 두고 했던 말 기억하지? 하지만 넌 아까 치욕을 당하느니 자존심을 지키기 위해서 죽을 거라고 했잖아. 네가 죽으면 너희 가족들도 자랑스러워할 테니 우리보다 덜 억울할 거 아니야."

"너!"

"싸우지들 마. 그리고 셀라나, 이번 일 정말 미안하게 됐어. 만약 여기에서 우리들이 살아남게 된다면, 사과하는 의미에서 앞으로 다시는 어떤 모임이 있더라도 널 초대하지 않을게."

"머, 머어⋯⋯."

셀라나가 다시 한 번 입을 다물지 못해 어버버거리고 있을 때에, 라민을 안고 있던 제니는 사비나의 외침에 상황을 깨닫고 천천히 자리에서 일어나 여자들이 있는 곳으로 갔다. 히죽히죽 웃으며 다가오는 살인마 때문에 모두가 그 자리에 얼어붙어 꼼짝을 하지 못했다.

오죽했으면 서로 앙숙 같던 셀라나와 아이린이 서로 부둥켜안으며 바들바들 떨고 있을 정도였다. 이때 다시 한 번 총관의 지시를 상기한 사비나는 앞으로 가서 그들을 보호하듯 두 팔을 벌렸다.

"더, 더 이상 다가오지 마!"

총관이 또 뭐라고 대사를 적어주긴 했지만 지금의 사비나는 아무것도 기억나지가 않았다. 방금 전의 광포했던 제니가 뇌리에서 사라지지 않아 조금은, 아니, 상당히 그녀가 무서웠다. 이때 연극이 절정에 다다랐다는 것을 알리듯 저 앞에서 그레이스의 목소리가 들렸다.

"사비나님! 아니, 대체 이게 무슨 일이죠? 섬의 입구를 지키는 자들도 모두 기절해 있던데."

"오라버니!"

주인공이 나타나자 악당은 흠칫 놀라면서 뒤를 돌아보았다. 그레이스의 등장에 사비나는 기쁜 듯 소리쳤지만 이미 미치광이의 광기를 본 자들은 그의 등장에도 시큰둥했다. 특급 용병인 광풍의 라민과 바르제바에서 알아주는 신예들마저 이기지 못한 미친놈을 그레이스가 어쩔 수 있을 거란 기대도 전혀 없었다.

많은 사람을 상대했음에도 전혀 힘들어하는 기색이 없는, 오히려 더 힘이 나는 듯 생생한 사내와 마르고 그리 대단해 보이지 않는 그레이스의 대결에 기대를 거는 바보는 없었다. 이때까지는 분명히 그랬다.

"이분은 누굽니까?"

그레이스가 건조한 음성으로 제니를 가리키며 묻자 셀라나가 신경질 섞인 목소리로 꽥 소리를 질렀다.

"그 미치광이 보고 이분이라니! 저 녀석도 미쳤군."

사비나와의 대화 후에도 여전히 그녀에게 있어 그레이스는 일개 사생아에 보잘것없는 집사였다. 그 순간 마침 뒷걸음을 치던 사비나가 발로 정확하게 그녀의 얼굴을 차버렸다.

"어머! 죄송해요. 뒷걸음질한다는 게 그만."

뒷걸음치는 사람의 보폭치고는 너무 큰 데다가 무릎을 접은 각도가 심히 의심스러웠지만 사비나의 발바닥에 맞은 코가 너무 아파서 셀리나는 아무 말도 못했다. 코피를 주르륵 흘릴 정도로 신체가 아팠던 적이 없었던 셀라나는 손바닥에 묻은 피만으로도 충분히 기절할 만했던 것이다.

"당신이 이런 겁니까?"

바닥에 쓰러져 있는 이들을 가리키며 그레이스가 예의 냉랭한 목소리로 제니에게 물었다. 대답 대신 까닥까닥 고개를 끄덕이는 제니를 보며 그레이스는 허리에 차고 있던 빨랫방망이를 손에 쥐었다.

그리고 우아한 손짓으로 사람들의 시선을 자신에게로 집중시킨 그레이스는 빠르게 주문을 외웠다.

"차가운 열정이 그대의 뜨거운 심장을 얼려 내 곁에 머물게 하리."

지금 것은 자신을 배신한 연인에게 복수하는 연애소설을 읽고 감명을 받은 카이룬이 즉흥적으로 만든 마법이었다. 특이한 효능이 있는 건 아니지만 주위의 온도가 내려가면서 강한 바람을 불러일으키는 마법이었다.

마법을 시전하자 푸른 잔디 위로 하얀 서리가 내리더니 주위에 강한 바람이 불며 제니에게로 몰려갔다. 때 이른 서리로 하얗게 변한 잔디와 분홍색의 마나가 주위로 퍼지면서 하얀 안개에 냉기가 서린 바람이 제니를 덮치는 광경은 일대 장관을 이루었다.

하지만 정작 제니에게 몰려든 바람은 그렇게 춥거나 강하지는 않았다. 적당히 머리를 휘날릴 정도의 초여름 날씨에 등을 식혀주는 정도로 기분 좋은 바람이었다. 카이룬이 읽은 소설은 자신을 배신한 연인에게 하나하나 복수를 행하던 주인공이 정작 마지막에는 복수를 포기해 버리는 이야기였다. 사랑이란 게 끝났다고 해서 그 마음까지 끝나 버린 게 아니었던 거다.

그 소설을 읽고 며칠을 울던 카이룬이 즉흥적으로 만든 것답게 이 마법은 주위의 것들은 모두 차갑게 얼려 버리면서도 정작 마법의 객체에게는 시원하면서 기분 좋은 바람만을 남기는 것이었다.

하지만 제니는 자신에게 와 닿는 바람에 몸을 버티기도 힘든 것처럼 연기를 해 보였다. 굉장히 어색한 동작이었지만 분홍색 마나와 하얀 냉기 서린 바람들 때문에 자세히 보이지는 않았다. 하지만 악당답게 그녀는 강한 바람을 이겨내고 그레이스를 향해 걸어갔다.

긴 창을 높이 들고 그레이스를 내려치는 제니의 동작은 왠지 느리면서 극적인 긴장감을 연출했다. 느린 듯 유려한 동작들을 연결시킨 그레이스는 제니의 창을 빨랫방망이로 강하게 받아쳤다.

차가운 바람이 몰아치는 와중에 얼음이 깨지듯 제니의 창이 산산이 부서지면서 사방으로 날아갔다. 검은 파편들이 바람에 실려 흩어지면서 분홍색 마나 사이로 보이는 그레이스는 신비로운 은색 머리칼을 휘날리며 제니의 목을 손으로 감아쥐고 있었다.

그리고 또다시 주문을 외우는가 싶더니 검은색 긴 끝들이 그의 뒤에서 나와 제니의 몸을 동동 감아버렸다. 간간이 매듭을 잇는 곳에 어울리지 않은 나비 리본이 보이는 듯했지만, 검은 리본 끈이 제니를 감아버리면서 모두 검게 보이는 바람에 일일이 나비 리본을 구분할 수는 없었다.

제니와 그레이스의 싸움에 대한 평을 하자면, 자세히는 보이지 않았지만 환상적인 마법으로 악당을 제압한 그레이스의 압도적인 승리로 보였다. 뭔가 신비로운 듯 음산하면서 아름다운 마나가 시야를 왔다 갔다 하더니 살을 에는 차가운 바람으로 악당을 꼼짝 못하게 만드는 걸 보았다.

그래도 강하게 저항하던 악당이 위협적인 창으로 공격해 오자 보잘것없어 보이는 짧은 막대기 하나로 창을 산산조각 부숴 버렸다. 마법사라고 들었는데, 그 모습을 보니 힘으로도 절대 꿀리지 않는 위용을 가지고 있다는 걸 짐작케 했다.

그때 아스라이 흩어지는 파편들과 바람에 휘날리는 약간 긴 듯한 그레이스의 머리카락이 사람들의 시선을 잡고 놓아주지 않았다. 백금의 머리칼 사이로 보이는 시리도록 차가워 보이는 푸른 눈동자는 아무 감정도 품지 않은 보석처럼 아름다우면서 한없이 냉정해 보였다.

그리고 누구도 신경 쓰지 않고 곧바로 사비나에게 달려간 그는 그녀가 어딜 다치지나 않았는지 조심스럽게 살피며 상태를 물었다. 그 모습이 너무 자상해서 누구도 이 아름다운 오누이의 사이를 의심할 수가 없었다. 서로 아끼고 사랑하는 바람직한 가족의 모습이었다.

뜻밖의 구세주로 인해 살아난 이들은 하나같이 이날의 그레이스에 대해 이야기하기 바빴다. 부상으로 인해 당시 의식을 잃은 이들은 무도한 살인자를 그레이스가 처치했다는 말을 절대 믿으려 하지 않았다. 그들이 기억하기에 그 살인자는 인간이 아니었다. 이미 인간의 범주에서 벗어난 존재와도 같았다. 그런데 그런 자를 제압한 그레이스는 그럼 무엇이란 말인가.

그들이 부정하면 부정할수록 그 살인자에 대한 평가는 점점 과대해지고 그런 자를 제압한 그레이스에 대한 환상을 심어주었다.

이런 상황을 만든 가장 결정적인 계기는 그 일이 있은 지 며칠 후에 이 사건의 전말과 당시의 장면들이 그대로 카트린느지에 실리게 된 것이 컸다. 기사는 처음 에브람 후작의 영애가 야유회를 주최한다는 정보를 듣고 몰래 이고르 공원에 잠입했다는 것에서 시작했다. 그리고 뜻밖의 불청객이 등장했고 이후의 일들을 아주 자세히 설명해 놓았다.

특히 전쟁 영웅들과 왕국기사단 소속의 기사들은 물론 광풍의 라민까지 처참하게 망가진 모습은 사람들에게 엄청난 충격을 주고도 남았다. 그리고 가장 어린 나이에도 꿋꿋하게 버티며 살인마 앞에서 두 팔을 벌리며 막고 있는 사비나의 모습은 훈훈한 감동을 주었다.

하지만 가장 사람들에게 강렬한 인상을 주었던 것은 마법을 시전한 후에 창과 짧은 막대기를 서로 맞대며 대치하고 있는 살인마와 그레이스의 모습이었다. 또한 산산이 부서지는 검은 창의 파편들 사이로 무심하게 살짝 눈을 내리감고 있는 그레이스와 바람에 날리는 백금의 머리카락들이 묘하게 신비롭고 멋있었다.

기사는 그레이스가 살인마를 긴 끈 리본으로 둘둘 말아 베르크너 공작에게 데려갔고, 살인마는 며칠 밤낮을 발악하다가 결국 자살하고 말았다고 사건 후의 이야기까지 자세히 기술했다.

그리고 카트린느지에는 이고르 공원을 빠져나오면서 레미나가 그레이스에게 왜 살인마를 저렇게 조금의 빈틈도 없이 리본으로 둘둘 묶어놓았냐고 물은 얘기까지 실려 있었다. 그녀는 그냥 손발만 묶어도 충분하지 않았냐고 더불어 물었고 그는 이렇게 대답했다고 한다.

"더러운 건 맨손으로 만지고 싶지 않습니다."

연극은 성공리에 막을 내렸다. 하지만 그 여파도 만만치 않았다. 레미나는 그날 부상당한 이들을 보며 사비나에게 살짝 속삭이기를, 이 일은 마지막에 마지막까지 비밀로 부칠 거라며 자신의 말을 번복했다. 이유를 묻는 사비나에게 레미나는 난처한 듯 이야기했다.

"이 이야기의 진실이 알려지면 우린 정말 매장돼!"

자신들이 죽은 후의 일에 대해 신경 쓸 이유 있냐고 했던 레미나의 생각을 바꿔 버릴 만큼 그날 부상자들의 상태는 끔찍했다.

또 사비나는 그녀의 발에 차여 코피를 흘린 바람에 기절해 버린 셀리나를 찾아가 끝까지 사과를 요구했다.

"당신이 그렇게 경멸하던 우리 오라버니의 모친 덕에 지금 당신은 이렇게 살아 있는 거예요. 고맙다는 말까지는 바라지 않을게요. 하지만 당신이 했던 말들에 대한 사과는 꼭 받아야겠어요."

사비나의 의지와 끈기는 대단했다, 취재할 때의 레미나만큼이나. 결국 셀리나는 그레이스에게 직접 사과한다는 말과 고마웠다는 인사를 해야만 했다.

마지막으로 이번 연극의 가장 큰 공로자인 제니에 대한 치사는 아무리 해도 부족할 뿐이었다. 돌아가면서 고맙다는 인사와 성의를 가득 담은 선물을 했지만 무도한 제니의 우울한 심정을 바꾸지는 못했다. 그레이스를 도와준 것은 기쁘고 후회는 없었다. 그러나 강간범에 연쇄 살인범 역을 맡았다는 것은 심약한 그녀로서는 상당한 충격이었다. 카트린느지에 그녀의 모습은 굉장히 흐리고 전체적인 모습만 보여주어서 아무도 그녀의 얼굴을 모름에도 이제부터 어떤 낯으로 돌아다녀야 할지 앞이 막막할 뿐이었다. 그리고 더불어 불만을 말하자면 카트린느지의 기사에 실렸던 더러운 어쩌고 했던 그레이스의 이야기는 심히 불쾌하기도 했다.

때문에 평상시 냉정을 유지하던 그레이스가 제니에게 사과하며 용서를 빌어야 했던 것은 두말할 필요도 없었다. 그가 더럽다고 했던 건 제니가 아닌 그녀의 몸에 묻어 있던 피였다면서 어울리지 않는 변명까지 늘어놓았다.

그리고 정말 그게 사실이기도 했다. 매사에 뻣뻣하고 냉정하기만 한 그레이스의 모습만 알고 있었던 라민은 여전히 냉막하고 무표정한 얼

굴이지만 왠지 쩔쩔매는 듯한 그레이스의 낯선 모습에 굉장히 유쾌해
했다. 그런 그레이스를 본 것만으로도 이번 일을 하기 잘했다는 생각
이 들 정도로 말이다.

"창피해!"

두 손으로 얼굴을 가리며 울고 있는 그녀를 상처를 다 치유한 라민
이 뒤에서 끌어안으며 조용히 속삭였다.

"그날 당신 정말 예뻤어."

"거짓말!"

"난 하늘에서 천사가 내려온 줄 알았다니까."

"피……."

"하지만 조금 재밌기는 했지?"

"뭐, 솔직히 말하면… 굉장히 재미있었어요. 나중에 기회가 있으면
우리 또 해요."

"그때는 무슨 역을 하고 싶은데?"

"으음… 해적!"

연인의 하루하루는 여전히 분홍빛 아름다운 나날들이었다.

구르는 돌은 부서지기 마련이다

STORY 41[F

STORY 41

구르는 돌은
부서지기 마련이다

라이아는 오그덴 제국에서 점술사로서 성공을 거두고 있었다. 이
안이 뒤에서 든든하게 지켜주고 있었기에 신변에 위험을 느낀 적 없이
여상한 나날들을 보내며 그녀가 원하는 생활을 하고 있었다. 우선 라
이아의 안전이 확보되자 그녀의 모친은 하고 싶은 일이 있으면 모두
해보라며 이안에게 딸을 맡기고 본인은 편하게 여행을 떠나 버렸다.
어떤 의미에선 모녀가 끔찍할 정도로 서로 닮은 부분이 많다고 할 수
있었다.

오그덴에 돌아와서도 라이아의 성격이나 생활 방식은 그전과 달라
진 게 전혀 없었다. 조금이라도 자신에 대한 대우가 소홀한 것은 참지
못하고, 하고 싶은 말이 있으면 여전히 참지 않고 모두 이야기해 버린

다. 다만 특이한 점이라면 함께 지내는 인물들이 몇 되지 않는 데다가 그녀의 어떤 말에도 그다지 흔들리지 않는다는 것이다.

가장 어린 마마린느만이 벌벌 떨면서 슬금슬금 라이아를 피하지만 그것도 잠시, 또 언제 그랬냐 싶게 쫄랑쫄랑 쫓아와서 주위를 어정거렸다. 게다가 가장 큰 변화라 하면, 예전이라면 그녀의 말에 소름 끼쳐 하며 슬슬 피했을 사람들이 그녀의 말 한마디라도 더 듣기 위해 돈을 내고 기다린다는 것이다.

어떤 이들은 고맙다고 인사를 하고, 또 어떤 이들은 그녀를 두려워 하면서 숭배를 했다. 지금까지 받았던 은근한 두려움이 아닌 경애와 존경을 담은 두려움은 같은 단어라고 해도 그 의미가 전혀 달랐다.

라이아의 명성은, 즉 그녀의 점괘가 정확하다는 의미를 함께 지니고 있었다. 그렇기에 그녀를 만나기 위해 금품을 싸들고 찾아오는 이들이 하루에도 끝이 보이지 않을 정도였다. 하지만 그녀는 하루에 여섯 명 이상은 만나지 않는 것을 철칙으로 하고 있었다.

사실 돈이 궁한 것도 아니었고 재미와 삶의 활력을 위해 하는 일이었다. 그리고 꽤 그럴싸하게 보호자가 되어주고 있는 호마린 자작에 대한 보답 비슷한 것이기도 했다. 그래서 걸신들린 듯 사람들을 만날 필요는 없었다. 정보를 얻을 수 있는 주요 인사들만 골라 면담을 해주기만 하면 되는 일이었다.

하지만 근래 오그덴 제국의 정세가 황태자 책봉과 맞물리면서 굉장히 급하게 돌아가기 시작했다. 얼마 전에 페도라 황자가 스무 살 생일을 맞이한 후에 더 이상 후계자 문제를 뒤로 미룰 수가 없게 된 것이다.

확실한 노선이 있는 사람들이야 망설일 것도 없고 고민할 이유도 없겠지만 대다수가 어디로 줄을 서야 하는지 걱정이 되고 생각이 많은 건 당연했다. 때문에 마지막 선택으로 점을 보는 경우가 많았는데, 개중에 가장 많은 이들이 찾는 게 라이아였다

"전에 페도라 황자 쪽에서 저를 만나고 싶다고 타진을 걸어왔다고 하셨죠? 뭐라고 답변하셨어요?"

"네가 그쪽과 연결되는 건 싫다고 해서 거절했는데, 그건 갑자기 왜?"

"이제라도 만날 수 있을까요?"

"네가 원한다면야 당장이라도 자리를 마련할 수야 있지만 갑자기 심경이 바뀐 이유를 들어도 될까?"

무슨 느낌이 있어서 페도라 황자를 만나기 싫었던 건 아니었다. 단지 황위 계승에 관련된 문제에 잘못 연루되면 후환이 복잡하기 때문에 알아서 몸을 사린 것뿐이었다. 그런 생각을 가지고 있던 라이아가 황자를 만나겠다고 마음을 바꾸니 이안도 내심 궁금해했다.

"그레이스에게서 편지가 왔어요. 마마린느에게 보낸 편지에다 내게 전하는 글까지 함께 보냈더군요. 그런데 내용이 어쩌나 구구절절 애절한지… 왠지 도와주고 싶단 생각이 들더라고요."

"애절하다고 사람을 도와주고 하는 성격이 아니잖아."

"그렇긴 하지만 그레이스가 은근히 사람을 잘 설득해요. 조목조목 상황 설명도 잘하고 사람을 궁지에 모는 것도 잘하고요. 나보고 다이안 전하를 이용할 생각이 없냐고 하네요."

"이용?"

이안이 그녀의 말을 따라 하며 묻자 라이아는 눈을 가늘게 뜨고 한쪽 입술로 웃으며 대답해 주었다.

"지금의 난 다이안 전하께서 어떻게 마음을 먹느냐에 따라 운명이 달라지는 처지잖아요. 그래서 전하도 어쩌지 못하는 그런 사람이 되는 게 좋을 거라는 충고와 그분께 꼭 필요한 사람이 되는 것도 좋을 거라네요. 다이안 전하라면 자신에게 쓸모있다 생각하는 사람은 아끼시는 분이라고요."

"필요라……."

라이아의 말을 조용히 되뇌어보는 이안이었다. 몇 달 동안 함께 있어본 결과 라이아는 정말 온실 속의 화초라는 걸 알 수 있었다. 세상 물정에 관심도 없고 자기만 편하면 세상이야 내일 망하고 나라가 어떻게 되어도 상관이 없다는 식이었다.

그래서 자신의 안위에 대해 신경을 많이 쓰는 편이면서도 스스로 해결하기보다는 주위 사람들에게 그냥 맡겨 버린 유형이었다. 그 과정에서 그녀는 오로지 자기가 하고 싶은 일을 하면서 상대의 요구에 따라줄 뿐이었다. 싫은 일이라면 그게 아무리 필요한 일이라고 설득해도 전혀 먹히지 않았다. 그런 그녀가 직접 복잡하고 귀찮은 일을 직접 하겠다고 나선다는 게 조금은 의문이었다.

"뭐, 이 상태라면 달리 불편한 것도 없고, 다이안 전하가 갑자기 마음이 변해서 나를 어떻게 할 거라고는 생각하지 않아요. 하지만 그레이스가 은근히 내 자존심을 건드리네요, 평생 그렇게 살 거냐고."

"평생 그렇게 살 거잖아."

"하지만 지금 내 방패막이 되어주고 있는 베르크너 공작님이 평생 사시는 건 아니잖아요? 그리고 내가 죽고 나면 호마린 자작님이 내 자식들까지 신경 써주지는 않을 거고요. 정말 그레이스가 아직 있지도 않은 자식들까지 걱정하게 만들어 버렸어."

"전혀 나 몰라라 할 정도로 그렇게 삭막한 사람은 아니야, 나는."

라이아의 말에 조금 찔리기는 했지만 이안은 시치미를 뚝 뗐다.

"그거야 모르는 일이죠. 그러니까 이렇게 남의 뒤에서 평생을 의지하며 살아야 된다면, 결국 언젠가는 내 의지를 지킬 수가 없는 날이 올 수 있다는 거죠. 지금이야 내가 하고 싶은 거 다 하게 해주겠지만 나중이란 게 모르는 거잖아요. 그레이스가 내게 그걸 깨닫게 해준 거예요. 언제나 지금 같을 수 없다고요. 그래서 다이안 전하께 난 눈엣가시지만 잘만 이용한다면 그분에게 굉장히 필요한 존재가 될 수 있다는 것을 보여주라는 거죠. 죽이기에는 너무 아까운 그런 사람이요."

"그것도 맞는 말이기는 하지."

이안은 귀를 만지작거리며 고개를 끄덕이다가 눈살을 찌푸렸다. 그녀의 생각에는 하나 위험한 함정이 숨어 있었다.

"네가 전하께 쓸모있는 존재가 되었다 치자. 하지만 사람과 사람 사이에는 믿음이 있어야 하는 거야. 전하나 너나 그 사이에 아무런 믿음이 없는데 전하께서 널 믿으려 하실까? 그분에게 네가 굉장히 유용한 사람이 될 수 있다는 것은 남에게도 그럴 수 있다는 이야기일 테니까. 그분은 언제나 널 의심하고 실험하려 들 거야. 넌 그걸 견딜 자신이 있니?"

라이아의 능력은 양날의 검이 될 수가 있다. 오늘은 내게 쓸모있는 능력이지만 내일은 다른 사람의 것이 될 수 있다는 의미였다. 다이안이 그걸 간과할 인물은 아니라고 이안은 자신했다.

"그 중재는 그레이스의 몫이에요."

"그레이스가?"

"내용이 애절하고 구구절절하다고 했잖아요. 그리고 나란 사람을 잘 아는 사람이니 자신있게 중재에 나서겠다는 거겠죠, 내가 다이안 전하의 위협이 될 만한 인물이 아니라는 거. 어차피 편하게 살 인생이 아니라면 피하기만 하는 건 나다운 일이 아니에요. 사람들에게 굽실거리며 비위 맞추는 것도 싫고. 이쪽 세계에 발을 들여놓은 이상 최고가 되어야겠죠. 그 아사틴 제국의 늙은 노파보다 더."

"넌 이미 최고야. 그 늙은이는 엉터리거든."

꽤나 쌓인 게 많았는지 이안은 아사틴 제국의 점술가 이야기만 나오면 얼굴을 찡그리며 툴툴거렸다.

"그거야 할아버지 생각이고요. 그리고 나도 베르크너 공작님께 받은 게 있는데 도움 좀 드리죠. 그래야 나중에 또 도움을 청하면 순순히 도와주실 거 아니에요."

"할아버지 아니라니까!"

"네네, 할아버지 아니에요."

"너 지금 그 말투가 더 기분 나쁘다는 거 알고 이러는 거지."

"너무 예민하게 굴지 말아요, 전혀 귀엽지 않으니까. 그리고 조만간 페도라 황자와의 자리나 마련해 주세요."

라이아가 부글부글 끓고 있는 이안의 앞에서 두 팔을 우아하게 흔들며 자리를 떠난 후에도 그의 속은 쉽게 가라앉지 않았다. 할아버지란 말에 반응을 보이니까 라이아가 계속 그 이야기를 꺼낸다는 건 알지만 그 소리만 들으면 진정이 되지 않는 건 어쩔 수가 없었다.

"아직 손자도 보지 않았는데 왜 할아버지냐고!"

이안이 주장하는 할아버지란 호칭의 정의는 나이가 아닌 손자의 유무였다.

페도라 황자와 라이아의 만남은 이야기가 나오자마자 일사천리로 이루어졌다. 원래 라이아와 만나고 싶어 했던 것은 황제의 정비인 황후였다. 후궁 소생의 왕자가 황태자 후보로 거론되는 마당에 매일매일 무척이나 속이 탔을 것이다.

게다가 유약한 자기 아들의 성격을 아니 그 마음이야 오죽했을까. 결국 속는 셈치고 최근 이름을 날리는 점술가와의 만남을 원했던 것이다. 그런데 건방지게도 그쪽에서 거절을 하는 바람에 불쾌하기도 하고 괜히 걱정이 되기도 했다. 행여나 자기 아들의 운명을 이미 알고 피하는 게 아닌가 하는 의심 말이다.

그래서 사람을 시켜 점술가를 납치해 오라는 명령도 여럿 했었다. 하지만 대체 어떤 이의 보호를 받는지 모두 실패하고 말았다. 결국엔 압력이라도 넣어서 데려올까 생각하고 있었는데, 갑자기 그쪽에서 먼저 만나기를 청해온 것이다. 그래 미룰 것도 없이 바로 약속을 잡았다.

라이아의 결정은 시기 적절한 일이었다. 만약 그녀가 계속 페도라 황자를 만나는 걸 거부했다면 아무리 이안이라도 힘든 상황에 봉착했을 터였다. 때문에 황자를 만나겠다는 라이아의 결심에 겉으론 표현하지는 않았지만 두 손 두 발 다 들고 환영하는 바였다.

물론 그 역시 다음 대 황제가 누가 될 것인지에 대해 미리 알게 된다면 좋겠다는 소박한 욕심을 가진 것도 부정할 수 없는 일이었다.

만남 자체가 극비리에 진행되는 바람에 만나기까지 굉장히 복잡한 절차를 거쳐야만 했다. 마차를 무려 세 번이나 갈아타고, 골목이란 골목은 다 돌고 나서야 제국의 수도인 시토름의 외곽에 자리한 아담한 별장에 도착할 수가 있었다.

물론 장소는 황후 쪽에서 제시한 것으로, 마지막에 탄 마차 역시 황후가 제공한 것을 타고 왔기에 라이아는 이곳의 정확한 위치를 알지 못했다. 불을 켜지 않은 복도를 돌아 밀실 앞에 도착하자 길을 인도했던 시녀는 라이아와 함께 있는 베로니카를 붙잡으며 막았다.

"혼자 들어가서야 합니다."

"나보고 혼자 들어가라고? 그건 나보고 여기서 그냥 돌아가라는 소리와 같아."

이안은 함께 가줄 수 없는 대신 베로니카를 붙여주었다. 절대 떨어져서는 안 되며, 아니다 싶으면 그녀와 함께 바로 도망치라고 했다. 베로니카라면 어떤 곳에 갇히더라도 도망쳐 올 수 있다고 했다.

뻣뻣하게 구는 라이아를 일별한 시녀는 잠시 머뭇거리더니 먼저 밀실 안으로 들어갔다. 분명 황후의 의견을 묻는 것일 게다.

"함께 들어오시랍니다."

시녀의 뒤를 따라 들어간 곳은 의외로 소박하면서 편안한 분위기가 드는 작은 방이었다. 방에 들어가자마자 고풍스런 모양의 목재 테이블을 앞에 두고 앉아 있는 두 명의 모자가 보였다. 오그덴 제국의 황후와 황자였다.

아름답다기보다는 우아하고 귀티가 나는 얼굴의 황후는 라이아와 눈이 마주치자 한쪽 입꼬리를 말아 올리며 희미하게 고개를 까닥이는 것으로 그녀를 맞았다. 황후의 옆에 앉아 있던 황자는 라이아를 무례하다 싶을 정도로 빤히 쳐다보는 게 점술가라는 그녀를 꽤나 신기해하는 것 같았다. 스무 살이나 되었음에도 동안에다가 어린 티가 나는 게 오히려 라이아가 더 누나 같았다.

"아야라고 합니다."

라이아는 두 손을 앞에다가 모으고 허리를 숙여 두 사람에게 인사했다. 아야는 라이아라는 본명 대신 가명으로 사용하는 그녀의 애칭이었다. 격식에는 많이 부족한 데다가 인사말도 없이 짤막한 라이아의 자기소개에 황자는 적잖게 당황했고, 황후는 살짝 미간을 찌푸리다가 가볍게 피식 웃어버렸다.

"점술가라 해서 늙은 노파가 올 줄 알았더니 예상 밖이구나. 하기야 나이는 중요한 게 아니겠지. 자리에 앉아라. 그런데 뒤따라온 저것은 왜 저 모양이지?"

자신의 앞자리를 가리키며 라이아에게 앉으라고 권하던 황후는 뒤따라온 베로니카를 보며 일순 황당한 표정을 지었다. 라이아를 따라 방 안으로 들어왔던 베로니카가 굉장히 탐욕스런 얼굴로 방을 나가려던 황후의 시녀를 붙잡고 있었기 때문이다.

너무도 노골적으로 욕망에 타오르는 눈동자라 그 눈을 바로 직면하고 있는 시녀도 그렇지만 옆에서 지켜보는 이조차 순간 얼굴을 붉힐 뻔했다. 이곳까지 안내를 받을 때는 그럭저럭 참았는데 시녀가 자리를 떠나려 하자 아쉽기도 하고 더 이상은 참을 수가 없어 그녀를 붙잡은 베로니카였다.

"베로니카!"

베로니카가 어떨 때 사람에게 저런 시선을 보내는지 너무도 잘 아는 라이아는 당황해서 크게 그녀를 불렀다. 하지만 베로니카는 약간 맛이 간 표정으로 라이아에게 물었다.

"라이아, 나 이 아이 한 번만 맛보면 안 될까?"

"……"

"너무 맛있을 것 같아. 이런 느낌 정말 오랜만이야."

그 말에 라이아는 경악한 얼굴로 자신과 베로니카를 번갈아 쳐다보는 황후와 황자에게 손을 흔들며 애써 변명을 하려 했다.

"실은 저 아이가……."

"……."

"여자를 좋아합니다."

적어도 반쪽짜리 흡혈귀라는 것보다 이런 오해를 당하는 쪽을 선택하고 만 라이아였다.

"괴, 굉장히 밝히는 아이구나. 하지만 때와 장소를 가릴 줄은 알아야지."

너무 어처구니가 없어 화낼 여력도 없는 황후였다. 지금까지 그녀 앞에서 저런 짓을 했던 인간이 과연 있기나 했을까.

"머리가 조금 모자란 데다가 본능에 충실하다 보니……."

"응! 에팃이 나보고 본능에 충실해서 너무 밝힌다고 만날 구박해."

"제발 조용히 좀 해! 여기에 왜 왔는지 잊은 거야?"

이제는 시녀를 꼭 안고 그녀의 가슴에 얼굴까지 부비며 말하는 베로니카 때문에 라이아는 땅 파고 그 안으로 들어가고 싶어졌다. 왜 그녀의 예지력은 이런 일이 생길 거라는 경고를 해주지 않았을까.

"하하하! 그녀가 그렇게 원하니 한번 하게 해주거라."

가만히 보고만 있던 페도라 황자는 결국 웃음을 터뜨리며 베로니카를 상대해 주라는, 시녀에게는 청천벽력 같은 소리를 했다. 하지만 황자의 명령은 지엄한 것으로 시녀는 입을 앙다물면서도 천천히 고개를 끄덕였다.

일이 이상하게 돌아가자 라이아는 자리에서 일어나 베로니카에게 이를 갈며 협박했다.

"정말 잊었나 본데, 이곳에 왜 왔는지 명심하라고. 안 그러면 일러 버릴 테니까."

이안에게 지금의 일을 말해서 식사를 중단시켜 버리겠다는 협박이었다. 다른 것에는 머리가 돌아가지도 않으면서 이런 말은 귀신같이 알아먹는다. 베로니카는 얼른 시녀를 놓아주면서 입가에 흘리던 침을 닦아내며 고개를 흔들었다.

"베로니카, 이 아이한테 관심없어. 안 먹을 거야."

베로니카가 결연한 모습을 보이고 나서야 안심한 라이아는 자리로 돌아와 앉았다. 하지만 이제 와 분위기를 잡고 거만하게 굴어봤자 이미 바탕까지 다 보여준 기분이었다.

황후는 재미있다는 표정으로 베로니카와 라이아를 번갈아 쳐다보더니 곧 야릇한 미소를 짓기 시작했다. 이런 곳에까지 데려올 정도로 믿고 의지한다면 그 관계가 뻔하다 싶은 것이다.

그리고 황자 역시 오랜만에 정말 웃어봤다며 유쾌한 표정으로 의자에 느긋이 몸을 기댔다. 어느 정도 경직되어 있었던 분위기가 이로 인해 풀린 것은 다행이지만, 이상한 오해를 산 것이 못내 억울한 건 사실이었다. 그럼에도 굳이 해명하지 않은 것은 황후가 그녀를 처음 보았을 때 느꼈던 싸한 느낌 때문이었다.

점술가가 의외로 젊다는 것을 안 황후는 무의식중에 그녀를 황자의 정부로 삼아볼까 생각을 했던 것이다. 예지력을 가진 정부라면 의외로 쓸 만한 데가 많을 테니 말이다. 하지만 라이아가 여성 취향이라면 아무리 급해도 자기 아들에게 그런 여자를 대줄 수는 없기에 바로 포기해 버린 것이다.

그 의중을 정확하게 파악하지는 못했지만 가만히 있는 게 자신에게 이로울 거란 느낌을 받은 라이아는 낯이 붉어져도 가만히 있었다. 그리고 그녀의 침묵은 황후와 황자의 의심을 확신으로 굳히게 만들었다.

"개인의 취향이야 내 알 바 아니고, 오늘 너와 만난 목적에 대해 이야기하자꾸나. 네가 상대의 얼굴을 봐야만 그의 미래를 볼 수 있다고 해서 내 어렵게 황자까지 데리고 궁을 나왔다. 그래, 네 눈엔 무엇이 보이느냐."

잠시 재미난 것을 구경했다 생각한 황후는 조금은 누그러진 태도로 라이아에게 점을 보도록 했다. 의연해 보이고 오연한 모습이었지만 눈가에 가는 경련이 이는 게 그녀도 꽤나 긴장하고 있는 게 분명했다. 원하던 이야기를 들으면 좋겠지만 아니라면 그까짓 점 따위라고 무시를 한데도 뒤가 찝찝할 수밖에 없다.

"혹시나 뒤탈을 생각해서 거짓 예언은 하지 말거라. 좋은 이야기라면 그야말로 좋은 거겠지만 나쁜 이야기라고 해서 너를 어쩌지는 않을 거다. 그렇다고 해서 바뀔 예언이라면 너를 만나지도 않았겠지."

황후의 말은 진심이었다. 목숨을 협박해서 좋은 소리를 들어봤자 그것이 무슨 소용이 있고, 나쁜 이야기를 들었다고 해서 점술가를 죽인다고 변할 미래도 아니었다. 황후가 듣고 싶은 것은 정확한 미래였다.

"혹여 목숨에 위협을 느낀다고 해도 저는 거짓말은 못합니다."

"······?"

"그렇게 태어났습니다, 거짓 예언은 하지 못하도록. 오직 제가 본 것만은 진실 그대로 말하는 법밖에 알지 못하고, 그렇게 할 수밖에 없습니다. 그건 제 의지로는 도저히 막을 수가 없는 일입니다. 그리고 보이면 그 자리에서 바로 말하지 않고는 견딜 수가 없습니다. 그래서 일단은 황자 전하의 이야기보다 황후 폐하께 드리고 싶은 말씀이 있습니다."

"나에게?"

"네! 원하지 않았는데 보이니 저로선 말할 수밖에 없습니다."

너무도 진지한 라이아의 태도에 황후는 오른쪽 눈썹을 살짝 치켜뜨다가 말해 보라 허락했다. 물론 그녀가 굳이 허락하지 않았더라도 라이아의 입장에서는 말할 수밖에 없었지만 말이다.

"이 별장이 황후께서 정부와 즐기시는 장소라는 건 알고 있습니다."

라이아의 뜻밖의 발언에 페도라 황자는 슬쩍 모후를 쳐다보다가 곧 그럴 수 있겠다는 표정을 지었다. 황후가 정부 몇을 두고 있다고 해서 이상한 일은 아니었다, 들키지만 않는다면. 황후 역시 자신의 치부를 들켰다는 불쾌감보다는 다음에 이어질 라이아의 이야기에 더 관심을 보이는 편이었다.

"그래서?"

"그를 너무 믿지 마셨으면 합니다. 제 의견이지만 하루 빨리 이곳에서 만나는 분과는 헤어지고, 현재 관계를 맺고 계신 다른 이들과는 당분간 만나지 않으시는 게 좋을 듯합니다. 어차피 얼마 지나지 않아서 자유로워지실 테니까요."

"그 말의 의미를 알고 있느냐?"

모후의 정부가 한둘이 아니라는 말에 살짝 충격을 받으려던 황자는 황후가 자유로워진다는 말에 놀라 라이아에게 다시 확인을 했다. 황후의 자유란 황제의 죽음을 의미했다.

"저번에 멀리서 황제 폐하를 뵌 적이 있었습니다. 명이 그리 길 편이 아니시더군요. 게다가 명을 다해 편안히 돌아가시지도 못할 운명이었습니다."

"……!"

"그게 무슨 소리냐? 명을 다하지 못하다니! 암살이냐?"

자리에서 일어나 분노하는 페도라 황자를 라이아는 흔들림없는 잔잔한 눈동자로 말끄러미 쳐다보았다. 너무도 차분하고 냉정한 그 시선을 마주하던 황자는 점점 이상한 기분이 들어 당황하다가 머뭇거리며 도로 자리에 앉아버렸다.

뭐라 표현하기 어려운 기분에 혹시 미래에 황제를 살해하는 이가 자신이 아닐까 하는 두려운 생각마저 들었다.

"호, 혹시 나냐?"

지금의 그에게는 전혀 그럴 의지가 없었지만 미래에까지 그러지 말라는 보장은 없었다. 아무리 그가 유약한 성격이라도 자신의 목숨 앞에서 발악할 줄 알고 무서워하는 한 인간이었다.

"모릅니다."

"뭐?"

"가끔 같은 사람의 미래인데도 여러 개의 미래가 한꺼번에 보이는 경우가 있습니다."

"어떻게 그런 일이 있을 수 있는 거지?"

가만히 듣고만 있던 황후가 의아해하며 물었다. 점술가는 보통 하나의 미래만을 보고 말하는 법이었다. 여러 개의 미래란 결국 도박밖에 되지 않는다.

"사람들은 미래를 알기 위해 점술가를 찾죠. 그런데 만약 어떻게 해도 변하지 않을 미래라면 알아서 무에 쓸까요. 그가 자신의 미래를 알든 알지 못하든 전혀 바뀔 것은 없을 텐데 말입니다. 하지만 사람들은 안 좋은 미래를 듣게 되면 그걸 피하기 위해 노력하죠. 그럼 미래는 변하는 겁니다. 제가 말씀드리고 싶은 것은 그가 어떻게 하느냐에 따라 달라질 미래까지 저에겐 종종 보인다는 의미였습니다."

"그럼?"

"네. 황자께서 어떻게 하시냐에 따라 전하의 운명은 달라질 테고, 저에게는 그것들이 보입니다."

라이아는 말을 하다가 가는 한숨을 내쉬었다. 솔직히 그녀가 황위 계승 문제에 개입하고 싶지 않았던 것은 자신이 보게 될 추악한 것들이 싫어서였다. 저번에 우연히 황제를 본 순간 밀려왔던 그 난잡함과 강한 욕망과 집착으로 점철될 황가의 미래가 끔찍했기 때문이다.

"황제 폐하께선 몇 달 후에 분명 돌아가실 겁니다. 아마 황자 전하 아니면 왕자 저하에게 독살을 당하실 테지요."

"왕자라면 역시 보나타를 말하는 것이겠지? 그리고 폐하께서 누구에 의해 살해당하시는가에 따라 황자의 미래는 바뀔 것이라 이 말이고?"

"네."

"그럼 어떻게 해야 하느냐. 우리 황자가 먼저 손을 써야 할까?"

"황송한 이야기지만, 황자 전하의 세력으로 황제 폐하를 암살하고 나서 그 혼란을 무마시키고 안전하게 권력을 물려받을 수 있을 정도입니까?"

"세력이야 많다."

라이아의 질문에 황후는 우회적으로 말을 돌렸다.

"세력은 많으시겠지만 보나타 왕자님을 지지하는 세력과는 그 성격이 많이 다르겠지요."

보나타 왕자를 지지하는 세력에는 무인들이 많았다. 호탕하고 강인한 황제를 원하는 그들에게 보나타는 훌륭한 황제감이었다. 더불어 그 본인이 무인이었기에 그가 황제가 된다면 무인들의 세력이 커질 것은 당연한 귀로였다.

반면 페도라 황자의 지지 세력은 그 반대였다. 그들은 지금까지처럼 무인들 위에 서서 세력을 유지하고 싶어 했다. 성격은 유약하지만 페도라 정도면 범재 이상은 되는 인물이었다. 황제가 꼭 유능하거나 뛰어나지 않아도 되는 법이었다. 황제의 부족한 점은 신하들이 채워가면 되는 것이었고, 그렇기에 자신들이 존재하는 거라고 그들은 생각하고 있었다.

이 두 세력이 격동하게 된다면 당연히 페도라 황자 측이 불리했다. 대립이라는 것이 말만 서로 주고받으며 끝나는 것이 아닐 테니 말이다.

"만약 황자께서 폐하를 시해하신다면 지금의 지지 세력마저 잃으실 게 자명한 일입니다. 전하를 따르던 명분이 사라질 테니까요. 숨긴다고 해도 보나타 왕자님을 상대론 숨기실 수 없을 겁니다. 하지만 그 반대의 경우라도 전하껜 그리 유리하지 못합니다. 진실이 알려진다면 그분은 분명 그동안 힘을 모아두었던 자신의 세력으로 전하를 칠 테니까요. 그런 걸 반란이라고 하죠, 아마."

점이란 것을 어디에서 어디까지 믿어야 할까. 그 분간을 하기란 쉽지가 않다. 특히 그것이 최악의 경우를 예언하는 말들이라면.

"여러 미래가 있다고 하지 않았느냐? 하지만 지금까지 네가 말한 것은 결국엔 모두 하나의 미래였다!"

격분한 황후의 외침에 라이아는 조금도 움츠러들지 않고 조용히 말을 이었다.

"페도라 전하께선 동료를 잘못 얻으신 것 같습니다."

"동료라면 누굴 말하는 거냐?"

"정확히는 저도 모릅니다. 아마 오그덴 제국의 사람은 아닌 듯한데, 꽤나 오랫동안 전하에게 많은 도움을 준 사람 같군요. 높은 지위에 올라 있는 사람으로, 허허롭고 위험한 사람입니다. 그와는 손을 끊으세요. 그리고 바르제바의 다이안 국왕과 동맹을 맺으신다면 전하께선 다른 운명을 살아가실 수 있습니다."

페도라 황자와 황후는 라이아가 말한 사람이 이라이언 공작이라는 걸 대번에 알 수가 있었다. 하지만 바르제바의 국왕과 동맹을 맺으라는 말에는 그만 눈살을 찌푸리고 말았다.

바르제바의 국왕이 꼭두각시 왕이라는 걸 모르는 사람이 없었다. 거기에 그동안 많은 지원을 얻어냈고, 바르제바의 실세를 쥐고 있는 이라이언 공작과 관계를 끊고 대신 꼭두각시 왕과 손을 잡으라는 것은 언어 도단이었다. 그들의 의문과 회의를 이해한다는 표정으로 라이아는 고개를 끄덕였다.

"바르제바의 국왕 전하를 뵌 적이 있습니다."

"……!"

"앞으로 그곳도 꽤나 시끄러워질 것 같더군요. 그리고 그가 세상에 알려진 것과는 많이 다른 이라는 것을 알게 되었습니다. 아마 그분은 전하께 부족한 것을 지원해 드릴 수 있을 겁니다. 물론 그만큼 전하께서도 그분을 도와야 할 겁니다. 뭐라고 해야 할까요? 그분과 전하는 저울에 매달린 추와 같습니다, 서로 균형을 유지하고 있는. 그래서 한쪽이 무게를 잃어버리면 나머지 한쪽은 밑으로 기울면서 바닥으로 추락하고 말지요. 세상엔 서로 균형을 이루면서 공존할 수밖에 없는 운명 공동체가 있는데, 제가 보기에 바르제바의 국왕과 페도라 전하께서는 이와 같은 경우입니다. 한쪽이 몰락하면 균형을 잃고 함께 몰락하지요. 이런 건 이론이나 논리로는 설명할 수 없는 인간이 주제할 수 있는 범위 밖의 것입니다."

라이아가 말한 것과 비슷한 이야기를 황후와 황자도 예전에 들은 기억이 있었다. 서로 만나지 않고 상대의 존재도 모르는데 비슷한 삶을 살아가는 이들로 그들은 상대방의 운명에 영향을 받고, 흥하는 것도 망하는 것도 서로 비슷한 길을 걸어간다는 것이다.

"물론 이 역시 전하께서 가지고 계신 미래 중 하나에 불과합니다. 선택은 전하께서 하시는 것이고 전 조언을 드렸을 뿐입니다. 아, 그리고 만약 전하께서 바르제바의 국왕과 손을 잡으실 의사가 있다면 다이안 국왕에게 직접 밀서를 넣는 것보다 베르크너 공작에게 먼저 이야기를 꺼내보는 게 좋을 겁니다. 그쪽에서 굉장히 좋은 기운이 흘러나오거든요."

라이아는 자신이 하고 싶은 말은 다 했다. 이를 믿고 따르는 것은 당사자들의 몫으로, 어떤 결말이 나올지는 라이아 본인도 몰랐다. 국왕이나 황제라는 사람들의 미래는 참으로 미묘했다.

그 하나로 인해 여러 나라와 수없이 많은 사람들의 운명까지 엉켜 있기에 그들을 보면 쉽게 단정할 수 없을 정도로 어지러운 영상들이 스치고 지나간다. 그 많은 것들 중에서 어느 게 진실이냐고 묻는다면 모두가 진실이며 모두가 거짓이라고 할 수 있었다. 편하게 하나의 운명을 가지지 못한 자들이 바로 왕과 왕이 될 자들의 운명이었다.

"저는 페도라 전하께서 황제가 되셨으면 합니다."

"……!"

"아무래도 전하께서 황제가 되시는 게 저의 앞날을 위해서도 좋을 것 같더란 말이죠. 그래서 만약 제게 부탁하신다면 보나타 왕자를 만나볼 의향도 있습니다."

"만나다니?"

"아마도 그분의 운명은 저를 만나고 나서 폐하를 시해할 마음을 품게 되는 것 같으니까요."

살며시 웃기까지 하는 라이아를 보고 황후는 어처구니가 없는지 허탈한 한숨을 내쉬었다.

"정말 맹랑한 아이구나."

"저에게도 나름의 이상과 이유는 있으니까요. 원하지 않으신다면 왕자 저하는 만나지 않겠습니다."

"우리가 널 어떻게 믿어야 하지? 사실 지금 네가 했던 모든 말들이 하나라도 밖으로 새어나가면 어떤 파장을 일으킬지 모르지는 않겠지? 그리고 네가 보나타 왕자를 만나 우리에게 했던 말을 그대로 또 하지 말라는 법도 없지 않으냐."

"만약 제가 전하를 배신한다면 소문을 내셔도 괜찮습니다."

"소문이라니?"

"제가 그렇고 그런 취향을 가진 여자라고요."

"……."

"훗, 호호호!"

끝내 황후는 웃음을 참지 못하고 크게 웃어버렸다.

그런 모후의 옆에서 보나타 황자는 미래에 대한 고민으로 길게 한숨을 내쉬었다. 점이란 게 정말 어디까지 믿고 따라야만 하는지. 어지러운 현기증마저 느껴졌다.

무사히 일을 끝내고 돌아올 때 베로니카가 멍청한 듯 흐리멍덩한 눈으로 라이아에게 물었다.

"정말 점을 볼 때 사실밖에 말할 수가 없어?"

"글쎄."

"응?"

"나는 내게 보이는 건 사실대로 말하는 사람이야. 하지만 그걸 어떻게 풀이하느냐에 따라 때론 거짓이 될 수가 있지. 말하느냐, 말하지 않느냐의 사이에서 진실이 얼마나 섞여 있느냐에 따라 그 말은 거짓이 되기도 하고 진실이 되기도 해."

라이아의 대답에 베로니카는 머리를 싸매며 고민해야만 했다. 대체 거짓말을 한다는 건지 안 한다는 건지 그녀의 머리로는 해석이 불가능했다.

레미나는 그레이스가 내민 서류들의 무게에 놀라 그것들을 장수를 세기 위해 한 장씩 넘겨보았다. 하지만 삼분의 일을 세기도 전에 그 양에 놀라 그만 포기하고 말았다.

"또 이렇게 많아요?"

"언제나 그렇듯이 많습니다."

"세상에! 크루히츠 백작이 자기 부하를 죽이고 그 부인을 정부로 삼았다는 말이에요? 그 사람 좋기로 유명한 분이요?"

한 장 한 장 대충 넘겨보던 레미나는 뜻밖의 정보에 놀라 크게 소리쳤다.

"백작의 영지민들 사이에서는 이미 자자하게 퍼진 소문입니다. 여기 그 부인과 아이들의 영상도 찍어왔습니다. 부하의 아내를 정부로 삼았는데도 아이들은 절대 거두지 못하게 했답니다. 덕분에 나이 어린 아이들은 길거리로 내쫓겼답니다."

"어머니는요? 생모라면 아이들이 그렇게 되도록 그냥 두지는 않을 거 아니에요."

"아이가 셋이었는데, 그 부인이 백작 몰래 아이를 만나다 들키는 바람에 아이 하나가 그녀 앞에서 검에 찔려 죽었습니다. 그리고 만약에 그녀가 자살이라도 하는 날에는 나머지 아이들도 죽일 거라 했답니다."

"그분이 그럴 분이 아닌데……."

섭정여왕파라고 해서 모두가 다 나쁘다거나 쓸모없는 사람인 건 아니었다. 다이안 역시 그걸 인지하고 있었기에 벌써부터 인물들을 하나하나 선별해 가고 있었다. 거둘 사람은 거두고 내칠 사람은 철저히 내칠 계획인 것이다.

먼저 뒷조사로 뒤가 구린 이들이나 쓸모없는 것들부터 하나씩 처치해 가는데, 그 방법 중 하나가 바로 카트린느지를 이용하는 것이었다. 완전히 다 뽑아내지는 못하더라도 추문이라면 잠정적이나마 대외 활동을 하지 못하게 만들 수 있었다. 그렇게 하나씩 손과 발을 끊어버리면 나중엔 굴리기 좋은 몸만 남게 되는 거다.

그동안은 레미나와 그 외 몇 명만이 카트린느지의 기사에서부터 인쇄까지 모두 도맡아왔기 때문에 기사 내용이 한정적일 수밖에 없었다. 지방이나 그 외 여타의 사건들을 기사화할 여건이 되지 못해 그녀가 몸을 담고 있던 사교계를 바탕으로 기사를 쓸 수밖에 없었다.

하지만 다이안에 이어 그레이스와도 손을 잡게 된 이후로 그녀의 기사 내용들은 좀 더 넓어지고 다양해지고 있었다. 이 일을 위해 그레이스는 공작가의 사람 세 명을 전문적으로 교육시켜 정보를 수집하는 일을 시키고 있었다.

그리고 새로운 일에 의욕을 불태우는 이 세 사람으로 인해 기사로 쓸 것들이 매일 넘쳐 나고 있었다. 하지만 문제는 이 세 사람, 넘쳐도 너무 넘친다는 것이다. 별 쓰잘 것 없는 것들까지 모두 긁어와 올리니 그걸 모두 읽어야 하는 입장에서는 미치고 환장할 노릇이었다.

"역시 사람이란 믿을 게 못 된다는 말인가요? 그런데 이 많은 걸 또 언제 다 읽을까."

"전 어젯밤에 다 읽었는데, 그리 오래 걸리지는 않았습니다."

"그거야 맥이 괴물이니까 그러지. 이거 읽으려면 하루로도 부족할 것 같은데 이중에서 쓸 만한 것들만 우선 골라줘 봐요."

레이나는 두꺼운 서류 뭉치들을 은근슬쩍 그레이스에게 내밀면서 중요한 것들만 집어달라고 부탁했다.

"모아온 사람들 성의가 있으니 다 읽어보세요. 제가 읽어보기엔 다 중요한 것 같던데요."

"전에도 그런 말을 하더니 겨우 두 개밖에 건질 게 없었다고요."

발까지 동동거리며 싫다는 레미나에게 그레이스는 어깨를 으쓱하며 자기도 모른다고 시치미를 뗐다. 그래도 읽다 보면 중요하지는 않더라도 이용할 만한 것들도 의외로 섞여 있는 경우가 많았다. 그래서 당장은 필요하지 않더라도 읽어두면 좋은 것 같아 레미나에게도 읽어보도록 하는 것이다. 안 그렇다면 정말 기사거리만 골라서 갖다 줬을 거다.

"그런데 오늘도 사비나는 빈민가에 구호 활동을 나갔나요?"

"네, 발라와 같은 극빈자는 없지만 원래 셰어도란트에서도 형편이 안 좋은 사람들을 일일이 찾아다니며 보살펴 주셨던 분입니다. 아마도 천성인 것 같습니다."

사비나는 발라에 와서 처음 거지를 보았다. 발라의 특수한 문화로 인해 귀족들이 지나다니는 길에는 거지는커녕 쓰레기 하나 본 적이 없다. 그러다 우연히 길을 잘못 들어선 곳에서 발견한 그들을 보고 충격을 받은 후부터는 그들의 구호 활동에 여념이 없었다.

예전만 해도 발라엔 그렇게 거지가 많지는 않았다고 한다. 그러던 것이 근 2~3년 사이에 이렇게 늘었는데, 그것은 영광의 땅이 아니더라도 발라에 저택을 가지고 싶어 하던 귀족들이 평민들이 사는 지역까지 손을 뻗쳤기 때문이다. 그들이 평민과 같은 지역에서 살 수는 없는 일이었다. 그래서 생각이 같은 몇몇 인사들과 함께 마을 하나를 억지로 싼값에 매수하고 그곳에다가 자신들의 터를 만들어 버린 것이다.

얼마나 터무니없는 가격이었으면 집을 팔았는데도 그들은 다시 살 집을 구할 수가 없었다. 게다가 가게를 운영하던 이들은 집뿐만 아니라 일자리까지 잃어버린 처지에 놓였고, 다시 터전을 잡지 못한 이들은 그나마 있던 돈까지 모두 쓰게 되면서 길거리에 나앉게 되어버린 거다.

처음 몇 명이 이런 짓을 하자 그 다음부터 그들을 따라 똑같은 짓들을 하는 자들이 계속 생겨났고 그 수법은 점점 악랄해졌다.

"사비나를 기사화하면서 그 이야기도 한번 크게 터뜨려 볼까?"

"아직은 아니라고 봅니다."

"아직인 건가?"

"네, 사비나님이 그 일을 시작한 지 아직 얼마 되지 않았습니다. 어느 정도 소문이 나고 사람들 사이에 그분의 이름이 확실하게 새겨진 후에 터뜨리죠. 지금이라면 인기를 얻기 위해 그분을 따라 하는 자도 있을지 모르고, 아님 주위에서 눈치를 줄 수도 있습니다. 사람들이 사비나란 사람이 어떤 사람이고 그분이 한 일을 모두 알고 있는 후에 라면, 귀족들이 그분의 구호 활동을 못마땅해한다거나 하지 못하게 막을 경우 그것도 꽤나 중요한 이야깃거리가 되겠지요."

"하여튼 철저하다니깐."

레미나는 그레이스를 보며 혀를 내둘렀다. 사비나가 사람들을 도와주는 것은 천성적인 성격에서 기인하는 것이었다. 하지만 그레이스는 그것도 그냥 보아 넘기지 않았고, 어떻게 하면 그녀의 이름을 알릴 수 있는 계기로 만들 수 있을까를 먼저 생각했다. 그런 덕분에 이미 그녀의 이름은 발라에 자자하게 퍼져 있었다.

그녀는 어린 나이임에도 불구하고 현숙하고 자애로운 인상으로 사람들의 머리에 각인되어 가고 있었다. 반면 그레이스는 강하고 차가운 인물로 묘사되었고 사람들에게 그렇게 받아들여지고 있었다. 따뜻함과 차가움, 다정함과 냉정, 감성적과 이성적이라는 극단적인 정의가 두 사람에게 내려졌다.

하지만 그것이 나쁜 의미라기보다는 두 사람이 함께 있음으로써 완벽한 조화와 균형을 이루게 되었다는 긍정적인 평으로 기우는 편이었다. 어느 한쪽으로 극단적으로 치우치지 않고 서로 상호 보완을 할 수 있다는 의미에서 두 사람은 더없이 이상적이었던 것이다.

두 사람은 누가 봐도 사이좋은 오누이였다. 그럼에도 공적인 자리에서 그레이스는 집사로서 사비나를 극진하게 모셨다. 그저 형식적인 태도가 아닌 진심으로 아끼고 있다는 것이 옆 사람에게도 느껴지도록.

상하 구분이 필요할 때는 철저하고 확실했다. 상대의 영역을 침범하지 않으면서 자신의 신분과 지위를 유지했다. 말이 좋지 굉장히 어려운 일인데도 두 사람은 전혀 위화감없이 그렇게 하고 있었다. 그것이 또 많은 사람들에게 부러움을 사는 요인이기도 했다. 신분이 다른 이복 남매가 이렇게 사이좋은 경우도, 서로 위해주며 부족한 것을 채워주는 것도 보통 어려운 일이 아니었기 때문이다.

"이제 저는 그만 돌아가겠습니다."

"미안해요, 바쁜데 매번 이렇게 오게 만들어서."

"아니요. 서로 좋으라고 하는 일인걸요."

그레이스에게 소문과 정보를 모아서 가지고 오는 이들은 자신들이 모은 정보가 카트린느지로 넘어가는 것을 알지 못했다. 자신들이 알아낸 것들이 기사화되면 우연이라 생각하거나, 그만큼 충격적이고 그 일대에서는 유명한 소문이라 언젠가는 이렇게 카트린느지에 실릴 줄 알았다는 정도의 반응이었다.

그래서 매번 이렇게 정보가 모이면 그레이스가 직접 레미나에게 건네주러 왔다. 다른 이에게 심부름을 시키다가 자칫 잘못하면 그녀와 카트린느지의 관계가 누설될 위험이 있기에 웬만해선 그가 직접 오늘처럼 발품을 팔았다.

"그런데 우리 카마인님은 지금 뭐 하고 있나요?"

"열심히 일하고 있습니다."

"난 다음부터 집사 대신 카마인님이 와주었으면 좋겠는데."

"그분은 그분 나름대로 일이 많아서 아마 힘들 겁니다."

"하긴 열심히 일해야 앞으로 생길 가족들을 먹여 살리죠."

얼굴 하나 안 붉히고 고개를 옆으로 돌리며 새침하게 웃는 레미나였다.

사실 그레이스는 그녀가 카마인과의 일을 바로 추진할 줄 알았는데, 의외로 오래 참고 있어서 놀랐다. 당시에는 바로 일을 터뜨려서 카마인을 끌고 갈 줄 알았는데 말이다. 의외로 열매가 익는 것을 기다릴 줄 아는 여자였다.

"돌아가면 카마인님께 내가 무척 보고 싶어 하더라고 전해줘요. 나중에 꼭 확인할 테니까 절대 잊지 말고요."

"기억나면 전하겠습니다. 오늘은 일이 많아서 저택에 돌아갈 수 없을 것 같거든요. 그사이에 잊지 않는다면 내일이라도 분명히 전해 드리지요."

"외박? 설마 지금 연애 중인 거예요."

"아니요. 애인 대신 해적을 모으러 갑니다."

"에?"

"해적들이 필요한 일이 생겼거든요."

레미나에게 의미심장한 말을 남긴 그레이스가 해적을 모으기 위해 찾아간 곳은 발라의 후미진 골목 사이에 자리한 술집이었다. 한낮인데도 가게 안이 왁자지껄 시끄러운 데다가 시큼한 냄새가 나는 것이, 그레이스 날로는 절대 오지 않을 그런 장소였다.

그레이스가 가게 안에 들어서자 십대 중반쯤 되는 술집 점원이 다가와 아무것도 묻지 않은 채 그에게 따라오라는 손짓을 해 보였다.

점원을 따라 안으로 깊숙이 들어간 그레이스는 그 안에서 기다리고 있던 에이첸 용병단의 사무장이라 할 수 있는 키제를 발견하곤 꾸벅 인사를 했다.

"오오, 그레이스냐?"

그레이스가 안으로 들어오자 키제는 기쁨을 감추지 못한 목소리로 자리에서 일어나 그를 반겼다.

"정말 오래간만입니다."

"그래, 정말 이게 얼마만인지……. 곧 볼 수 있을 거라고 생각했는데 그대로 그것이 이별이 되어버렸구나. 하지만 예전보다 좋아 보이는 게 너한테는 지금이 더 좋겠지?"

그레이스는 고개를 끄덕이는 것으로 대답을 대신했다. 역시 세월이라는 것이 사람에게 은근히 여러 가지 것을 선물하는가 보다. 오랜만에 에이첸 용병단 사람을 만나니 반갑기도 하고 가슴 저 밑이 따뜻해지는 것이 정이란 것이 이래서 무서운 거라는 생각이 들었다. 알게 모르게 쌓인 것들이 어느새 무겁게 가슴에 쌓여 있으니 말이다.

"네가 먼저 연락해 와서 우리가 얼마나 놀랐는지 아니?"

"죄송합니다. 연락해야지 하면서도 그게 쉽지가 않더군요."

"우리도 마찬가지지. 네가 어디에 있는지 알면서도 먼저 연락도 못하고. 하긴 우리가 한 짓이 있으니……."

"처음에만 그랬지 그 후로는 모두 제게 잘해주셨어요. 제가 이렇게 성장하고 자랄 수 있었던 것은 모두 에이첸 용병단과 단원들 덕분입니다. 항상 감사하고 있습니다."

"그렇게 생각해 주면 우리야 고맙지."

키제는 오랜만에 만난 그레이스 때문에 콧물을 훌쩍였다. 눈물은 흘려본 적이 없어서인지 이런 분위기에서 흘리는 것은 눈물 대신 콧물이었던 것이다. 무의식중에 옷소매로 코를 훔치려던 키제는 순간 그레이스와 눈이 마주치자 흠칫 놀라면서 그 동작 그대로 멈춰 버렸다. 잠시 후에 그레이스가 슬며시 내미는 손수건을 받아 코를 닦았다.

"손수건은?"

"가지세요."

여전히 변하지 않은 그레이스의 모습에 키제는 왠지 안심이 되면서도 예전이 그립다는 생각에 더 많은 콧물을 흘렸다.

"사실 제가 용병단에 연락을 취한 것은 일을 하나 의뢰하기 위해서입니다."

"응, 단장님께 들었다. 베르크너 가문의 일 때문이니?"

"글쎄요. 뭐라고 이야기해야 할까… 범위가 굉장히 넓은 이야기라서요. 듣자니까 전에 해적질을 해본 적이 있다고 들었습니다."

그레이스의 말에 키제는 그만 콧물을 뚝 그치고 말았다. 클리프 백작에게 원한을 가진 용병단과 베르크너 공작의 합작으로 그들은 한때 해적질을 한 적이 있었다. 한데 백작이 관여한 사업을 방해하기 위해 그가 투자한 선박을 모두 털다 보니 수입이 너무 짭짭해서 단장이 용병단을 정리하고 해적으로 전업할까 진지하게 고민하는 사태까지 생겼던 적이 있었다. 그런데 그레이스가 잊을 만한 해적 이야기를 꺼내자 흠칫 놀라고 만 것이다.

"다시 한 번 해적이 되어주셨으면 합니다."

"안 돼, 절대 안 돼! 그레이스 너, 왜 그러니. 가까스로 단장님을 안정시키고 잊게 했더니 그걸 또 하자니! 못해! 이번 의뢰는 없던 것으로 하자. 못 들은 것으로 하겠다."

"이 일은 꼭 하셔야만 합니다."

"네가 베르크너 공작님을 들먹인다고 해도 소용없을 거다. 절대 못해. 아니, 안 해!"

"이번 일의 의뢰는 공작님도 아니고 저도 아닙니다."

"그럼 어느 미친놈이 그런 짓을 해달라는 거야?"

"한 번만 더 진지하게 생각해 주셨으면 합니다. 이번 건은 공작님의 상관 되시는 분이 용병단과의 친분도 있고 해서 저에게 특별히 부탁하신 일입니다."

"흥, 공작님의 상관이라고 해도 절대… 공작님의 상관?"

계속 어림없다고 저항하던 키제는 '공작님의 상관'이란 단어에 처음 무슨 뜻인가 갸웃거리다가 점점 얼굴빛이 하얗게 질리기 시작했다.

"설마 네가 말한 그 상관이라는 놈… 아니, 분이 내가 생각하는 그분이냐!"

작위를 가진 자들 중에 최고라 할 수 있는 공작의 상관이라면 너무도 뻔한 이야기였다.

"키제 씨가 생각하는 그분이 누군지 제가 어떻게 알겠습니까. 하지만 듣지 않는 게 좋으실 겁니다. 감당할 수 없다면요. 그리고 이 의뢰에 대해 에이첸 용병단에게는 선택권이 없습니다. 하지만 의뢰비는 쏠쏠하다고 당부하지요."

"하아… 너, 노는 물이 달라지더니 크게 노는구나."

"에이첸 용병단은 절 크게 키워준 고마운 존재입니다. 위험한 것이야 원래 용병 일이 생명을 걸고 하는 일이니 안 위험한 일은 없을 테지만 절대 무리한 일은 요구하지 않습니다."

키제는 두 손으로 머리를 감싸며 몸부림을 쳤다. 거부할 수 없다는데 어쩌랴. 이미 클리프 백작을 비롯한 섭정여왕파와 손을 끊어버린 에이첸 용병단이었다. 당연히 이제는 국왕께 잘 보여야만 했다. 그리고 국왕이 잘돼야 그들도 사는 길이었다.

"어떤 일인데?"

"오그덴 제국의 보나타 왕자의 선박입니다."

"헉! 미쳤냐. 무리한 일이 아니라며? 게다가 그 왕자의 측근들이 어떤 놈들인지 알아? 분명 선박을 보호하기 위해 엄청난 놈들이 타고 있을 텐데 그걸 털라고?"

"비슷한 시기에 오그덴 제국에 여름 축제가 있습니다. 매년 축제 때마다 황족들이 한 명씩 돌아가며 제사장 역할을 한다고 합니다. 그리고 이번엔 보나타 왕자 차례죠. 15일간의 축제 기간 동안 대중에게 그대로 노출되기 때문에 경호에 만전을 기해야 할 겁니다. 즉, 선박에 신경 쓸 여력이 그만큼 줄어든다는 이야기겠지요."

"젠장. 가끔 국왕들이 해군을 해적으로 위장해서 돈을 버는 소문이 사실이었어."

정확한 정보는 아니지만 가끔 가다 국왕이 친히 해적들을 양산한다는 소문이 있었다. 다이안의 경우엔 아직 그런 것에 신경 쓸 만큼의 여유나 힘이 있는 게 아니라 당연히 없겠지만, 선왕인 오덤왕의 경우에는 그런 소문이 간간이 나돌기도 했었다.

"그런데 무슨 배짱으로 제국의 왕자를 건들 생각을 한 거지?"

"거기까진 모르셔도 됩니다. 하지만 뒤탈은 없을 겁니다. 제국의 높으신 분이 그 문제는 덮어주실 테니까요."

"그레이스."

"네?"

"너, 정말 크게 논다."

국왕에 이제는 제국의 높은 분까지 운운하는 그레이스가 과연 예전의 그 마르고 볼품없던 소년이 맞나 키제는 의심스러웠다. 용병단에 있을 때는 잡부로서 충분히 그만한 그릇으로 보이던 그레이스였다. 그런데 지금은 베르크너 가문의 집사라더니, 키제는 물론 더 이상 용병단이 감당할 수 없는 큰 그릇이 되어 있었다.

"글쎄요. 키는 그대로인 것 같은데요? 그리고 지금 저는 일을 하고 있지 놀고 있는 게 아닙니다."

"날 웃기려고 한 말이라면 실패했다."

"웃기려고 한 말 아닙니다. 제가 언제 농담한 적이 있었나요. 그리고 여기, 선박에 실려 있을 물품 목록입니다."

능글거려졌다고 해야 하나. 거의 일 년 만에 만난 그레이스는 역시 많은 게 변해 있었다. 진지하고 무표정한 얼굴은 그대로인데 뭔가 여유가 생긴 듯하면서 부드러워졌다. 방금 전 그에게 손수건을 내밀던 그레이스는 여전했지만 그가 알던 또 다른 그레이스는 이미 없었다. 그것에 기뻐해야 하나 말아야 하나 갈피를 잡지 못하며 키제는 무심결에 그레이스가 내민 종이를 받아 읽었다.

"헉!"

종이 가득 적혀 있는 물품들의 목록을 본 키제는 목이 마른지 앞에 있던 술잔을 들고 물을 마시듯 술을 벌컥벌컥 마셔댔다. 규모 자체가 달랐다. 예전 클리프 백작의 선박을 털었던 것과는 비교조차 하기 어려운 규모에 키제는 연신 숨을 크게 내쉬었다.

"하아."

"선박의 해로와 일정은 확보한 상태입니다. 그리고 의뢰비는 취득품으로 대신할 예정으로 분담률은 에이첸 용병단이 삼분의 일입니다. 실패 시에도 보상금과 치료비 외, 위로비를 지급하겠습니다."

"고작 삼분의 일? 전에는 우리가 다 가진 데다가 이번 경우는 우리에게 너무 위험 부담이 커. 이건 단순한 장사치들 배가 아니잖아."

"보시다시피 액수 면에선 반이라고 해도 그전과는 비교 자체가 되지 않습니다. 그리고 무력에 대한 지원은 있을 겁니다. 어차피 오그덴 제국에 가야 할 인원들이라 이번에 용병단을 지원할 예정입니다. 또……."

"……?"

"유독 해적질을 하고 싶어 하는 이가 한 명 있습니다. 그러면 아마 웬만한 지원군보다 더 쓸모있을 겁니다. 또 그가 간다면 당연히 따라 갈 사람이 있으니, 그까지 더한다면 전력은 절대로 불리하지 않을 겁니다."

일의 규모로 봐서는 키제 혼자 받아들일 성질의 것이 아니었지만, 국왕이 뒤에 있다면 그가 거절해서 끝날 문제는 아니었다. 그리고 키제가 받아들인다고 해서 단장은 이번 일 가지고 절대 뭐라 하지는 않을 것 같았다. 오랜만에 바다의 신사들이 배에 닻을 달고 다시 등장할 날이 온 것이다. 이상하게 귓가에 단장의 콧노래가 들리는 듯해서 키제는 조용히 한숨을 내쉬었다.

오랜 시간 키제와 일에 대해 의논하고 헤어진 그레이스는 이미 늦은 밤임에도 저택으로 돌아가지 않고 밤거리를 헤매고 다녔다. 처음부터 오늘은 돌아가지 않을 생각으로 밖에 나온 그였다. 하루 정도 아무에게도 신경 쓰지 않고 자기 혼자만의 시간을 가지고 싶었기 때문이다.

그냥 걸음 가는 대로 몸을 맡기고 한참을 걸어 다니던 그레이스가 문득 정신을 차리고 멈추었을 때는 클리프 백작의 저택 앞이었다. 으리으리한 위용과는 다르게 음침하게 불들이 꺼져 있는 저택은 초라하고 애잔했다.

계속되는 사업과 투자의 실패로 계속 빚이 쌓여가던 백작은 결국 발라와 티로이의 저택을 호마린 자작에게 넘겨야만 했다. 사채라는 것이 이자에 이자가 붙으면 더는 감당할 수 없는 지경에 다다르는 법이었다.

며칠 전에 클리프 백작은 결국 파산 선고를 받고 말았다.

사채를 끌어 쓰는 데도 한계가 있고 이라이언 공작이 도와주는 데도 끝이 있는 법이었다. 그의 몰락은 어쩔 수가 없는 일이 되고 말았다. 그리고 백작이 그렇게까지 된 배후에 베르크너 공작이 있었다는 것을 처음 알았을 때, 놀라기보다는 왠지 그럴 줄 알았다는 반응을 보인 자신이 씁쓸해지는 그레이스였다.

어차피 섭정여왕파에 대한 일의 선결 처리를 보자면 클리프 백작은 그 첫 번째 제거 대상이었다. 굳이 그레이스의 일이 아니었더라도 리카도는 백작을 파멸로 몰아가야만 했을 거다. 하지만 이번 일의 확실히 그 이유는 그레이스 때문이었다.

원인이 정치적인 문제냐 개인적인 원한인가의 차이만 있을 뿐 그 결과는 똑같았겠지만 그레이스는 자신이 한 가문의 몰락의 이유가 되었다는 데 이상한 기분이 들었다.

부담감이나 위화감을 느끼기도 했지만 그보다는 기뻤다. 몰락한 상대가 클리프 가문이라서가 아니라 누군가 자신을 위해 화를 내고 대신 복수해 주었다는 것 자체가 묘하게 기분이 좋았다. 밖에서 얻어맞고 왔는데 대신 화를 내주며 상대편 집에 찾아가 따져 주고 싸워주는 존재가 있다는 묘한 안도감. 뒤에 몰래 숨어서 자신을 때린 아이에게 혀를 쏙 내밀며 약 올릴 수 있다는 든든함을 맘껏 느꼈다.

아마도 그래서 악재의 원인이 리카도임을 짐작하고 있으면서 가만히 있었는지 모른다, 그 기분을 계속 느끼고 싶어서.

하지만 리카도에게 마지막까지 가지는 말아달라고 부탁한 것은 그레이스였다. 미안함이나 죄책감 때문이 아니었다. 리카도로 하여금 클리프 백작의 모든 재산을 몰수하지 말고 시골의 작은 영지 하나쯤은 남겨주라고 부탁한 것은 오로지 실라 때문이었다.

그녀는 이제 어려운 생활을 이겨낼 수 있는 사람이 아니었다. 그렇다고 요나슨을 버리지도 못한다. 그는 이상하게 그런 생각이 들었다. 그토록 요나슨에게서 벗어나고 싶어 했던 실라지만 막상 일이 이렇게 되어버린 마당에 그의 곁을 지키는 것은 오직 그녀밖에 없을 거란 생각 말이다.

클리프 백작가의 유명하고 유능하던 집사는 가문이 망하자 미련없이 그곳을 나와 버렸다. 고용주와 고용인의 관계란 그토록 허무한 것이었다. 서로 주고받을 게 없다면 버리고 버림받을 수밖에 없는 사이. 하지만 이제 더 이상 받을 게 없음에도 실라는 요나슨을 버리지 않았다.

시골 영지로 내려가는 클리프 백작의 식구들과 그녀도 함께였다는 소리를 들었다. 잔뜩 힘이 빠진 요나슨의 손을 꼭 잡아주며 그를 이끌었다고 했다. 그게 바로 외면하지 못하고 버릴 수도 없는 관계를 가진 사람들의 모습이었다. 비록 사랑이 아니라고 해도 그녀는 요나슨을 버리지 못했다. 그게 바로 그녀 자신은 인정하지 않았던 그녀의 따스함이었다.

그녀와는 작년 이맘때 처음 만나 여름을 함께 보냈다. 뜨거운 여름과 갈증이 나도록 목이 마르던 그 여름, 그레이스는 실라 덕분에 많이 즐겁고 따스했다.

"그러고 보면 당신을 참 많이 좋아했나 봐요, 나는."

몇몇 일하는 사람만이 남아 있는 저택을 바라보며 그레이스는 조용히 혼잣말로 중얼거렸다. 이제 앞으로 그가 맞이할 수많은 여름에 더 이상 그녀는 있지 않을 것이다. 그래서 작년 여름은 그에게 특별하다.

따끔거리는 아픔마저 달콤할 정도로.

"그러니 부디 행복해졌으면 해요."

오늘밤도 하늘엔 그녀가 가르쳐 주었던 성자를 인도하는 목자의 별이 떠 있었다. 그리고 그 별이 그녀를 행복의 길로 인도해 주기를 바라는 그레이스였다. 그녀의 말처럼 목자의 별이 인도하는 것은 하늘의 별만이 아니라 땅 위에 사는 인간들까지 모두 이끌어줄 테니 말이다.

바다의 신사라 불리는 해적단의 신성이 모든 준비를 마치고 출항을 기다리고 있었다. 일이니까, 생각하고 평소와 다를 게 없었던 단원들과는 다르게 유독 들떠 있는 사람이 있었으니, 그는 바로 토렌즈 단장이었다.

"그런데 사람들이 왜 이렇게 오지 않는 거야, 어서 출발해야 하는데."

그레이스가 추가로 붙여준다던 사람들을 기다리며 토렌즈는 몇 번이나 같은 말을 하고 또 했다. 일의 의뢰인이 무력에 도움이 되라고 구성해 준 이들은 이미 와서 기다리고 있는데 겨우 두 명밖에 되지 않는 이들은 느려도 너무 느렸다. 오기만 하면 군기를 확 잡아버릴 계획까지 마련해 놓은 상태였다.

"아직 약속 시간이 많이 남아 있다고요. 우리가 너무 빨리 서둘렀단 말입니다."

"서두르긴! 이런 건 미리미리 준비를 해야지 바로 출발할 수 있는 거라고."

"저기 오는 것 같은데요."

멀리서 먼지를 날리며 달려오는 마차를 발견하고 누군가 외치는 소

리에 토렌즈의 얼굴에는 화색이 돌았다. 마차는 단장과 단원들 앞에
정확히 멈추었다. 곧이어 마차에서 내리는 사람을 보고 그들을 환영하
려던 용병단의 분위기는 싸하게 식고 말았다.

"라… 민!"

"어이, 정말 오랜만이군."

마차에서 내리자마자 라민은 오랜만에 보는 동료에게 거만하게 웃
으며 인사했다. 하지만 아무도 그의 인사에 호응해 주지 않았다. 그가
이곳에 나타났다는 의미는, 이라고 속으로 되뇌고 있을 때 아니나 다를
까, 마차에서 또 다른 인영이 하나 내렸다.

"제니!"

"어머! 정말 모두들 여기 계시네요. 반가워라!"

"이, 이게 어찌 된 일……."

분명 보마르세 후작가에 있어야 할 두 사람이 왜 이곳에 왔는지 사
람들은 쉬이 이해가 가지 않아 혼란스러운 상태였다.

"라민, 넌 보마르세 후작가에 있어야지 왜 여기에 온 거냐?"

"아아, 후작님이 휴가라 생각하고 편히 놀다 오라던데요."

"노, 놀다니! 우린 엄연히 일을 하러 가는 거야!"

"걱정 마, 도와줄 테니까. 우리 이쁜이가 이번에 해적을 한번 해보고
싶다고 해서 말이야."

저번에 했던 연극에 재미를 붙인 제니는 그 후로 계속 해적을 한번
해보고 싶다고 했다. 그때 그녀에게 신세진 것도 있고, 또한 그녀의 힘
이 얼마나 대단한지 똑똑히 보았던 그레이스는 흔쾌히 이번 일에 제니
를 동참시켜 주었다.

"거짓말, 거짓말이야! 제발 누가 이게 꿈이라고 말해 줘!"

애절한 절규가 하늘에 울러 퍼지는 동안 제니는 수줍게 두 손을 모으고 꾸벅 인사하며 자신했다.

"저 정말 멋있는 해적이 되어볼게요."

제니의 힘이 얼마나 장사인지 온몸으로 직접 체험한 바가 있던 단원들은 이 일에 그녀가 참여한다고 해도 걱정은 들지 않았다. 오히려 전력상 큰 도움이 되면 됐지 그들의 발목을 잡을 여자는 아니었다.

하지만 전력에 보탬이 되지 않아도 좋으니 제발 빠져 주었으면 하는 게 솔직한 심정이었다. 배라는 것의 특성상 한 번 항해를 시작하면 죽으나 사나 같은 공간에서 함께 있어야만 했다. 도망갈 장소가 한정되어 있는 곳에서 일이 끝날 때까지 그들은 저 둘과 함께해야만 한다는 생각에 그만 전의를 상실하고 말았다.

"이번이 마지막이다."

"네?"

작게 혼잣말을 중얼거리는 단장의 옆에서 키제가 눈을 동그랗게 뜨고 물었다.

"이제 다시 해적질은 안 한다."

더 이상 전업의 갈등 따위는 없었다. 토렌즈 단장은 이 순간부터 배의 폐쇄성을 증오하기로 결심했다.

다이안은 햇빛이 쏟아지는 베란다에 앉아서 하늘의 향해 오른손을 내밀어보았다. 쫙 벌린 손가락과 그 사이로 비치는 햇빛이 다이안의 얼굴에 그림자와 빛의 음영을 만들어냈다.

"떠났겠지?"

"이미 떠났을 시간입니다."

"너도 가고 싶었지?"

"……."

다이안은 목석처럼 서 있는 요한을 바라보며 물었다. 잠시 그의 갈색 눈동자가 심하게 흔들리는가 싶더니 곧 안정을 찾으며 조용히 대답했다.

"아직 제가 해야 할 일이 남아 있습니다."

"훗, 그런가. 하지만 이상하게 잠잠하군. 검은 수호자가 너라는 것을 알게 되면 무라드 후작이 어떻게든 반응을 보일 거라 생각했는데."

"그분에게 있어 저는 이미 죽은 자입니다."

"그럼 너는 어떻지? 그는 너에게 어떤 존재일까?"

"제가… 죽여야 할 자입니다."

가래가 목에 막힌 듯 갑갑한 목소리로 대답하는 요한을 바라보며 다이안은 잠시 미간을 찌푸리다 고개를 돌려 버렸다.

"너나 나나 그리 좋은 운명은 아니야, 그렇지?"

어머니를 제 손으로 죽이고 아버지마저 죽여야 하는 요한이나 모후를 증오하는 자신이나 그리 다를 게 없는 사람들이었다. 그래서 함께 있으면 쓸쓸하고 건조했다.

"그럼 너는 오그덴으로 떠나라."

"……!"

"그곳에 가서 네가 원하는 일을 해, 죽이든 살리든 후회가 남지 않도록. 그리고 다시 이곳으로 돌아와라. 지그문트 욘이 아닌 네가 어머니에게 받았다는 원래 이름과 네 외삼촌이 주려고 하는 성을 받아라."

지리적으로 여름이면 태풍이다 수해로 농사를 망치기 일쑤인 오그덴은 여름이면 축제란 이름으로 하늘에 제사를 올린다. 민간 신앙적인 요소가 강해 라르고리스 교단에서는 썩 내켜하지 않는 행사이나 오랜 전통이란 점에서 막을 수만은 없는 노릇이었다. 그리고 여름마다 열리는 그 축제에 각 나라들은 매번 사절단을 보냈다.

다이안은 이번에 보낼 사절단에 요한을 포함시킬 계획이었다. 무라드 소 마첸 요한이라는 이름을 버리고 지그문트 욘으로 살아가는 그가 당당하게 자신의 아버지 앞에 서기를 바라면서 말이다.

"잊지 마. 넌 이제 바르제바의 국민이며 나의 신하다. 그리고 무라드 후작은 간신인 마이야르 백작과 결탁해 바르제바에 음해를 끼치려는 세력이다. 만약에 마지막 너의 양심을 붙잡고 괴롭히는 것이 있으면 이걸 상기시켜라. 너의 아버지는 이제 그가 아니야. 너의 국가는 이제 오그덴이 아니다. 그리고 그 우울한 얼굴 집어던지고 내게 다시 돌아와. 네가 돌아와야 할 곳은 바로 이곳이니까. 나는 기다리고 있겠다."

조금은 애처롭고 슬픈 눈으로 다이안은 앞을 바라보며 요한에게 당부했다, 꼭 돌아오라고. 아마도 그가 돌아올 때쯤에는 이곳도 많은 게 변해 있을 테고 다이안 그도 변해 있을 것이다. 그래 서로 변한 모습으로 다시 마주하게 되면 더 이상 쓸쓸하지 않고 슬프지 않은 미소를 하고 있기는 다이안은 바랐다.

다이안이 후궁인 나후와 동침하게 된 이후로 왕비의 처지가 불쌍하게 된 건 사실이었다. 그나마 전에는 며칠에 한 번씩이라도 찾아와 차를 마시고 가던 다이안이었는데, 이제는 완전히 발걸음조차 하지 않게 된 지가 오래였다. 그러던 중에 그녀의 간담을 서늘하게 만드는 일이 일어나고 말았다.

"뭐라고?"

"그, 그러니까."

"어서 말해!"

"나후님이 회임을 한 것 같다는 소문이……."

"사실이냐?"

"확인은 되지 않았지만 이미 소문이 궁에 쫙 퍼졌습니다. 일부에서는 나후님이 일부러 회임 사실을 숨기시는 것 같다고……."

"아아아악!"

시녀의 말을 계속 듣다가 에린은 결국 머리를 쥐어뜯으며 발작을 하고 말았다. 남자의 사랑이 아무리 가볍다고 하지만 이토록 아무 무게 없이 사라지는 것인 줄은 정말 몰랐다. 아직까지 다이안이 자신을 사랑한다고 믿고 있던 에린은 그의 변심과 그의 마음을 가져가 버린 나후를 저주하고 또 저주했다.

"아버지를 불러."

"……."

"뭐 하고 있는 거냐! 아버지를 궁으로 부르라니까!"

에린의 부름에 서둘러 궁으로 입성한 마이야르 백작은 이미 초토화가 된 왕비의 처소를 둘러보며 이맛살을 찌푸렸다. 어째 성질 부리는 방법이 지 어미와 하나도 다르지 않았기 때문이다.

"대체 이게 무슨 일이십니까."

"나후, 나후 그것이……."

이를 으드득 갈던 에린이 방금 막 들은 나후의 임신 소식을 전하자 마이야르 백작의 눈동자엔 살기가 어렸다. 화가 났다. 다이안과 나후, 그리고 국왕의 마음 하나 잡지 못한 에린에 대한 분노로 눈에 살기가 어리던 마이야르 백작은 딸을 보듬어 안으며 차가운 목소리로 위로해 주었다.

"아무것도 걱정하실 필요 없습니다. 전하의 첫 번째 왕자를 낳으실 분은 전하이십니다. 이 세상에 오로지 왕비 전하밖에 없도록 이 아비가 만들겠습니다."

하지만 사태는 점점 악화일로였다. 카트린느지에선 나후의 임신 소문에 관한 기사가 실렸고, 모든 사람들이 그녀가 국왕의 아이를 가졌다고 믿게 되었다. 하지만 정작 나후 본인은 그 사실을 부정했다.

"아닙니다. 어떻게 해서 소문이 그렇게 났는지는 모르겠지만 아직은, 아직은 소식이 없습니다."

헤레나에게 불려간 나후는 강하게 임신 사실을 부정했다. 나후가 자신에게까지 거짓말을 할 이유는 없단 생각에 헤레나는 우선 그 말을 믿기로 했다.

"그렇다면 대체 왜 그런 소문이 난 건지 알고 있니?"

"전혀 모르겠습니다. 그런 소문이 날 만한 행동도 하지 않았는데 어느새 소문이 나 있고, 제가 아무리 부정을 해도 사람들이 믿어주지를 않아요."

"국왕은 뭐라 하더냐?"

"제가 아니라고 하자 많이 서운해하셨습니다."

"그래? 하지만 너도 그렇고 국왕의 나이도 있으니 되도록이면 아이는 뒤에 가지는 게 좋을 것 같다. 너도 알겠지만 국왕의 입장에서 너무 빨리 자식을 보아도 이로울 게 없어. 네가 국왕을 아낀다면 스스로 조심해야 할 거다."

"알고 있습니다."

다이안을 아끼는 마음이야 헤레나보다 더했면 더했지 결코 뒤지지 않는 나후였다. 왕권이 확립되지 않은 마당에 국왕이 자식을 빨리 봐봤자 더 어리고 이용해 먹기 쉬운 왕으로 교체될 가능성만 크게 해줄 뿐이었다. 그래서 누구보다 임신을 원하지 않는 것이 바로 나후 본인이었다.

그러나 소문만은 아무리 붙잡으려고 해도 잡을 수가 없었다. 그리고 사실만을 보도한다는 카트린느지에선 분명 사실이 아닌데도 나후의 임신 소식을 계속 화젯거리로 삼고 있었다.

story 42

돌아가는 길의 한가운데에 서다

STORY 42 STORY 42

돌아가는 길의 한가운데에 서다

오그덴 제국의 여름 축제는 매년 황족 중 한 명이 제사장이 되어 처음부터 마지막까지 15일 동안 축제를 주관하게 되어 있었다. 그래서 수도 전체를 돌아다니며 곳곳에서 열리는 축제에 참여하고 얼굴을 내비치며 매일 제사를 주관하는 게 제사장의 일이었다.

그만큼 황족을 경호하는 것에 신중을 기해야만 했다. 축제의 흥을 깨지 않으면서 수많은 인파로부터 그를 지켜야 한다는 것은 보통의 일이 아니었다. 게다가 상대가 요즘 황위 계승자로 거론되는 이라 더욱 그랬다.

해서 보나타 왕자의 경호에 집중하다 보니 이번에 높은 수익을 얻어 귀항 중인 선박의 경호에는 많은 신경을 쓰지 못했다. 아무래도 경중을 따진다면 보나타 왕자 쪽이 우선이었고, 본인도 자신의 안전에 더 신경 쓰라 명령을 내린 후였다.

하지만 귀항하면 그 이익금으로 이번에 구입한 군수 물자의 대금을 치르기로 했던 선박이 해적을 만났다는 소식에 보나타로선 화를 안 낼 수가 없었다.

"해적? 해적이 어떻게 제국의 선박을, 그것도 내 문장이 새겨진 선박을 탈취할 수 있단 말이냐! 간이 배 밖으로 나오지 않았으면 어찌 황족의 재산에 손을 대!"

하지만 그의 배는 해적에 의해 탈취당했고, 선원을 비롯한 기사들만이 작은 배에 실려 가까스로 오그덴으로 돌아왔다.

"하말리엘, 하말리엘은 대체 뭘 하고 있었기에 두 눈 뜨고 내 배를 빼앗겼는지 한번 말이나 들어보자!"

"저, 그게……."

보나타의 선박을 경호하는 책임을 지고 있던 하말리엘을 부르며 보나타는 분노했다. 하지만 그의 부름에도 하말리엘은 나타나지 않았다. 보나타 앞에서 부복하고 있던 자들은 당시 배 안에 있던 기사들로 누구보다도 그의 상태를 잘 알고 있었다.

"전하, 하말리엘 경은 지금 부상으로 운신을 하지 못하는 처지입니다."

"운신조차 못한다고? 그 하말리엘이 말인가."

뜻밖의 소식에 보나타의 목소리는 좀 전보다 많이 누그러져 있었다.

하말리엘이 누구인가. 한때 무라드 후작의 장자이자 검의 천재라 일컬어지던 요한과 비견되던 자였다. 매우 근소한 차이로 항상 요한에게 우위를 내주기는 했지만 천재라 불리던 요한에게 전혀 꿀리지 않은 실력을 가진 자였다.

　그리고 지금은 오그덴 제국의 최고 검사로, 누구도 그가 최고이며 일인자라는 것을 의심하지 않았다. 축제 기간과 맞물려진 선박의 귀항에 소수의 경호원만을 보낸 건 그 안에 하말리엘이 포함되어 있었기 때문이다.

　"괴물이었습니다."

　"……?"

　"그 해적들 중에 괴물이 있었습니다. 그는 인간이 아니었습니다. 인간이라면 그렇게 강할 수가……."

　"답답하다! 자세히 설명해 봐라."

　"하말리엘 경과 그 괴물의 싸움은 두 눈으로 본 저조차 믿을 수가 없었습니다. 창을 들고 있던 그자는 아예 장난감처럼 하말리엘 경을 가지고 놀았습니다. 그 밖에 그에게 당한 이들은 모두 하말리엘 경처럼 운신은커녕 의식조차 차리지 못하고 있습니다."

　그때의 일이 생각났는지 기사는 부르르 몸을 떨었다.

　"그런데 너희들은 왜 이렇게 멀쩡한 거지?"

　의식조차 차리지 못하고 있다는 이들에 비해 지금 그의 앞에 있는 이들의 상태는 너무 좋았다. 얼굴과 몸 곳곳에 상처 자국은 있었지만 그 정도 가지고 부상이라고 할 수는 없을 것이다.

　"저희를 상대했던 이들은 그래도 그 괴물에 비하면 평범한 사람들이었습니다. 결국엔 그들의 포로로 잡히기는 하였지만……."

　어떤 변명을 한다고 해도 결과가 바뀌는 것은 아니다. 결국에 그들은 배를 빼앗겼고 겨우 목숨만 살아남은 채로 돌아올 수 있었지만 부상자들의 상태는 극과 극이었다. 보통 수준의 기사들은 자신들과 너무도 차이가 나는 상대방의 무위에 겁을 먹고 얼마 싸우지도 않고 바로 포기를 해버린 반면, 실력이 조금이라도 있는 자들은 끝까지 대항한 결과 온몸으로 비참함을 말하는 신세가 되고 말았다.

"못난 것들!"

"전하."

"뭐냐?"

"카타라린 상단에서 대금 문제로 전하를 뵙고자 청하고 있습니다."

"젠장."

얼마 전에 카타라린 상단에서 대량의 군수 물품을 구입한 보나타였다. 그쪽도 보나타가 이번 해상 무역을 통해 얻은 이익금으로 대금을 지급할 거라는 것을 알고 있었다. 그런데 벌써 그 선박이 해적을 만났다는 소문이 돈 것이다. 그도 그럴 것이 패잔병이 되어 돌아온 이들을 목격한 이가 너무 많았다.

"너희들은 마저 치료하고 상단 사람들은 접객실로 데려와라."

상태가 양호해 보이기는 하나 그들도 엄연한 부상자였다. 더 이상 붙들고 있어봤자 부상만 악화시킬 것 같아 보나타는 접객실로 거칠게 발걸음을 옮겼다.

"저희로서는 더 이상 전하의 대금 지급일을 뒤로 미룰 수가 없습니다. 아시다시피 저희도 전하께 받을 것으로 다른 곳의 적자를 막아야 하는 형편이라 이 이상 미루신다면 저희가 파산할 지경입니다."

"조금만 기다리라 하지 않았나."

"우리로선 굉장히 많이 기다린 겁니다. 제발 저희의 사정도 고려해주십시오."

"너희는 내가 황제가 되어도 이렇게 닦달할 것인가? 설마 제국의 황제가 될 사람이 그 정도도 갚지 못할까. 모두 보기 싫으니 그만 물러가라!"

누군가에게 닦달을 당해본 적이 없는 보나타는 그만 도리어 화를 내며 상인들을 쫓아내 버렸다.

하지만 그는 이내 자신이 한 말을 후회했다. 아무리 자신이 유력한 계승자로 거론되고 있다 하나 황제가 될 것이다, 라는 말은 함부로 해서는 아니 될 말이었다. 일순 그 자리를 모면하고자 했던 말이었는데 경솔해도 너무 경솔했다.

"그것들을 잡으러 가야 하나?"

지금의 상황을 벗어나기 위해서는 찢어 죽여도 시원치 않을 해적들을 잡으러 가야 했다. 해적들의 근거지를 몇 군데만 건드려 보면 줄을 잇듯 엮어서 나올 터였다.

"보나타!"

거의 해적 소탕 쪽으로 결심을 다잡아가고 있을 때 페도라가 보나타의 처소로 찾아왔다.

"어찌해 지금 이 시간에 여기에 있는 거지? 오후부터 제사장이 해야 할 일이 얼마나 많은지 알면서. 지금 너를 찾는 소리들이 많다. 어서 가보거라."

나이는 분명 보나타가 더 많았지만 황자와 왕자의 신분을 엄격한 것이었다. 그래서 자신보다 더 나이 많은 배다른 형임에도 페도라는 보나타에게 말을 내렸다. 그러나 보나타는 꿋꿋이 자신보다 높은 신분의 페도라에게 말을 내리고 확실하게 동생 취급을 하였다.

"지금부터 해야 할 일이 있으니 며칠만 네가 내 역할을 해다오."

"무슨 소리를 하는 거지? 이제 축제가 나흘밖에 안 남았는데, 무슨 볼일이 있다는 건지 모르겠지만 뒤로 물리고 어서 채비를 해라. 의식이 있으니 예복으로 어서 갈아입고."

"젠장! 하루라도 늦었다간 그 해적 놈들이 어디로 도망칠지 모르는 판국에 그런 형식적인 제사 따위가 뭐가 중요하다고 이렇게 난리는 치는지 모르겠군."

보나타는 자신이 만약 황제가 된다면 이 빌어먹을 축제부터 없애 버릴 생각이었다.

"볼일이라는 게 해적들에게 뺏긴 배 문제인가 보군. 미안하지만 보나타, 그건 네 개인적인 문제다. 네 개인적인 문제로 국가의 중요한 행사를 망칠 수는 없어."

"이놈이나 저놈이나 꽉 막혀서는. 그래, 참석한다, 참석해!"

머리를 긁적이던 보나타는 짜증을 내며 접객실을 나가 버렸다. 그러나 흥분한 나머지 보나타가 간과한 게 있었다. 지금까지 페도라는 한 번도 그에게 이렇듯 강경한 태도를 보인 적이 없었다. 보나타가 소리를 크게 지르면 움찔 놀라서 더 이상의 대꾸도 하지 않던 녀석이었다. 가끔 말싸움으로 이어지는 경우가 없지는 않았지만 대개 페도라 측에서 먼저 물러나는 일이 많았다.

싸움은 목청 큰 놈이 이긴다고, 아무리 조목조목 따져도 한 번에 주위를 쓸어버리며 압도해 버리는 보나타의 광포함을 이겨낼 재간이 그에게는 없었던 것이다. 그런데 이상하게 오늘은 움찔하지도 않고 미리 준비라도 한 듯이 바로바로 말을 받아친 것이다. 하지만 흥분해 있던 보나타는 그런 페도라의 이상한 점을 미처 알아채지 못하는 실수를 범하고 말았다.

부랴부랴 예복으로 갈아입은 보나타는 무사히 제사에 참석할 수 있었다. 그러나 정신없이 제사를 주관하고 나온 보나타를 기다리는 것은 황제의 시종이었다.

"전하, 폐하께서 찾으십니다."

하루 종일 운이 좋지 않더니 마지막까지 훌륭하게 장식하고 말았다. 보나타가 왕의 처소로 들어서자 노한 고함 소리가 그를 맞이했다.

"네 이놈!"

"왜 그러십니까, 폐하."

일단은 이유도 모른 채 황제의 앞에 무릎 꿇고 앉아 이유를 물었다.

"네가 감히 아직 태자도 되지 않았거늘 황제를 운운해!"

순간 보나타는 속으로 욕설을 내뱉었다. 낮에 상인들에게 했던 말이 바로 황제에게 들어간 것이다. 내내 찝찝하더니 결국 이런 일이 벌어지고 말았다.

"폐하, 오해이십니다. 누구에게서 어떤 말을 들었는지 모르나 모두가 소자를 음해하기 위한 말일 겁니다. 황제를 운운하다니요? 당최 무슨 소리인지 저는 모르겠습니다."

일단 시치미부터 떼고 볼 일이었다.

"짐이 그동안 너를 가만히 두고 보았던 것은 네가 짐의 장자인데다 그대로 버려두기엔 아까운 녀석이라 생각해서였다. 그런데 요즘 군수품을 모으는 이유가 무엇이냐! 왜 무인들을 끌어들여 군벌을 만들려고 해?"

대노한 황제의 일갈에도 보나타는 눈썹 하나 까닥하지 않고 침착하게 맞대응했다.

"폐화께서 소자를 오해하고 계십니다. 군수품을 모은 것은 폐하께서도 아시다시피 제 자신이 무인이다 보니 군수 물자에 대한 관심이 많아서입니다. 그러다가 우리나라의 군수품이 제국의 면모라 하기에는 턱없을 정도로 부족해 그나마 조금이라도 갖출까 해서 사들인 것뿐입니다. 그리고 군벌이라니요. 그저 친한 벗들끼리 모여 몇 번 자리를 함께했던 것뿐입니다. 폐하도 아시지 않습니까. 소자가 워낙에 걸걸하여 친한 벗이라곤 모두가 무인들뿐이라는 것을요."

보나타는 능글거릴 만큼 말주변이 좋았다. 그래서 매번 욱하는 성격에 한순간 저지른 실수들도 그때그때 무마할 수가 있었다. 그러나 오늘은 그것마저 통하지 않았다. 낮에 상인들에게 했던 말실수가 황제를 그만큼 화나게 했던 것이다.

"이제 너의 그 입바른 소리도 듣기 싫다. 너에 대해 깊이 생각해 보아야겠다."

손짓으로 이제 나가보라는 황제의 분부에 보나타는 군말없이 자리에서 물러나야만 했다.

자신의 처소로 돌아가던 보나타는 무심코 얼마 전에 만났던 점술사의 말이 생각났다.

"전하의 운은 너무 기복이 심합니다. 높이 올라갈 때는 하늘 모르고 올라갔다가 내려오는 건 순간이죠. 그리고 최근부터 전하의 운이 아래로 내려갈 조짐을 보이십니다. 더욱이 경제적으로 크게 손해를 보실 일이 생길 것 같습니다. 그렇더라도 최대한 침착하시고 이성을 잃지 마시기 바랍니다. 만약에 계승 문제가 이 시기에 부각된다면 전하께선 굉장히 불리한 입장이 되실 겁니다. 호호, 그럼 어떻게 해야 되겠냐고요? 글쎄요. 최대한 폐하의 눈 밖에 나는 행동은 삼가세요. 그렇지 않는다면… 불경한 이야기지만 전하께서 폐하를 음독하고 반란을 일으키지 않는 한 절대 요원한 일이 될 것입니다."

당시에는 재미로 본 점이라 깊이 새겨듣지 않았다. 그런데 이것이 꽤나 그럴싸하게 맞아떨어지고 있었다. 그 때문인지 그녀가 했던 마지막 말이 그의 귀에서 떠날 줄을 몰랐다.

무라드 후작은 십여 년 만에 보게 된 아들을 만났는데도 차가운 얼굴로 전혀 모르는 사람인 척했다. 이미 요한이 바르제바에 있다는 것과 그 근황에 대해 측근에게 전해 들은 그는 무심한 얼굴로 바르제바의 사절단에 섞여 있는 요한을 쳐다보았다.

예전에는 잘 몰랐는데 이렇게 보니 자신과 닮은 구석이 참 많은 아들이었다. 눈동자나 특정 단어를 말할 때 입술 근육을 움직이는 모양까지. 이제 와 돌아보면 분명한 그의 아들이었다. 그런데 왜 그때는 그렇게 의심하고 믿지를 못했을까.

이유는 알고 있다, 애초부터 사련에 빠져 있었던 그의 눈에 보이는 것이라곤 편협하고 더러운 거짓말들밖에 없었다는 것을. 그래서 너무도 쉽게 부인의 부정을 의심하고 막 태어난 아들의 태생을 의심했었다. 의심이 커지면 커질수록 밉고 싫어서 어떻게든 없애 버리고 싶은 마음뿐이었다.

참 웃기는 것이, 자신은 아버지가 돌아가시고 그의 첩이었던 여자와 불륜에 빠진 주제에 아내가 정숙치 못하다고 책임을 논하고 윤리를 따졌다. 단지 밤늦게 낯선 남자와 함께 있었고, 그 남자가 아내를 연모해 보냈다는 편지들에 격분해 임신 중이던 아내를 불결한 이로 내몰고 그녀의 아들까지 자신의 아들이 아니라고 부정을 해버렸다.

그런 주제에 아버지의 첩이었던 여자에게서 한 달 늦게 태어난 아들을 요한과 쌍둥이로 만들어 적자로 삼아버렸다. 자신의 아들은 그 아이뿐이라며 요한을 인정하지 않았다. 아내가 점점 미쳐 가도 신경 쓰지 않았다. 어차피 사랑했던 여자는 이미 하나였고 아내는 정략결혼의 산물에 지나지 않았기에 미련 따윈 없었다.

가세가 그렇게 기울지만 않았어도 그녀와 결혼하는 일 자체가 없었을 테니 말이다. 그리고 결국 완전히 미쳐 버린 어머니를 보다 못한 요한이 살해하고 말았을 때 마음 깊이 안도할 수 있었다. 그제야 그의 인생의 걸림돌이자 눈엣가시였던 존재들을 한꺼번에 치워 버릴 수 있다고 기뻐하기까지 했다.

그리고 지금 다시 만난 요한은 모르는 사람이 봐도 그의 아들이라할 정도로 그를 빼닮아 있었다. 하지만 인정하지 않을 것이다. 요한은 끝까지 아내의 부정으로 태어난 아이여야만 했다. 그는 결코 자신의 실수와 죄를 인정하고 싶지 않았다. 아니, 정직하게 말하자면 요한이 자신의 아들일 거라는 걸, 사실은 아내가 외간 남자와 부정한 일을 저지르지 않았다는 것을 그는 알고 있었다.

하지만 질투와 욕심으로 점철되어 억지를 부리는 사랑하는 여자의 소원을 들어주지 않을 수가 없었다. 그녀의 바람대로 속아주는 척해야만 했다. 그리고 그 마음은 지금도 마찬가지였다. 무라드 후작은 우연히 눈이 마주친 요한의 시선을 슬며시 피하며 그를 외면해 버렸다. 이 정도의 거리와 관계가 그들에게는 최상의 것이었다.

마이야르 백작이 뜻밖의 소식을 전해 들은 건 언제나처럼 뜨거운 태양을 피해 오수를 즐기고 있을 때였다. 시끄럽게 흔들어 깨우는 소리에 화가 나 무작정 주먹을 날리고 자리에서 일어났다. 그냥 잠만 잔 것뿐인데 온몸이 끈적끈적한 땀으로 번들거려서 손수건으로 대충 닦아내는 손길이 거칠기 그지없었다.

"무슨 일이냐?"

중요한 일만 아니라면 가만두지 않겠다는 듯 살기를 날리며 낮잠을 깨운 이유를 물었다.

"오그덴 제국의 황제가 보나타 왕자에게 독살을 당했답니다."

"오호, 그래? 독살이라, 독살! 뭐시라? 그래서, 그래서 보나타 왕자는?"

"황제를 시해하고 반란을 일으키려 했지만 바로 그 자리에서 잡히고 말았답니다. 보나타 왕자가 독극물을 구입한 정보를 페도라 황자가 전해 듣고 황제의 처소에 달려갔을 때는 이미 황제는 독살당한 후였고, 황자는 발빠르게 제일 먼저 보나타 왕자의 신병을 확보한 뒤에 증거들을 하나하나 찾아냈다 합니다. 그것들이 도저히 발뺌할 수 없는 증거들이라 보나타 왕자의 사형은 거의 확실하다고 합니다."

전혀 상상도 못한 이야기에 마이야르 백작은 빈혈을 느끼며 옆으로 쓰러지려다가 다시 정신을 차리고 다른 것들을 물었다.

"일이 그 지경이 되었는데 왕자 쪽 사람들은 가만히 있었다는 거냐?"

"왕자가 황자에게 잡혀 있는 사정이라 섣불리 무력을 일으킬 수 없었다고 합니다. 그리고 하나씩 나오는 증거들이 너무 명백해서 만약 그들이 무력을 일으키면 그야말로 반란이 되고 마는 실정이었답니다. 게다가 보나타 왕자가 체포될 당시에 웬만한 그의 측근들도 함께 잡혀 들어갔답니다. 일단은 황제를 시해하는 데 공조했는지 알아보기 위해서라는 명목으로."

"그럼 무라드 후작은?"

"그게……"

소식을 전하러 온 백작의 보좌관은 잠시 난감한 표정을 짓다 더듬더듬 대답했다.

"그, 그게 처음 황자가 보나타 왕자를 잡으러 갈 때 그 자리에 함께 있었던 듯싶습니다. 이유를 모르던 후작이 이에 반발하는 과정에서 검을 뽑게 되어 싸움이 있었다고 합니다. 아시다시피 무라드 후작이라면 검사로 제국에서도 몇 손가락 안에 드는 이 아닙니까. 그래서 난전이 되려는데 마침……."

"마침, 뭐?"

"우리 바르제바의 사절단이 보나타 왕자를 찾아갔다고 합니다. 그 왜 백작님이 당부하지 않으셨습니까. 왕자를 찾아가서 꼭 인사를 하고 오라고요. 그래서 갔는데 상황이 상황이다 보니, 사정을 들은 우리 사절단이 황자의 편에 들어 도왔답니다. 그래서 그 와중에 지그문트 욘에 의해 목숨을 잃었다고 합니다."

"하……."

어이가 없어서 말문을 잃어버린 마이야르 백작은 순간 자리에서 벌떡 일어났다. 이러고 있을 시간이 없었다. 그의 마지막 보루였던 무라드 후작과 보나타 왕자가 몰락한 지금 이제 정말 그에게 남은 거라곤 에린 하나밖에 없었다.

최근 들어 마이야르 백작도 이상한 낌새를 느끼고 있던 중이었다. 추문이나 경제적 파탄 등을 이유로 정계에서 실각된 이들이 점점 늘어나고 있었다. 사고나 병으로 죽는 이들이 있는가 하면, 왕위 계승권을 가지고 있었던 여섯 명 중에 벌써 네 명이 병이나 사고 등으로 죽어갔다.

하지만 지금처럼 에린이 국왕의 눈 밖에 나버린 상태에서는 전혀 그의 방패막이 되어줄 수가 없었다. 이게 모두 나후 때문이었다. 게다가 그 계집에는 지금 국왕의 아이까지 임신 중이었다. 아무리 그녀가 발뺌해 봤자 소용없는 일이었다. 마이야르 백작은 피가 맺힐 정도로 입술을 깨물었다.

다이안은 여유 시간이면 항상 나후와 함께 시간을 보냈다.

요즘 한창 꽃꽂이에 취미가 붙은 그녀는 여러 작품들을 만들어서 그에게 보여주는 게 즐거움이었고 자랑이었다.

덕분에 그녀의 처소는 온통 꽃의 향기로 가득했다.

"하지만 이 중에서 가장 아름답고 향기로운 것은 바로 너야."

늘 그녀에게 기분 좋은 소리만 하는 다이안이었다. 향기롭고 아름다운 꽃에 둘러싸여도 오로지 그녀만을 쳐다보고 그녀에게만 말을 걸었다. 태어나 이렇게 행복한 적이 없을 정도로 그녀는 살아 있다는 것이 고마웠다.

자상한 얼굴로 나후를 쳐다보고 있던 다이안이 갑자기 움찔하더니 이내 딱딱하게 굳어가고 있었다. 돌연한 그의 증상에 놀란 나후는 걱정이 되어 꽃꽂이를 하던 손길을 멈추고 그에게 다가가 이마에 손을 얹어보았다. 열이 있거나 온기가 식은 것도 아닌데 창백한 다이안의 안색이 걱정되어 어찌할 바를 몰라 했다.

"이를 어째."

"그냥 갑자기 한기가 든 것뿐이야. 미안하지만 오늘은 이만 돌아가서 편히 쉬고 싶은데 괜찮을까?"

"그러세요. 제가 시종장에게 약을 올리라 분부하겠습니다."

"아니, 됐어. 그냥 잠 한숨 자고 일어나면 괜찮아지겠지. 꿈결처럼 깃털처럼, 편안하고 따뜻하게."

자리에서 일어나 나후의 처소를 떠나는 다이안의 뒷모습이 이상하게 힘이 없고 불안해 보였다. 나후는 그를 따라나서려 했지만 다이안은 그녀의 손목을 붙잡고 고개를 저었다.

"아니, 오늘은 아니야."

언제나 하던 다음에 보자는 말 대신 다이안은 나후의 감은 눈꺼풀 위에 가볍게 입을 맞췄다. 그리고 모양 좋은 곡선을 그리고 있는 콧등과 입술에 짧으면서 가벼운 입맞춤을 연달아 해주었다. 나후의 볼에 자신의 볼을 갖다 댄 다이안은 아무 말 없이 그 동작 그대로 가만히 있다가 한참이 지난 후에야 그녀에게서 떨어졌다.

"좋은 꿈 꿔."

"후후, 아직 저녁 식사 전이에요."

"꿈은 꼭 잠을 자야지만 꾸는 게 아니야."

"당신만 있으면 전 언제나 꿈속에 있는걸요."

"나는 현실이 좋아. 당신의 꿈속으로 나를 끌어들이지는 마."

다이안은 가볍게 미소 짓다 나후의 볼을 쓰다듬어 주었다.

그녀의 처소를 나와 걸어가는 다이안의 걸음이 오늘따라 느리고 더뎠다. 마치 주문이라도 외듯, 기도를 하는 성직자처럼 경건하고 조심스러우며 신중했다.

"지금입니다."

조용히 뒤를 따르던 시종장 게일의 목소리가 다이안의 귀에 들렸다. 그것을 신호로 그때까지 감고 있던 눈을 뜬 다이안은 갑자기 발걸음을 뒤로 돌려 다시 나후의 처소로 돌아가며 말했다.

"왠지 느낌이 안 좋아."

근위 기사들에게 그 한마디를 던지고 다이안은 빠른 걸음으로 나후의 처소로 돌아갔다. 급한 듯 그녀의 침실 문을 열자 보이는 광경은 바닥에 쓰러져 있는 나후와 그녀의 목에다 꽃꽂이용 가위를 찔러놓고 있는 사내의 모습이었다.

"누구냐!"

아무 말도 못하고 멍하니 서 있는 다이안의 뒤에 서서 침실 안을 슬쩍 쳐다보던 근위 기사가 급하게 안으로 들이닥치며 외쳤다. 그 소리에 반응한 다른 근위 기사들도 그를 따라 침실 안으로 들어갔다.

갑자기 근위 기사들이 들이닥치자 암살자는 창문의 유리를 깨고 도망쳤다. 그의 뒤를 근위 기사들이 쫓아가자 나후의 침실에는 그녀와 다이안만이 남게 되었다.

멀리서 비명 소리와 북적거리는 소리가 들리는 것 같았지만 다이안은 개의치 않고 천천히 나후의 옆으로 다가가 무릎을 꿇었다. 가위가 목에 꽂힌 채 입에서 피를 토해내는 나후는 아직 죽지 않은 상태였다. 지금이라도 밖에서 아무도 침실 안으로 못 들어오게 지키고 있는 게일을 부른다면 아마 그녀는 살 수 있을 것이다.

하지만 게일을 부르는 대신에 천천히 움직이던 다이안의 손이 나후의 목에 꽂힌 가위를 힘주어 잡더니 사정없이 한 번에 뽑아버렸다. 그러자 상처에서 더 많은 피가 흘러내리며 나후의 입에서 검붉은 핏덩어리들이 쏟아져 나왔다. 언제나 꽃향기로 가득한 방 안에 피비린내가 퍼지기 시작했다.

순간 다이안은 이 상황이 굉장히 낯설면서 비현실적이라는 느낌이 들었다. 피 흘리며 죽어가는 이 여자는 왜 이 순간마저 이렇게 아름다운 것일까.

"앞으로 평생을 살아가면서 너처럼 나를 사랑해 주는 이를 또 만나지는 못할 거야."

"……."

"너보다 더 아름다운 사람도 없겠지."

"……."

"따뜻한 사람도 없을 거야."

"……."

"날 설레게 하는 사람도 없겠지."

"……."

"하지만 날 위해서 그냥 죽어줘."

나후는 다이안의 얼굴에 떨리는 손등을 갖다 대려 했다. 하지만 힘이 없어서 계속 팔이 밑으로 떨어지고 말았다. 그런 그녀를 보며 다이안은 마지막까지 어리석고 바보 같은 여자라고 생각했다. 비웃어주기 위해서 미소를 지었다. 최대한 아름답고 화려한 그의 미소가 그녀에게 보내는 그의 마지막 인사였다.

결국 나후는 원대로 그녀의 손등으로 그의 볼을 쓰다듬을 수 있었다. 그리고 그녀는 서서히 감기는 눈으로 마지막까지 다이안을 담았다. 그녀를 위해 세상에서 가장 아름다운 미소를 짓고 있는 입술과 눈물을 흘려주는 눈동자를.

나후의 살해범은 곧바로 잡혔다. 심문 결과 살인 교사범은 마이야르 백작이었다. 국왕의 아이를 임신한 나후에게 위기감을 느끼고 살인을 교사한 것이다. 그의 저택에서 그가 나후를 살해하기 위해 준비했던 여러 가지 증거들이 나왔다. 하지만 마이야르 백작은 끝까지 이를 부정했다.

"죽이려고는 했습니다. 하지만 그럴 생각뿐이었지 아직 실행하지도 않았습니다. 아니, 그럴 마음만 먹은 거지, 어찌 제가 살인을 교사할 수 있겠습니까? 믿어주십시오, 제발!"

횡설수설이었지만 요점은 자신은 절대 나후를 죽이라 명하지 않았다는 것이었다. 준비뿐이었지 실행은 하지 않았다는 것이다. 하지만 저택에서 나오는 물증들과 살인범의 증언이 그의 유죄를 확증하고 있었다. 살인범 역시 강력하게 마이야르 백작을 지목하며 그에게서 받은 쪽지와 선임금들을 증거로 제시했다. 분명히 마이야르 백작의 사인과 필체였다.

정확하게 확인된 바는 아니지만 나후는 국왕의 아이를 임신한 걸로 알려져 있었다. 그것까지 감안한다면 마이야르 백작에게는 두 건의 왕족 살인죄를 적용할 수가 있었다. 여론도 그에게는 냉정할 수밖에 없었다.

나후는 바르제바에서 가장 사랑받는 여자였다. 인간이 아닌 것처럼 아름답던 외모도 그렇지만 미모만큼이나 마음도 아름다웠던 여자였다. 시간이 지나면서 점점 아름다워지던 그녀의 입가에 맺힌 미소를 보는 것만으로도 남녀노소를 막론해 모두가 행복해했다. 이렇게 분노하는 이유는 그녀가 꼭 아름다워서만이 아니었다. 국왕의 장인이 아이까지 가진 왕의 후궁을 살해했다는 것 자체가 충격이고 공표였던 것이다. 동정의 가치조차 없는 마이야르 백작에게 즉결처분으로 사형이 내려져도 누구도 반론을 제기하지 않았다.

에린은 우선 감금을 시키되 조만간 폐위시키자는 것으로 의견이 모아졌다.

그리고 이 일로 인해 왕국의 경호 문제가 대두되면서 경비병과 기사들의 대부분이 교체되었다. 예전엔 거의 이라이언 공작과 마이야르 백작이 추천하거나 그곳 출신의 기사들이었는데, 이번에는 출신들이 다양해지고 통관 시험을 거친 능력있는 자들로 심혈을 기울여 뽑았다.

마이야르 백작이 사형을 당하고 그의 세력들이 우왕좌왕하는 사이에 다이안은 빠르게 그 세력을 접수해 버렸다. 그리고 그동안 분류해 두었던 것을 기준으로 쓸 만한 이들을 다시 사용하고 버릴 이들은 철저하게 밟아 다시는 재생조차 하지 못하게 만들어 버렸다.

이 모두가 나후의 살인 사건이 있은 후 닷새 동안에 있었던 일이다.

마치 오랫동안 준비해 놓은 것처럼 착착 진행되는 일들과 그 추진력에 혀를 내두를 사이도 없이 사람들을 더욱 경악하게 만든 일이 벌어지고 말았다.

이라이언 공작의 가택 감금.

오그덴 제국의 사절단으로 갔던 이들이 돌아오면서 그들은 새로운 황제가 친히 고맙다며 챙겨준 선물들을 가지고 왔다. 보나타 왕자의 생포를 위해 협조해 준 바르제바의 사절단에 대한 특별한 감사의 표현이었다.

그런데 그 선물들 중에는 한 뭉치의 두꺼운 서류가 들어 있었다. 그리고 그것을 모두 읽은 다이안은 기사단을 보내 이라이언 공작의 저택 주위를 세 겹으로 둘러싸게 하고는 개미 한 마리도 빠져나가지 못하게 만들었다.

이라이언 공작에게 주어진 죄목은 반역죄였다.

그동안 오그덴 제국의 페도라 황자에게 자금을 지원해 주면서 후일 그의 반역에 힘을 실어달라는 내용이었다. 물론 이라이언 공작이 직접 작성한 서류엔 반역이란 단어는 없었다. 하지만 종종 쓰인 지배권이란 애매모호한 단어들은 확대 해석에 따라 여러 가지 의미를 지니고 있었다.

제국의 새로운 황제는 이라이언 공작과 오랜 세월 좋은 관계를 지내왔으나 이번 자신에게 일어난 일과 연관되어 생각하자면, 다이안 국왕의 일이 꼭 남의 일 같지 않았다는 이유를 들며 그동안 공작과 주고받았던 모든 문건을 공개했다.

거기에는 반역죄로 의심될 단어들뿐만 아니라 공작이 에드가 상단을 이용해 제국과 밀수를 해왔다는 증거까지 있었다. 이에 대해 황제가 된 페도라 역시 당당한 입장은 아니었다. 어쨌든 국가가 금지하는 밀수를 나서서 했다는 것은 치명적인 결점이 될 수 있었다. 그러나 이라이언 공작과 밀수로 번 수익에 해당하는 액수와 벌금을 국고에 상납함으로써 그는 스스로에게 벌을 주었다. 이제 황제 역시 잘못을 하면 그에 대한 책임을 지겠다는 의미로, 갑작스럽게 즉위한 그에 대한 긍정적인 여론을 가지게 했다. 물론 그 돈이 보나타 왕자의 선박에서 취득한 금액의 삼분의 일이라는 걸 아는 자는 몇 되지 않았다.

하여튼 그렇게 제국의 황제가 나서서 직접 밝힌 밀수와 연루된 데다가 반역을 꾀했다는 것으로 이아리언 공작은 부지불식간에 가택 감금을 당하고 만 것이다. 그런데 더욱 놀라운 것은, 공작의 가택을 감시하는 기사들이 바르제바에 정식으로 소속되지 않은 비정규 기사단이라는 것이다.

여태껏 보도 못한 문장을 사용하고 제복을 입고 있는 그들의 정체가 국왕에게 직속되어 있으며, 예전 귀족들의 파티 때 살아남은 이들이 키워놓은 기사단이란 건 바르제바 전역에 엄청난 충격을 안겨주었다.

"후훗."

창밖에 보이는 기사들을 보고 이라이언 공작은 정말 오랜만에 시원하게 웃었다. 페도라 황자의 배신은 정말 생각지도 못한 일이었다. 만약을 위해 가지고 있던 황자에 대한 비리 문건은 저택이 포위당한 상태에서는 아무 쓸모도 없게 되어버렸다.

어느 사이에 다이안과 페도라가 손을 잡았는지 그 접점을 찾을 수가 없었다. 이라이언 공작으로서는 라이아의 존재를 몰랐기에 생긴 빈틈이었던 것이다. 그리고 그레이스가 그 사이에서 교두보 역할을 했다는 것 역시 알 수 없었을 것이다.

이라이언 공작의 입장에선 그레이스는 관심도 없었던 찌꺼기였다. 관심 줄 이유도, 그래야 할 필요도 느끼지 못했으며 지금 이 순간조차도 그가 이번 일에 어떤 역할을 했는지조차 모르고 있었다.

그래서 그는 자신이 알아채지 못한 빈틈과 조각들을 열심히 맞춰보았지만 도저히 알아내지 못했다. 그래도 대충 짐작 가는 것이 하나 있다면, 그가 국왕에게 붙인 감시원들이 배신을 했거나 아니면 포획당했을 거라는 추측이었다. 하지만 후자보다는 전자의 가능성이 더 컸다. 국왕이 이렇게까지 세력을 모으고 일을 추진하는 동안에 그가 그들에게 보고받은 것이라곤 게으르고 방탕한 국왕의 보잘것없는 하루 일과였다.

가끔 꽤 그럴싸했던 내용과 정보들은 오히려 그를 속이기 위한 방편이었던 것이다. 멋지게 내기에서 지고 말았다. 진 것에 대한 억울함은 없다. 오히려 아직도 파악하지 못한 것들에 대한 궁금증이 그를 자극했다.

하지만 끝은 그 스스로 내야만 할 것이다. 저택을 포위하고 매일 바깥에서 돌아가는 이야기들이 안으로 들어오는데도 다이안은 가타부타 더 이상 그에 대한 처결을 내놓지 않고 있었다. 이는 마이야르 백작과는 사뭇 다른 방식이었지만 이라이언 공작은 알고 있었다.

선왕과의 약속을 지켜 스스로 해결하라는 국왕의 의사였다. 하지만 저택에 감금되어 있다 보면 이 안의 것들밖에 처리하지 못한다. 밖의 것은 밖에 있는 사람이 해결해야 하는 난제가 있었다. 그것도 계산하지 않고 이러는 것은 아닐 거라 생각한 공작은 시종을 불러 국왕께 전하라며 작은 상자를 건넸다. 상자는 시종에게서 밖을 지키는 기사를 통해 다이안에게로 전해질 것이다.

그날 밤 이라이언 공작의 저택에 불이 났다. 몇몇 고용인들은 살아 났지만 이라이언 공작의 가족들은 모두 사망하고 말았다. 뜨거운 불 속에서 반항한 흔적 없이 자고 있던 모습 그대로 불타 있었다. 그리고 공작은 그의 서재에서 의자에 앉아 있는 채로 발견되었다.

이라이언 공작의 자살이 있던 다음날부터 이라이언 공작에게 속한 파벌들에 대한 숙청이 있었다. 또한 이라이언이라는 성을 쓰는 모든 이들을 잡아 처형했다. 이로써 바르제바에서 이라이언이라는 성을 사 용하는 이는 사라지고 말았다.

이라이언 가에 대한 국왕의 집착과 광기는 그동안 그가 숨겨왔던 분 노를 고스란히 보여주는 계기가 되었다.

이렇게 세대마다 시대를 풍미했던 가인(佳人)의 몰락은 그렇게 한순 간이었다.

모든 일이 끝나고 나서야 다이안은 차분하게 외조부가 건넨 상자를 꺼내보았다. 상자에는 짧지만 날카로운 단검이 들어 있었다. 내기에 의해 자신이 해결하지 못하고 가는 이를 대신 처리하라는 의미였다. 하지만 다이안은 그 단검을 버려 버렸다. 그리고 아무것도 들지 않은 맨손으로 모후의 처소를 찾아갔다.

"어마마마."

낮게 부르는 다이안의 목소리에 헤레나는 흠칫 어깨를 떨다가 천천 히 몸을 돌려 아들을 바라보았다. 지금 자신 앞에 서 있는 이는 그전까 지 귀엽기만 하던 그녀의 아들이 아니었다. 너무도 다른 분위기와 너 무도 냉정한 태도에 헤레나는 심장이 얼어붙을 것만 같았다.

"소식은 꼬박꼬박 들으셨지요? 아바마마가 내기에서 이기셨습니다."

"……!"

"설마 제가 몰랐다고 생각하셨습니까?"

"넌 대체……."

"내기의 내용은 어머니도 잘 아시리라 믿습니다. 그 자리에 계셨다니 저보다 더 잘 알고 계실 거라 믿습니다. 그럼 외조부께서 지셨을 경우 어머니의 처우에 대해서도 알고 계시겠죠?"

"……!"

"하지만 걱정하지 마세요, 사랑하는 어머니."

다이안은 헤레나에게 다가가 그녀의 어깨를 두 손으로 잡고 허리를 숙였다. 헤레나의 귓가에 입을 갖다 댄 다이안은 작게 속삭였다.

"당신을 죽이는 일은 없을 겁니다. 모후를 살해한 냉정한 국왕이 되고 싶지는 않으니까요. 그러니 부디 살아주세요, 이 아들을 위해서. 그리고 두 눈으로 똑똑히 보세요, 제가 만드는 세상이 어떤 곳인지. 저는 그 세상에서 살아갈 권리는 어머니께 드리겠습니다. 아바마마께는 죄송하지만 그분께 어머니를 보내 드리기엔 아직 이 아들이 해드릴 것이 많습니다. 정말 착한 아들 아닙니까?"

뜨거우면서 차갑다는 의미를 그해 여름에 알게 되었다.

십여 년에 걸친 섭정여왕과 귀족파들의 시대가 끝나고 새로운 시대가 열리게 되었다. 그렇다고 해서 귀족들이 사라지거나 힘을 완전히 잃었다는 것은 아니다. 그 견고함과 힘을 전부 깨뜨릴 수는 없는 일이었다.

다만 서로 인정해 주고 인정받는 관계에서 각자 성장해 나가고 있을 따름이었다.

그 여름에 그레이스는 많은 사람들을 만났고, 많은 일들을 했다. 특히 숙청당한 귀족들의 재산 관리가 베르크너 공작의 몫이 되면서 자연스레 그것이 그레이스의 일이 되고 말았다.

재산 관리라 해봤자 대부분이 부동산이었다. 그것들을 팔아서 이익금으로 국고를 채우는 것이 그의 일이었다.

하지만 그레이스가 부동산을 팔아서 국고에다 납부하는 그런 단순한 일을 할 사람은 아니었다. 그는 부동산들의 시세를 파악한 다음 다이안에게 제안 하나를 했다. 시세보다 훨씬 높은 금액으로 팔아치울 테니 수수료로 판매금의 일 할을 달라는 소박한 제안을 슬쩍 내민 것이다.

다이안은 이를 받아들이면서도 절대 시세 밑으로는 받을 생각이 없다는 것을 분명히 했다. 만약 수수료를 뗀 판매금이 시세보다 낮을 시 인정할 수 없다는 뜻이었다.

그리고 결과는 그레이스는 수수료를 일 할로 책정한 자기 자신의 소심함을 원망해야만 했다. 그의 손을 거쳐서 새롭게 변신하지 않은 것들이 없었다. 귀족들의 숙청 당시 몇몇 저택에서는 싸움의 흔적들이 남아 있었고, 이곳저곳 부서진 곳 하며 약탈의 흔적까지 있었다.

그런 것들이 그레이스의 손을 거치게 되면 호화롭고 멋진 저택으로 새롭게 태어나는 것이었다. 옛날의 슬픈 과거의 흔적 따윈 찾아볼 수 없게 변모한 그 모습을 보고도 그것들을 탐하지 않는 이들은 없었다.

덕분에 부동산 판매는 수월했고, 일 할의 수수료라고 해도 꽤나 큰 거금이 그에게로 떨어졌다. 하지만 그는 그것을 미련없이 사비나에게 모두 주었다.

"사비나님이 쓰고 싶은 곳에 마음껏 쓰세요."

그는 사비나가 그 돈을 어디에 쓸지 잘 알고 있었다. 시대가 변해도 극빈자와 거지들은 사라지지 않았다. 그들을 모두 구휼할 수는 없겠지만 그녀의 마음이 편해진다면 할 수 있는 데까지 지원해 주고 싶은 게 그레이스의 마음이었다. 그러자면 돈을 많이 벌어야겠다는 생각에 다시 슬슬 구두쇠가 되어가려는 그레이스였다.

"알토! 주인님이 다시 예전으로 돌아가려고 해."

네 개의 빨랫방망이에게 각각 이름을 지어주고 혼자 있을 때는 이들과 놀던 사시는 알토라 부르는 빨랫방망이를 끌어안으며 한탄했다. 이제 좀 호화로운 생활을 할 수 있을까 했는데, 주인님이 다시 좀팽이가 되려는 것이 무섭기도 한 사시였다. 이제 실크 공단의 천들을 얻는 건 힘들지도 몰랐다.

"토르, 걱정하지 마. 아무리 그래도 내가 주인님을 미워하겠니? 그냥 포기하고 살아야지. 라지도 참, 그 정도 생각이야 다 하는 거지, 내가 뭐가 대견해. 그런데 주인님은 요즘 카이만 예뻐하는 것 같아. 만날 카이만 데리고 가고. 너희들도 섭섭하지?"

바쁜 그레이스가 그녀를 전혀 상대해 주지 않을 때 사시는 이렇게 빨랫방망이들과 함께 매일 시간을 보내곤 했다.

그렇게 발라에서의 시간을 보내고 다음해 봄, 그레이스는 세어도란트로 돌아갔다. 이모인 에스더가 결국 자민트와 결혼하기로 한 것이다.

결혼 준비와 봄을 맞이하기 위한 대청소로 바쁜 나날을 보내고 있던 그레이스에게 소년 하나가 다가와 옷소매를 끌어당겼다.

이제 십대 초반쯤 되는 소년을 본 순간 그레이스는 낯이 익다는 생각과 동시에 상대가 드노엘의 식사 담당인 메를로라는 것을 기억했다.

"아! 메를로?"

말을 할 수 없는 메를로는 고개를 끄덕이며 주위의 눈치를 보다가 그레이스를 한쪽 구석으로 데리고 갔다. 주머니에서 종이 쪽지를 꺼낸 메를로는 거기에다가 뭔가를 적어 그레이스에게 내밀었다.

"너, 글을 알고 있니?"

그레이스의 질문에 소년은 자랑스럽게 고개를 크게 끄덕였다. 분명 소년은 글을 모른다고 들었다. 게다가 듣지도, 말하지도 못하는데 의외로 입 모양을 보고 상대방의 말을 읽어내는 능력이 뛰어났다.

이상한 느낌에 메를로가 적은 글을 읽던 그레이스의 얼굴이 서서히 굳어갔다. 드노엘이 무척이나 외로워한다는 내용이었다. 이야기를 하면 항상 그레이스를 찾으며 안부를 묻는다는 것이다.

"너, 그와 대화를 하니?"

서슬 퍼런 그레이스의 태도에 메를로는 기가 죽어서 우물쭈물 종이에다가 사정 이야기를 썼다. 어쩌다가 드노엘이 말하는 것을 입 모양으로 알게 되었고, 그가 생각만큼 그렇게 나쁜 사람은 아니라는 생각을 하게 되었다는 것이다. 일례로 드노엘은 메를로에게 글까지 가르쳐 주었다는 것이다. 그리고 그 후로 둘의 대화는 더욱 편해졌다.

일부러 듣지도 말하지도 못하는 아이를 골라 붙여주었건만 이 꼬마도 그만 드노엘에게 말려들고 만 것이다.

"그가 너에게 이상한 소리는 하지 않든?"

유난히 차가운 그레이스의 목소리였지만 소년은 그것을 감지하지 못했다. 그저 언제나 무표정한 얼굴이었기에 다른 때와 다르다는 걸 알지 못했다.

소년은 고개를 젓다가 종이에다가 다시 한 번 그가 그레이스를 무척이나 보고 싶어 한다는 글을 썼다. 그래서 한 번만 가서 만나주면 안 되냐고 소년은 애원을 했다.

"하아⋯⋯."

그레이스는 한숨을 내쉬다가 기대로 가득한 메를로와 눈이 마주치자 하는 수 없이 고개를 끄덕였다. 아무것도 모르는 아이들은 이래서 부담스러웠다. 왜 조금만 친절하게 굴면 이렇게 쉽게 믿어버리는 것일까.

그러지 못했던 자신이 문제인지 아니면 저렇게 정에 목말라 하며 작은 친절 하나에 전부를 거는 아이가 더 정상인지는 판가름할 수가 없었다. 하지만 굳이 말하자면 둘 다 정상은 아닐 것이다.

두 번째로 와보는 곳이었다. 여전히 조용하고 스산해서 다시는 오고 싶단 생각이 들지 않는 곳이었다. 그리고 보니 이런 곳을 메를로라는 소년은 하루에 세 번씩 꼬박꼬박 왔을 거다. 대체 그 소년은 이곳에서 무엇을 보고 무엇을 원했던 것일까.

"안녕하십니까."

그레이스는 드노엘에게 먼저 인사를 했다. 하지만 건너편에선 아무런 대답이 없었다. 한참을 그렇게 서 있다가 하는 수 없이 그레이스는 허리를 숙이고 문의 작은 개폐구를 열어 안을 쳐다보았다.

희미한 불빛에 익숙해질 때쯤 봉인된 창문 근처에 있는 드노엘이 보였다. 의자 등받이에 깊숙이 몸을 파묻고 고개를 떨어뜨리고 있는 폼이 잠든 듯했다. 문득 저런 자세로 잠이 들면 불편하겠다는 생각이 들었다. 시중드는 사람도 없으니 저대로 두면 욕창에 걸릴지도 모른다.

하지만 곧 알 바 아니라는 생각으로 그냥 내려와 버렸다. 자고 있는 그를 깨울 마음도, 그가 일어나기를 기다릴 시간도 그에게는 없었다.

그러나 메를로 문제는 중요했다. 소년을 그대로 둔다면 계속 드노엘과 친해지고 나중에는 무슨 일이 생길지 몰랐다. 결국 메를로처럼 귀머거리에 말을 하지 못하는 사람을 새로 찾아야만 했다.

"오늘부터 넌 이제 그 일 말고 다른 일을 할 거다."

"……!"

그레이스의 말에 소년은 놀라서 눈을 크게 떴다.

"일을 시키지 않는다는 게 아니야. 오늘부터 넌 정원에서 일을 하도록 해라. 정원사에게 널 부탁했으니 가면 일을 줄 거다."

다른 일을 계속 하게 해주겠다는데도 메를로는 고개를 저었다. 자신이 했던 일이니 계속 하고 싶다는 것이었다.

"정원 일을 하기 싫다면 하지 않아도 된다. 대신 이곳에서 더 이상 네가 할 일은 없다."

최후의 수단으로 강하게 나가자 소년은 결국 포기하고 고개를 끄덕였다. 하지만 당장 귀가 안 들리는 사람을 구하기란 쉬운 일이 아니었다. 그래서 우선은 그가 직접 드노엘의 식사를 갖다 주기로 했다.

"이게 무슨 일이지?"

그레이스가 식사를 가지고 가자 드노엘도 깜짝 놀라는 눈치였다.

"메를로는 이제 다른 일을 하게 되었습니다. 그리고 아이에게 좋은 일을 하셨더군요."

"응?"

"글을 가르쳐 주신 것은 잘하신 일입니다. 하지만 앞으로는 그러지 말아주셨으면 합니다."

"다음부터 말 잘하는 아이로 붙여준다면 한번 고려해 보마."

"그럴 일은 절대 없다는 걸 아시지 않습니까."

"하지만 이런 일도 생기고 썩 나쁘진 않구나."

드노엘은 그레이스를 다시 만난 것에 대해, 그 계기가 무엇이든 꽤

기쁜 듯 보였다.

"저보고 이곳에 다시 오지 않아도 된다고 하셨던 분이 누구죠?"

"너는 안 와도 난 널 보고 싶어 할 수는 있는 거다. 설마 그것도 안 되니?"

드노엘의 반박에 그레이스는 더 이상 아무런 대답을 하지 않았다. 그렇게 하나하나 말을 섞다가 자신도 어쩌면 메를로처럼 되지 말라는 법은 없으니 말이다. 매일 식사는 갖다 주지만 그 이후로 더 이상의 대화는 없었다.

가끔 그레이스가 빈 접시를 가지고 나오면 메를로가 입구 쪽에서 들어오지 못하고 쪼그리고 앉아 있는 모습을 종종 보곤 했다. 그레이스가 착시 마법을 바꿔 버리는 바람에 더 이상 소년은 안으로 들어오는 방법을 알지 못했던 것이다.

그렇게 며칠이 가는데도 메를로를 대신할 마땅한 적임자가 나타나지 않았다. 혹시 있더라도 드노엘의 식사 당번이란 말에 모두들 고개를 저으며 사양했다. 차라리 굶었으며 굶었지 그와는 연루되고 싶지 않다는 것이었다. 오직 메를로만이 드노엘에게서 벗어나지 못하고 그 주위를 계속 맴돌 뿐이었다.

그러다 요즘은 우연히 마주치게 되면 그레이스를 노려보는 시선에 독을 품고 있었다. 어린 녀석의 눈빛답지 않게 독한 것이, 그 이유가 궁금하기도 했다. 저 녀석에게 드노엘은 어떤 존재일까?

"메를로에게 대체 어떻게 대하셨던 겁니까?"

"별로. 그냥 놀았는데."

"……"

"나나 그 아이나 심심하던 사람들이었으니까 바로 의기 투합이 된 거지."

그레이스는 차라리 소년을 다시 드노엘에게 붙여주는 게 어떨까 생각해 보았다. 이 상태라면 드노엘의 식사 당번은 절대 구할 수가 없다. 이미 물들어 버린 그 아이가 아니라면. 그렇다고 매일 그레이스 본인이 할 수도 없는 일이었다. 그레이스에게는 이곳이 싫은 곳이지만 소년은 여기서 쪼그리고 앉아 드노엘에게 글을 배웠을 것이다. 그 시간 동안 소년이 이곳에 가지게 된 감정은 무엇일까.

소년은 오늘도 또 밖에서 기다리고 있었다. 정원 일을 다 하면 이렇게 들어가지 못하면서도 하루의 남은 시간을 채우는 소년을 보고 그레이스는 한숨을 내쉬었다. 소년에게 다가가 어깨를 툭툭 치고 따라오라고 했다. 소년이 보는 앞에서 착시 마법이 걸린 공간 안으로 들어가는 법을 보여주었다.

"할 수 있겠니?"

그레이스가 묻자 소년은 고개를 끄덕였다. 그리고 안으로 들어갈 수 있게 되자 소년은 바로 드노엘에게로 달려갔다.

"어떻게?"

소년이 개폐구를 두들기며 얼굴을 내밀자 드노엘은 어떻게 된 거냐고 물었다.

"당신이 하도 악랄해서 이 꼬마 말고는 아무도 당신의 식사 당번을 하지 않겠다고 하니 어쩔 수가 없었습니다. 정말 그동안 세상 살았던 모습이 그대로 보이더군요."

"하하하! 난 굳이 메를로가 아니더라도 지금처럼 네가 계속 갖다 줘도 괜찮다."

분명 지금의 두 사람 사이엔 처음 만났을 때 느꼈던 어색함이나 기분 나쁘게 끈적끈적하던 두근거림은 없었다. 담백하고 편했다. 별로 대화를 주고받지도 않았는데, 열흘이 넘는 동안 매일 세 번씩 만나면서 지금까지의 경계심이 풀어져 버린 것이다. 그걸 느끼고 재빨리 메를로를 데려오기로 한 건지도 모른다. 이 위험한 편안함에 젖어버리기 전에.

하지만 지금 이 순간 두 사람은 메를로가 개폐구 사이로 드노엘이 그레이스를 보며 말하는 입을 보고 있었다는 걸 몰랐다. 아니, 보았다고 해도 그게 뭐 대수냐 했을 거다.

그러나 소년에게 있어 '굳이 메를로가 아니더라도 지금처럼 네가 계속'이라는 드노엘의 말은 충격이었다. 드노엘은 메를로에게 처음으로 글을 가르쳐 준 사람이었다. 부모님이 돌아가신 후 처음으로 머리를 쓰다듬어 준 사람이기도 했다. 다정하게 웃어주고, 눈이 마주칠 때마다 웃어주었다.

그런 사람을 그레이스가 빼앗아갔다. 메를로만의 것이었는데 그레이스가 빼앗은 거다. 빼앗겼다. 머리 속에 온통 그 생각밖에 들지 않았다.

"메를로?"

그레이스는 메를로의 얼굴이 창백해지자 허리를 숙여 소년을 살폈다. 안으로 들어오게 했는데도 여전히 독기를 품은 눈이 신경 쓰였지만 그레이스는 우선 소년이 아픈 게 아닌지가 걱정이었다.

"어디 아프니?"

소년은 고개를 저으며 그레이스의 가슴에 얼굴을 묻으며 그의 품으로 파고들었다. 엉뚱한 소년의 태도에 놀란 그레이스가 고개를 갸웃거리며 소년을 떼어놓으려고 할 때, 아랫배에 무언가 찔리면서 들어오는 느낌이 들었다. 배가 찢어지는 고통이 엄습하면서 그레이스는 소년을 품에서 떼어냈다. 그의 배에는 정원사가 가지를 칠 때 사용하는 휴대

용 칼이 꽂혀 있었다.

"하아… 메를로?"

그레이스는 계속 서 있지를 못하고 벽에 기대 주르륵 미끄러지듯 주저앉고 말았다.

"무슨 일이냐, 그레이스? 무슨 일이야?"

뭔가 이상한 낌새에 개폐구에 머리를 최대한 가까이 대고 밖을 내다보던 드노엘의 눈에 벽에 기대앉아서 피를 흘리고 있는 그레이스가 보였다. 배 쪽이 온통 붉은 피로 적셔져 있었다.

"대체 무슨 일이야? 그레이스, 그레이스?"

연신 그레이스의 이름을 부르며 드노엘은 더 이상 앞으로 갈 수 없는데도 휠체어를 앞으로 밀었다. 쿵쿵, 문이 몸에 부딪쳤지만 아랑곳하지 않았다. 그의 옆에서 강아지가 주인의 감정 변화를 느끼고 제자리를 돌며 멍멍 짖어댔다.

계속 그레이스의 이름을 부르며 열리지도 않을 문을 열기 위해 몸을 부딪치고 있는 드노엘을 보며 메를로는 입을 열었다.

"아… 즈씨가… 나바……."

어릴 때 열병으로 청각을 잃고 나서 말하는 법을 잊어버렸던 메를로는 드노엘과 말을 하고 싶어서 몰래 말하는 법을 연습했었다. 그런데도 드노엘은 그를 위해 이렇게나 열심인 자신을 두고 그레이스만을 찾고 있었다.

그레이스에게 다가가 그의 배에 꽂힌 칼을 뽑아낸 메를로는 서너 차례 더 그레이스의 배를 칼로 찔렀다.

"윽!"

"안 돼!"

아무리 도피 능력에 도가 튼 그레이스라고 해도 이미 배 깊숙이 내장을 다칠 상태에서는 쉽게 도망갈 수가 없었다.

"메를로? 메를로? 여기 와봐라, 응? 여기를 봐!"

드노엘은 메를로가 듣지 못하기 때문에 더 강하게 자신의 몸을 문에 다가 부딪쳤다. 그 진동이 점점 커지자 메를로도 그걸 느끼고 뒤를 돌아보았다. 작은 개폐구 사이로 소년과 눈이 마주치자 드노엘은 언제나 남을 속일 때 사용하곤 했던 미소를 지었다. 개폐구로 손을 내밀며 메를로를 향해 오라고 손짓을 했다.

"메를로, 이리 와봐. 아까 보니까 말을 하던데 왜 여태껏 말을 하지 않았던 거야. 이리 와서 내 앞에서 말을 해볼래?"

드노엘이 자신을 부르자 그제야 메를로는 기뻐서 그레이스를 찌르던 칼을 놓고 드노엘에게로 갔다.

"그래, 이리 와봐. 안 본 사이에 많이 큰 것 같네."

밖에 내민 손으로 드노엘은 메를로의 손을 잡아 자기 쪽으로 끌어당겼다. 그리고 개폐구 가까이로 얼굴을 마주 볼 수 있게 했다.

"착하구나."

머리를 쓰다듬어 주자 메를로는 기분 좋은 고양이처럼 갸르릉거렸다.

"하지만 말이다, 세상엔 건들면 안 되는 게 있어, 아무리 가지고 싶어도."

"큭……."

드노엘은 머리를 쓰다듬던 손으로 메를로의 목을 조르기 시작했다. 이제 겨우 십대 초반의 가느다란 소년의 목은 성인 남자의 손아귀를 벗어날 수가 없었다.

"허어억… 아즈……."

소년의 눈빛은 점점 흐려지며 몸에서 기운이 빠져나가고 있었다. 얼마 지나지 않아 어깨까지 축 처진 소년의 몸에선 더 이상 어떤 생명의 기운도 찾아볼 수가 없었다. 드노엘은 쓰레기를 버리듯 소년을 던져 버렸다. 그리고 그레이스의 상태를 살피기 위해 고개를 돌리다가 자신을 바라보고 있는 그와 눈이 마주쳤다.

그레이스는 가슴과 배를 대여섯 군데 칼에 찔린 상처가 있었다. 칼을 꽂고 뽑을 때 날을 비틀었는지 상처들이 칼의 날에 비해 크고 피를 많이 흘리고 있었다.

"그레이스?"

조심스럽게 묻는 말에도 그레이스는 아무 대답 없이 가장 큰 상처에다가 치유 마법을 시전할 뿐이었다. 피를 너무 많이 흘린 상태라 결과가 썩 좋지는 않았지만 더 이상 피는 흐르지 않게 되었다. 가볍게 지혈되는 정도로 치유 마법을 시전한 그레이스는 기운이 빠진 몸을 끌고 바닥을 기었다.

그가 지나간 자리에 붉은 피가 지렁이처럼 따라왔다.

기어서 바닥에 버려진 메를로에게 간 그레이스는 소년의 상태를 살폈지만 이미 소년은 싸늘하게 죽어 있었다. 그레이스는 메를로가 드노엘에게 했던 말을 그대로 따라 했다.

"당, 당신이 나빠."

"하지만 그 아이가……."

"당신이 나쁜 거야."

책임지지도 못할 애정을 주는 것만큼 잔인한 짓은 없다. 그레이스가 용병단에서 파텔의 친절과 동정에도 마음을 강하게 잡았던 것은 그 박애주의적인 무차별한 사랑과 애정이 싫었기 때문이다.

하지만 만약 그레이스가 용병단에 가지 않고 보스칸의 그 뒷골목에서 계속 살았다면 아마도 메를로와 크게 다르지 않았을지도 모른다. 그래 어린애들은 결국 다 똑같았다. 애정을 갈구하고, 사랑받기 원하며, 하나밖에 모른다. 단지 표현을 달리할 뿐, 그 근본은 같았던 것이다. 메를로나 그레이스나 결국은 다른 모습을 하고 있던 똑같은 사람이었는지도 모른다.

"어머니가 몸을 팔았던 것은… 당신, 때문이야. 내가 당신 아들이라서."

"……?"

"내가, 당신의 아들인… 내가 공작님의 지위를 위협할까 봐. 창녀의 아들이… 공작이 되면 우습잖아……. 그래서 본명으로 살았던 거야. 자신의 이름을 숨기지 않고… 앞으로 살아갈 내 멍에가 되도록……."

수후는 몸을 팔면서 자신의 이름을 숨기지 않았다. 그래서 다인 수후의 아들 다인 그레이스는 언제나 그에게 따라오던 수식어였다. 드노엘이 나쁜 것이다. 이 아이가 죽은 것도, 어머니가 그렇게 살다 갈 수밖에 없었던 것도, 자식에게 멍에를 얹혀주고서라도 지키고 싶어 했던 그녀의 사랑을 파괴한 것도 모두 그였다.

"그래서 난 당신이 싫어……."

그레이스는 이미 식어버린 소년의 시체를 꼭 보듬어 안으며 눈을 감았다. 저 무책임한 남자를 대신해서 사과하는 마음으로 따뜻하고 강하게, 앞으로도 평생 안아줄 수 없을 저 벽 너머의 남자를 대신해서 그레이스는 소년을 꼭 안았다.

SIDE STORY

SIDE STORY

그 녀 의   편 지

아저씨, 안녕하세요? 저 지금 세어도란트에 가고 있어요. 마차 안에서 문득 아저씨한테 편지를 쓰고 싶어서 이렇게 무작정 펜을 들었어요. 그런데 마차가 덜컹거리면서 글자가 삐뚤삐뚤 써지네요. 글씨체를 보면 성격을 알 수 있다고 했는데, 이거 보고 누가 마린느는 성격이 못됐다고 하면 어떻게 하죠?

하긴 이거 아저씨밖에 읽지 않겠구나. 그리고 내 글씨체야 아저씨가 더 잘 알지. 그래서 마린느는 안심하고 아무렇게나 미운 글씨로 편지를 쓸 거예요. 흐음, 무슨 이야기부터 할까요? 나 아저씨한테 하고 싶은 이야기가 무지 많은데 할 말이 많아도 쓸 것이 없나 봐요.

아! 얼마 전에 레미나 언니가 딸을 낳은 거 알아요? 그런데 카마인님의 핏줄은 확실히 다르긴 다르더라고요. 어쩜 태어난 지 얼마 안 된 아이가 그렇게 예쁠까요. 그런데 우는 소리가 으에엥~ 하는 것이 조금 혀가 짧은 것 같다는 생각이 들었지만 레미나 언니에게는 말하지 않았어요. 벌써부터 알아서 상심할 이유는 없으니까요.

그러고 보니 두 사람이 결혼하기까지 정말 대단했었죠? 레미나 언니… 사람들이 이미 카트린느지의 편집장이 언니인 줄 아는데 자기 스캔들 기사를 일면에 넣다니. 그것도 레이디 레미나는 카마인 경을 사랑한다고 대서특필로 특보까지 만들고. 그때 카마인 경이 언니에게 그랬다면서요. 자신은 일개 기사에 불과하다며 에브람 후작의 외동딸을 감당할 자신이 없다니까, 언니가 그건 걱정하지 말라고 평생 자기가 카마인 경을 호강시켜 줄 테니까 편한 마음으로 자기에게 장가오라고 했대요.

카마인 경이 또 나이 차를 이유로 안 된다고 하니까 당신처럼 잘생긴 남자는 나이를 먹어도 여전히 멋있을 거라며, 그 얼굴이라면 나이 때문에 생기는 정력 차이는 그냥 용서해 주겠다고 했다는 거예요. 전 레미나 언니처럼 그런 박력과 솔직함이 부러워요. 아저씨도 알겠지만 전 그러지 못 하잖아요. 그러다 나중에 진짜 사랑하는 사람을 놓칠까 걱정이 돼요.

아! 저 이젠 카마인 경 안 좋아해요. 오해하지 마세요. 정말, 정말, 아니라고요.

하지만 카마인 경을 좋아했던 건 참 잘한 일인 것 같아요. 평생 살아가면서 그런 사람을 짝사랑해 봤다는 것이 이젠 좋은 추억이거든요. 그리고 어렸던 주제에 뭐가 그리 좋았는지 혼자서 가슴앓이도 했던 것을 생각하면 지금은 얼굴이 빨개질 정도여서 몰래 웃곤 해요.

으음, 그리고 라이아 언니는 여전히 무서워요. 그러다가 정말 시집 도 못 갈까 봐 걱정이라니까요.

그런데 이건 저 혼자만의 생각인데, 요즘 좋아하는 사람이 생긴 것 도 같아요. 혼자 있으면서 가끔 히죽히죽 웃지를 않나, 얼굴이 발갛게 돼서 괜히 딴 짓을 하면서 힐끔힐끔 눈치를 본다면 분명 의심해 봐야 겠지요? 그런데 도저히 무서워서 확인할 수가 없어요. 왜냐하면 라이 아 언니의 이런 반응들이 꼭 우리 아빠가 옆에 있으면 그러거든요. 게 다가 요즘 왠지 내게 너무 잘해줘요.

만약에 아빠와 언니가 어떻게 된다면 마린느는 가출할지도 몰라요. 그럼 저 받아주실 거죠? 전 아저씨만 믿어요. 아저씨가 절 버리면 마린 느는 그대로 삐뚤어질 거예요. 어린 처녀의 운명이 달린 거니 잘 생각 해 보세요.

우와! 마차 사이로 보이는 하늘이 너무 파래요. 꼭 아저씨 눈동자처 럼요. 있지요, 아저씨. 전 처음 아저씨를 보았을 때 아저씨 눈동자가 깊은 바닷속 같다는 생각을 했어요. 왜 있잖아요. 점점 깊이 들어갈수 록 차가운 바다처럼 아저씨도 그랬어요. 그런데 지금은 하늘을 닮았다 는 생각을 해요.

그렇다고 아저씨가 따듯해진 건 아니에요. 여전히 딱딱하고, 쌀쌀하 고, 무표정에, 농담도 모르고, 어쩔 때는 너무 우울해서 제 가슴이 터질 것 같아요(제가 이런 표현을 사용하면 아빠 있지도 않은 가슴 터질 것도 없다 는 무례한 말만 해요). 그런데도 아저씨는 지금 저 밖의 하늘처럼 파란 사람이에요. 파랗고 파란, 그래서 손을 쭉 내밀고 잡아보려고 해도 절 대 잡히지 않아요. 두 팔을 활짝 펴고 안으려고 해도 안을 수가 없어 요. 따듯할 것 같은데 실상은 아무것도 느껴지지 않아요.

그러니 제발 지상으로 내려와 주세요, 손으로 잡아도 보고 두 팔로 꼭 안아볼 수 있게. 하지만 아저씨는 내게 그러지 않을 거야. 그냥 머리만 콩콩 때리면서 뒤로 물러나 버리겠죠.

사비나 언니가 그랬어요. 아저씨의 가슴은 몇 조각밖에 없어서 한 조각에 하나밖에 모른다고. 게다가 너무 고집이 세서 한 번 새겨 버린 건 다시 지울 수도 없다면서요? 그래서 가슴의 한 조각을 다른 사람에게 줘버리면 다시 찾아올 수가 없다고. 제발 그 가슴 좀 더 잘게 부수고 부숴서 그 작은 조각 하나라도 저 줄 수 없나요? 주기 싫어요? 그럼 마린느가 망치라도 가져가서 부숴 버릴까요?

아니면 비어버린 그 공간에 무한 재생 마법이라도 걸어버릴까요? 온통 물음표로 점철되어 가는 이 편지에 아저씨는 얼마나 답해줄 거죠? 왠지 점점 시비조로 변해가는 편지가 되어가고 있네요. 네네, 자제하겠습니다.

아! 성이 보인다! 이런, 이러다가 이 편지보다 제가 먼저 아저씨한테 배달될 것 같아요. 친절하게 받아주세요.

아저씨, 우리 내일 아저씨가 다시 꽃이 피게 만든 물푸레나무한테 가요. 요즘 한창 꽃이 필 때죠. 사실은 말이에요, 마린느는 그 나무가 부러워요. 사비나 언니가 부럽고, 셰어도란트가 부러워요. 그리고 아직도 아저씨하고 내기 중인 총관 할아버지도 부러워요.

마린느는 세상에 온통 부러운 것밖에 없는 아이가 되어버렸어요. 이게 다 누구 탓인지 알아요? 네네, 절대 모를 거예요. 그래서 나도 아저씨가 먼저 눈치챌 때까지 말하지 않을 거예요. 하지만 만약에 아저씨가 너무 둔하다 싶으면 또 모르죠. 마린느는 입이 가벼우니까. 얼마나 가벼운지 모른다고요? 한번 기대해 보세요.

앗! 아저씨가 보여요. 지금 나 기다리고 있는 거죠? 그렇죠? 아저씨, 있잖아요. 난 이 마차에서 내리자마자 아저씨한테 달려가서 꽉 안아버릴 거예요. 그러니 너무 놀라지는 말아요. 그런데 이 편지, 과연 아저씨한테 줄 수 있는 날이 오긴 올까요?

『집사 그레이스』 7권 완결

집사 그레이스는 처음부터 끝까지 속된 사람들의 이야기입니다. 이기적이고 제멋대로에 욕망으로 가득하지만, 나약하고 바보 같은 사람들이 서로 잘났다고 나대는 것이 주 내용입니다.

어떤 분들은 여기에 나오는 사람들이 불쌍하다고 하셨지만, 전 그들이 불쌍하다는 생각은 한 번도 한 적이 없습니다. 그들은 하나같이 자신이 원하고 원해서 가는 길들을 가고 있으니까요. 그런데 동정을 받는다면 그야말로 불쌍해지는 것이겠죠.

단지 불쌍하고 불행해 보이는 삶을 살아간다고 해서 그들 인생의 호불호를 따지는 것은 평가하고 저울질하기 좋아하는 인간의 습성인지도 모르겠습니다.

여기에서 중요한 것은 그레이스가 진정 인정받는 집사가 되었고, 다이안은 훌륭한 왕이 되었을까, 그 밖에 인물들은 나중에 어떻게 되었는가는 아니라고 봅니다. 그들이 자신이 원하는 것을 얻기 위해 얼마나 생각했고, 노력했고, 이기적이었으며, 바보 같았는지를 이야기하고 싶습니다.

이 글에서 말하는 것은 단지 그들 인생에서 짧고 달콤했던 한 부분에 대한 이야기입니다. 앞으로 그들이 행복하고 아름다운 꿈을 꾸었으면 좋겠다고 생각하자면 그것으로도 좋겠죠. 하지만 제가 '그렇게 해서 그들은 오래오래 행복하게 살았답니다' 라는 동화처럼 끝낼 수 없는 건 앞에서 말했듯이 이것이 속된 인간들의 이야기이기 때문입니다.

하고 싶은 이야기가 많이 남아 있는 반면, 하고 싶었던 이야기는 이제 남아 있지 않은 그들의 이야기들을 지켜봐 주신 분들께 감사합니다. 연재로든 책으로든 집사 그레이스를 읽어주셨던 모든 분들께 감사합니다. 여러분들이 저에게는 special thanks입니다.

덧. 그리고 언제나 예쁜 목소리로 잠에 취해 있던 저를 깨워주셨던 하나 씨, 마지막까지 속썩여서 미안해요.

덧. http://cafe.daum.net/ButlerGrace
집사 그레이스 팬 카페입니다. 홍보해 주기로 약속했는데 여태껏 잘 못했어요.

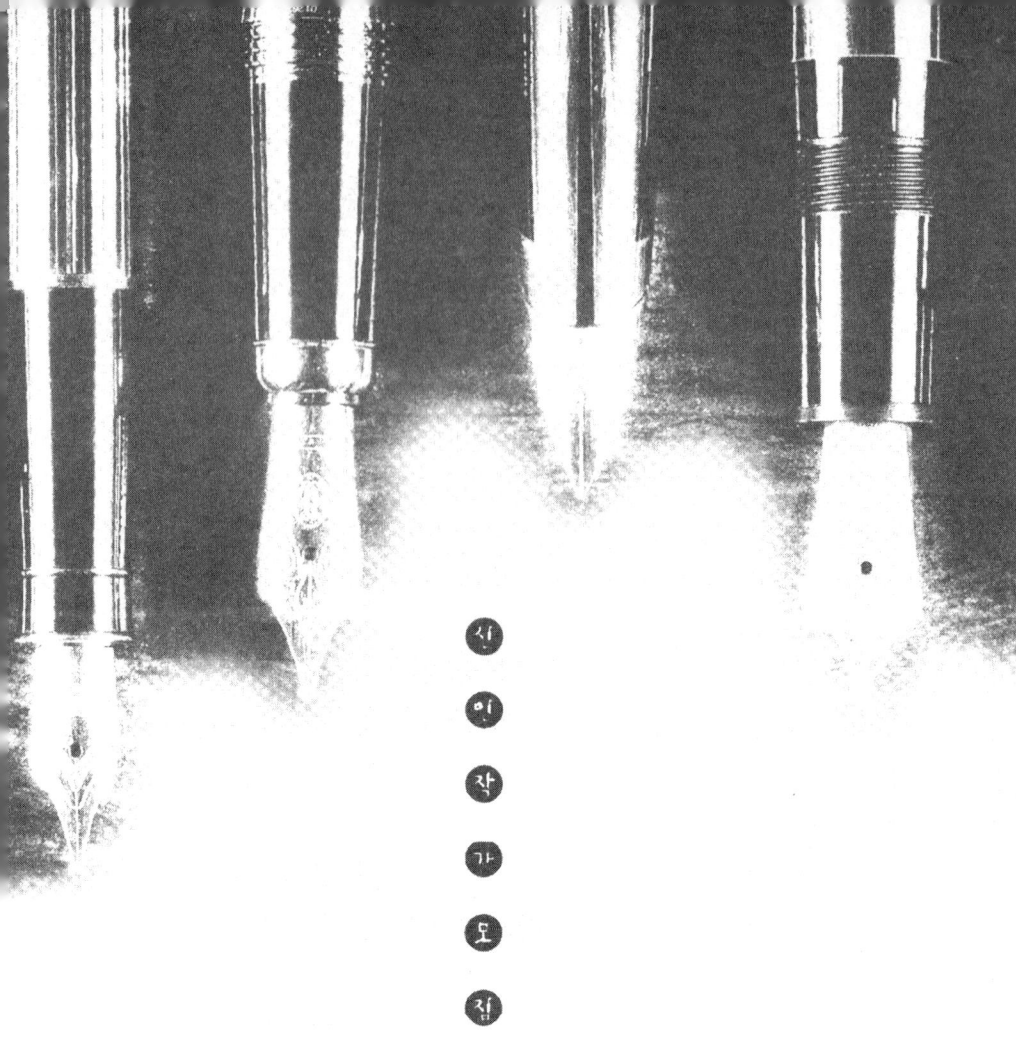

시인작가모집

시작이 반이라고 했습니다.
작가의 길에 대한 보이지 않는 벽을 과감히 깨뜨리십시오!
청어람은 작가 지망생 여러분들의
멋진 방향타가 되어드리겠습니다.

저희 도서출판 청어람에서는
소설 신인 작가분들을 모집합니다.
판타지와 무협을 사랑하시는 분들의 많은 참여를 바랍니다.
소정의 원고(A4용지 150매)를 메일이나 우편으로 보내주시면
검토 후 출판 여부를 알려드리겠습니다.

주소:경기도 부천시 원미구 심곡1동 350-1 남성B/D 3F 우편번호420-011
TEL:032-656-4452 · **FAX**:032-656-4453
http://www.chungeoram.com
e-mail:chungeoram@chungeoram.com